Kirsten Steiner

Lia und ihre Sugardaddys

Erotische Erzählung

Bibliografische Information der
Deutschen Nationalbibliothek:
Die Deutsche Nationalbibliothek verzeichnet diese Publikation in der Deutschen Nationalbibliografie; detaillierte bibliografische Daten sind im Internet über http://dnb.dnb.de abrufbar.

Kontakt zur Autorin: kirsten.steiner84@web.de

Verlag: BoD · Books on Demand GmbH,
In de Tarpen 42, 22848 Norderstedt, bod@bod.de
Druck: Libri Plureos GmbH, Friedensallee 273, 22763 Hamburg
ISBN: 978-3-7693-0215-8

Das Buch

Nennen wir sie Lia. Die junge Frau, mit der mein Mann und ich für einige Zeit ein erotisches Dreier-Verhältnis hatten, überraschte uns eines Nachts mit gleich mehreren Bekenntnissen: Dass sie eine gewisse Vorliebe für Sex mit Altersunterschied hatte, wussten wir ja bereits. Aber dass sie sich ihr Studium als Sugarbabe finanziert hatte, verblüffte uns dann doch. Jene Zeit war für sie sehr prägend – und bescherte ihr ganz neue Vorlieben. Nicht nur, dass Lia durch die Abenteuerlust eines Sugardaddys eine Neigung zum Bisex und für Gruppensex entdeckte. Sie machte auch die Erfahrung, dass manche Männer ganz automatisch von einer Dom-Sub-Beziehung ausgehen, wenn sie Geld für eine Frau auf den Tisch legen. Lia stellte zudem fest, dass eine Beziehung, die auf finanzieller Abhängigkeit beruht, schnell toxisch werden kann. Sie zu beenden, kann dann schwierig werden. Dies ist Lias Geschichte.

Die Autorin

Kirsten Steiner, Jahrgang 1984, studierte Literatur und Geschichte. Seit 2014 veröffentlicht sie erotische Bücher. Neben Romanen und Kurzgeschichten gehört zu ihren Titeln auch die autobiografische Serie „Aus meinem Swinger-Tagebuch“, in welcher sie von einer Lebensweise jenseits des klassischen Beziehungsmodells erzählt. Ihr Ratgeber „Monogamie für Fortgeschrittene“, den sie gemeinsam mit ihrem Mann verfasst hat, zählt zu den Standardwerken der Swinger-Szene.

Kapitelübersicht

Prolog:

Diese Frau war ein Vulkan. Ich konnte mich nicht sattsehen daran, wie sie auf Steffens Schoß saß und auf ihm ritt. Mein Blick klebte förmlich an ihren schönen Pobacken, zwischen denen immer wieder der Schwanz meines Mannes zum Vorschein kam, um sofort wieder tief in ihrer Muschi zu verschwinden. Als es ihr schließlich kam, schrie sie unser Schlafzimmer in einer Laustärke zusammen, die in der Nachbarwohnung wohl kaum zu überhören war. Verstohlen blickte ich auf die Wand und fragte mich, was die Nachbarn jetzt denken würden. Vermutlich genau das Richtige. Ob sie wohl den Orgasmusschrei unserer Gästin von meinen Sexgeräuschen unterscheiden konnten? Nun ja – es war nicht das erste Mal, dass unser Schlafzimmer von solchen Geräuschen erfüllt wurden, die nicht ausschließlich von mir stammten.

Schon bei unserem ersten Sex zu dritt hatte ich festgestellt, dass Lia ein unglaublich lustvoller und leidenschaftlicher Mensch war. Dies war die vierte Nacht, die sie in unserem Schlafzimmer verbrachte – und der wer weiß wievielte Orgasmus, den sie hier mit uns erlebte. Manche davon mit dem Schwanz meines Mannes in sich, manche davon mit meinem Kopf in ihrem Schoß – oder auch beides zugleich.

Dass sich diese schöne junge Frau auf uns eingelassen hatte, war ein Glücksfall für uns gewesen. 27 Jahre alt war sie – und damit deutlich jünger als wir. Ich war 39, mein Mann 44. Wir waren bereits seit einigen Jahren in der Swingerszene unterwegs und hatten so manches erotische Abenteuer erlebt – vor allem mit anderen Paaren. Dreier-Begegnungen mit einer einzelnen Frau hatte es auch schon gegeben, aber eher selten. Im Gegensatz zu vielen anderen Paaren suchten wir allerdings auch nicht offensiv nach einer Gespielin für diese Variante. Tatsächlich war es so, dass Lia uns angeschrieben hatte und nicht wir sie – was recht ungewöhnlich war bei Joyclub, jenem Erotik-Forum, in dem wir ein Paar-Profil hatten. Normalerweise war es in der Swinger-Szene so, dass sich eine schöne Frau mit Bi-Neigung vor Anfragen von Paaren kaum retten konnte. Auch Lia berichtete uns, dass sie häufig entsprechende Mails erhielt.

Als ich sie bei unserem ersten Date fragte, warum sie ausgerechnet uns angeschrieben habe, verwies sie nicht nur auf unseren „sympathischen Text", sondern auch auf ein bestimmtes Foto in unserem Profil. Darauf war der beschnittene und nicht eben kleine Schwanz meines Mannes zu bewundern. Lia war eine Frau, für die die Größe wichtig war – und die auch kein Problem damit hatte, dies offen auszusprechen.

„Ich komme einfach besser zum Höhepunkt, wenn ich derart ausgefüllt werde", sagte sie.

Bei unseren Sextreffen mit ihr bekamen wir für diese Selbsteinschätzung mehrfach eine eindrucksvolle Bestätigung – so wie in dieser Nacht in unserem Schlafzimmer.

Als schließlich auch Steffen so weit war und in ihr einen Orgasmus erlebte, sah Lia mich mit strahlenden Augen an. Ich hatte mich inzwischen neben die beiden gekniet und konnte gar nicht anders, als Lia zu küssen.

Geradezu gierig erwiderte sie diesen Kuss, während sie sicherlich noch immer Steffens Zucken in sich spürte.

Kurz darauf ließ sie sich zur Seite fallen – sichtlich erschöpft und mit Schweißperlen auf der Stirn. Ich zog meinem Mann das prall gefüllte Kondom ab und betrachtete seinen feucht-glänzenden Schwanz. Lia hatte schon recht: Die Männlichkeit meines Liebsten war recht eindrucksvoll. Ich konnte nicht widerstehen und nahm seinen noch immer leicht pochenden Schwanz in den Mund. Ich blies ihn, leckte das letzte Sperma ab und schluckte es. Auch wenn das meiste davon im Gummi gelandet war, hatte ich doch das Gefühl, mich mit dieser kleinen Abschlussaktion noch etwas mehr am Sex meines Mannes mit unserer Gästin beteiligt zu haben.

Lia zwinkerte mir zu, als ich Steffens Schwanz wieder aus dem Mund herausgleiten ließ. Sie beugte sich zu mir und küsste mich erneut – begleitet vom Schmunzeln meines Mannes.

„Zwei schöne Frauen im Bett, die beide Lust auf mein Sperma haben", stellte er fest. „Kann sich ein Mann etwas Großartigeres wünschen?"

Ich quittierte seine Worte mit einem Augenzwinkern, Lia mit einem Achselzucken.

„Früher habe ich Sperma im Mund nicht gemocht", sagte sie nachdenklich. „Aber manchmal ändern sich die Dinge."

„Das finde ich schön, dass sich die Dinge ändern", entgegnete Steffen.

Sehr wahrscheinlich dachte er in diesem Augenblick an unser vorangegangenes Date mit Lia – und daran, dass sie ihn in jener Nacht auch einmal bis zum Ende geblasen und alles geschluckt hatte. Vielleicht abgesehen von den Resten, die sie mir dann bei unserem anschließenden Spermakuss unweigerlich überlassen hatte.

„Wodurch hat sich das bei dir geändert?", fragte ich.

„Das ist eine lange Geschichte", erwiderte sie ausweichend.

„Die Nacht ist jung, und wir sind neugierig", sagte ich.

Der zweite Teil meiner Aussage war absolut korrekt, der erste eigentlich nicht. Natürlich hatte ich sehr gut verstanden, dass Lia diese Geschichte nicht unbedingt erzählen wollte. Aber ich konnte mir die Erwiderung einfach nicht verkneifen. Ich empfand es schon immer als anregend, wenn wir uns mit unseren Sexfreunden auch über unsere Geschichten austauschen konnten. Ich hatte Lia bei unserem vorangegangenen Date auch verraten, dass ich unter dem Pseudonym Kirsten Steiner diverse Erotik-Bücher geschrieben hatte – was längst nicht alle unserer Swinger-Freunde der vergangenen Jahre wussten.

Als ich Lia jetzt fragend ansah, wirkte sie etwas nachdenklich. Offenbar zog die erwähnte „lange Geschichte" soeben durch ihren Kopf.

„Ich weiß nicht", murmelte sie eher als dass sie es sagte. „Es könnte sein, dass ihr entsetzt seid, wenn ich euch diese Geschichte erzähle."

„Wir sind schon ziemlich lange Swinger", stellte Steffen fest. „So leicht entsetzt uns nichts."

Lia griff zu ihrem halb gefüllten Weinglas auf dem Nachttisch, trank einen Schluck und sah eine Weile in das Glas hinein – gerade so, als könne sie dort den Anfang ihrer Geschichte finden. Schließlich begann sie zu erzählen – und bereits ihr erster Satz ließ mich aufhorchen:

„Ich war einmal ein Sugarbabe", sagte sie.

„Ein Sugarbabe?", entfuhr es mir.

„Ja", bestätigte sie. „Ich habe mir damit mein Studium finanziert."

„Das geht?", fragte Steffen.

„Oh ja, das geht. Das geht sogar sehr gut. Allerdings hatte das einige Nebenwirkungen."

„Wir sind ganz Ohr", sagte ich und sah sie an.

Lia nahm erneut einen Schluck Wein und lehnte sich entspannt an das Kopfende unseres großen Bettes. Dann begann sie zu erzählen – und hörte so schnell nicht wieder auf.

Kapitel 1: Ein Gedanke entsteht

Hannover, fünf Jahre zuvor

Lia war damals 22 Jahre alt und Studentin im vierten Semester. Da sie von der Unterstützung ihrer Eltern nicht so recht leben konnte, musste sie nebenher jobben, um halbwegs über die Runden zu kommen. In dem Bistro, in dem sie hin und wieder kellnerte, verdiente sie 8,50 Euro die Stunde. Das war damals lediglich der Mindestlohn, allerdings kam noch etwas an Trinkgeld hinzu. Das schwankte zwar ziemlich, aber alles in allem kam sie damit dann doch meist einigermaßen aus.

Etwas erstaunt war sie anfangs nur über die dringliche Empfehlung ihres Chefs, dass sie entweder einen kurzen Rock oder enge Jeans tragen solle. Er begründete das ganz unverblümt damit, dass sie auf die Weise ein Blickfang für die männlichen Gäste sei – was sich erfahrungsgemäß aufs Trinkgeld auswirke. Letztlich ließ sie sich von dem Argument überzeugen; sie wollte ja schließlich Geld verdienen. Sie beugte sich beim Aufnehmen einer Bestellung auch gern so zu den männlichen Gästen, dass die einen gewissen Einblick in ihr Dekolletee bekommen konnten – was bei ihrer vollen 75C-Oberweite recht reizvoll war. Mit solchen Blicken hatte sie nicht die geringsten Probleme. Insgeheim war sie sogar ein wenig stolz darauf, dass Männer ihre weiblichen Reize mit zuweilen großen Augen wahrnahmen.

Womit sie allerdings ein Problem hatte, waren grapschende Hände. Hin und wieder gab es einen Gast, der es nicht bei Blicken beließ, sondern Lia auch mal an den Po griff. Meist reichte da ein strenger Blick in die Augen des Grapschers, woraufhin dieser sich verschämt abwandte.

Eines Abends im Biergarten reichte das jedoch nicht. Als ihr ein stark angetrunkener Gast zum zweiten Mal ungeniert ans Hinterteil griff, drohte sie ihm mit kräftiger Stimme einen Lokalverweis an (obgleich sie erhebliche Zweifel hatte, ob sie dafür die Rückendeckung des Chefs erhalten würde). Als sie zum dritten Mal die Hand dieses Mannes auf ihrem Po spürte, drehte sie sich um und versetzte ihm aus der Drehung heraus eine schallende Ohrfeige. Dass dabei mehrere gefüllte Gläser von ihrem Tablett auf dem betrunkenen Grapscher landeten, nahm sie als Kollateralschaden in Kauf.

Ihr Chef allerdings nicht. Er konstatierte, dass sie so etwas auszuhalten habe, was Lia jedoch anders sah. Das war ihr letzter Abend als Bedienung in diesem Bistro.

„Das geht ja wohl gar nicht", entrüstete sich Saskia.

Lia hatte ihrer Freundin, mit der sie im Studentenwohnheim Tür an Tür wohnte, am nächsten Tag von ihrem letzten Bistroabend berichtet.

„Ich finde ja ohnehin, dass Kellnern eine ziemliche Ausbeutung mit miesem Einkommen ist", fuhr Saskia fort.

„Da hast du wohl recht", bestätigte Lia. „Aber was soll ich machen? Mit dem Geld von meinen Eltern komme ich vorne und hinten nicht aus. Die überweisen mir nicht mal Bafög-Höchstsatz, aber mehr können sie einfach nicht. Irgendwie muss ich mir was dazuverdienen, wenn ich weiter studieren will."

„Da gibt es auch andere Möglichkeiten – mit weniger Zeitaufwand und besserem Einkommen."

„Lass mich teilhaben an deinem Wissen."

„Schon mal was von Sugardaddys gehört?"

„Sicher. Das sind dickbäuchige alte Männer, die jungen Frauen fürs Ficken bezahlen."

„Ja, das ist das Vorurteil, und manche Männer bestätigen das auch. Aber die Szene ist doch etwas facettenreicher."

„Soll das heißen, dass du so etwas machst?"

„Hin und wieder."

„Na ich weiß nicht. Das ist doch letztlich nichts anderes als Prostitution."

„Prostitution wäre es, wenn ich mich im Minirock an eine bestimmte Straße stellen und zu irgendwem ins Auto steigen würde. Oder wenn ich ein Zimmer in einem Bordell hätte und nehmen würde, was kommt. Bei einer Sugardaddy-Sugarbabe-Beziehung sieht das etwas anders aus."

„Erklär mir den Unterschied."

„Bevor ich mit einem Mann in die Kiste steige, lerne ich ihn erst einmal neutral kennen. Zum Beispiel bei einem Abendessen. Nur, wenn es da auch ein bisschen brizzelt, darf etwas passieren. Und bevor es zum Abendessen kommt, muss der Mann auch online sympathisch überkommen."

„Aber es ist Sex für Geld."

„Wenn du es darauf reduzieren möchtest, dann ja. Aber ich würde eher sagen: Du lässt dich finanziell unterstützen und gibst dem Mann im Gegenzug etwas von deiner Zuneigung."

„Wie läuft das denn? Lässt eine Frau sich pro Treffen bezahlen? Oder gibt es so etwas wie ein monatliches Gehalt? Oder wie muss ich mir das vorstellen?"

„Es gibt beides. Es gibt auch Mischformen, es gibt eigentlich nichts, was es nicht gibt. Wenn du etwas Langfristiges findest und jeden Monat eine verlässliche Summe bekommst, dann ist das natürlich so etwas wie der Jackpot – jedenfalls wenn es eine gute Summe ist und du einen sympathischen Sugardaddy findest. So einen Volltreffer hatte ich allerdings noch nicht – jedenfalls nicht so richtig. Sympathische Männer ja, aber die wollten oder konnten keinen Festbetrag zusagen. Es gab auch Männer, die mir das angeboten haben, aber die wollte ich nicht."

„Und wie machst du es jetzt?"

„Ich lasse mich pro Date bezahlen."

„Allein schon dafür, dass du mit dem Mann ins Restaurant gehst?"

„Das wäre schön", lachte Saskia. „Nett essen gehen und auch noch Geld bekommen. Das wärs natürlich."

„Das also nicht?"

„Es gibt wohl tatsächlich Frauen, die so etwas verlangen, und es gibt sogar Männer, die auch dafür bezahlen. Aber ich glaube, das müssen ziemlich verzweifelte Typen sein. Und die erleben dann sicherlich meist, dass sie ein Abendessen für zwei bezahlen, der Frau außerdem 50 Euro zugestecken, und das wars dann."

„Das heißt, du bekommst erst Geld, wenn du mit einem Mann im Bett landest?"

„Ja. Und ich denke, das ist nur fair. Dass er das Abendessen bezahlt und auch das Hotel, versteht sich von selbst. Aber mich allein für die Gesellschaft im Restaurant bezahlen lassen, fänd ich schräg. Da müsste ich dann auch ziemlich oft Essen gehen, wenn ich auf mein Geld kommen will. Für Sex gibt es logischerweise mehr als für Smalltalk. Deutlich mehr."

„Wie viel denn?"

„Kommt drauf an. Manche Frauen verlangen 500 Euro für einen Abend mit open End – aber da ist die Frage, ob sie die auch bekommen. Manche verlangen 200 oder auch noch weniger, das vergrößert natürlich die Chance, dass dein Sugardaddy das akzeptiert."

„Was bekommst du denn von deinem?"

„Ich habe nicht nur einen. Aber normalerweise verlange ich 300 Euro für einen Abend und bekomme die auch. Wenn jemand dann verhandeln will, breche ich den Kontakt ab. In dem Zusammenhang über Geld verhandeln, finde ich extrem abtörnend. Das würde mir die Illusion eines normalen Dates nehmen. Und die Illusion möchte ich mir gern erhalten. Aber wenn der Mann sehr mein Typ ist und der Chat im Sugardaddy-Forum schon espritvoll verläuft, dann verlange ich nur 200. Ich habe ja schließlich auch Spaß an der Sache. Sonst würde ich das nicht machen. Bei einem Mann habe ich neulich nur 100 verlangt – den wollte ich unbedingt. Aber ich habe es auch schon mal erlebt, dass ein Mann von sich aus 500 Euro angeboten hat. Da habe ich natürlich nicht widersprochen."

„Echt? 500 Euro für eine Nacht?"

„Nein, für einen Abend, nicht für eine Nacht. So ungefähr von 19 Uhr bis Mitternacht hat das Date gedauert. Nach seinem zweiten Orgasmus konnte er nicht mehr und wollte die Sache beenden. War ein ganz guter Stundenlohn, fand ich. Zumal die ersten zwei Stunden Abendessen in einem schicken Restaurant waren."

„Ich bekomme 8,50 Euro im Bistro – plus Trinkgeld", murmelte Lia nachdenklich.

„Wie ich schon sagte: ein mieser Stundenlohn", entgegnete Saskia. „Abgesehen davon, dass du den Job los bist."

„Wie sagtest du doch gleich, heißt dieses Forum für Sugarbabes?", fragte Lia.

Kapitel 2:
Premiere

Neugierig war sie ja. Als Lia sich an diesem Nachmittag bei mysugardaddy.de einloggte, wollte sie nur stöbern und sich diese seltsame Welt einmal näher ansehen. Angemeldet hatte sie sich bereits zwei Tage zuvor. Leider konnte sie ausschließlich die männlichen Profile betrachten. Eigentlich hatte sie zunächst einmal sehen wollen, wie andere Frauen sich hier präsentierten – um dann zu entscheiden, ob sie ihr eigenes Profil ebenfalls mit Leben füllen würde.

Doch obgleich bei ihr lediglich ein paar rudimentäre Daten wie Alter (22), Größe (1,65) und Figur (schlank) zu lesen waren, hatten sie bereits mehrere Männer angeschrieben. Offensichtlich reichten die dürren Angaben im Profil schon aus, um Aufmerksamkeit zu erregen. Das war vermutlich der Frischfleisch-Effekt, vermutete Lia. Die Männer konnten wohl sehen, dass ihr Profil ganz neu war.

Wobei „angeschrieben" ein großes Wort war. Mehrere Männer hatten lediglich vom System vorgefertigte Fragen angeklickt. „Suchst du eine Affäre?", las sie. Oder: „Bist du experimentierfreudig?" oder auch: „Möchtest du mich treffen?"

Warum schrieben die Männer sie nicht einfach an, sondern begnügten sich mit solchen Fragen, die nicht einmal selbst formuliert, sondern per Klick aus einer Liste ausgewählt worden waren? Das empfand Lia als ziemlich unpersönlich. Erst als sie jemandem diese Frage stellen wollte, entdeckte sie, dass der Beginn eines Chats mit Kosten für denjenigen verbunden war, der den Chat eröffnete. Ah, so lief das hier also. Die Herren nutzen die vorformulierten Fragen, um ein grundsätzliches Interesse zu erkunden – und erst, wenn eine Frau mit „Ja" oder „Vielleicht" geantwortet hatte, investierten sie das Geld für einen Chat.

Tatsächlich erhielt sie umgehend zwei Chatanfragen, nachdem sie die Fragen der Männer positiv beantwortet hatte. Nach dem Abhaken der üblichen und langweiligen Eingangsfragen („Was machst du?", „Wie geht es dir?", etc.) kam einer der beiden schnell auf den Punkt.

„Ich suche für heute ein spontanes Date. Hättest du Interesse?"

Lia sah auf die Uhr und betrachtete das Profil ihres Chatpartners, der sich als Martin vorgestellt hatte. Es war jetzt 18 Uhr, der Mann wirkt nicht unsympathisch. Dass er mit 52 Jahren erheblich älter war als sie selbst, lag in der Natur der Sache – jedenfalls in diesem sehr speziellen Forum. Damit hatte Lia auch kein Problem. Sie hatte schon einmal einen deutlich älteren Freund gehabt und sich mit dem ausgesprochen wohlgefühlt. Allerdings ging ihr das jetzt dann doch ein bisschen hoppla hopp. Zumal sich Lia fragte, wie ein Mann wohl drauf war, der ein Dateangebot machte, ohne ein erkennbares Foto gesehen zu haben. Sie hatte bisher nur ein Bild in ihrem Profil. Das zeigte sie zwar im Minirock von Kopf bis Fuß, aber lediglich von hinten. Er selbst hatte mehrere Bilder im Profil, jedoch ebenfalls keins, auf dem sein Gesicht erkennbar war. Sollte sie oder sollte sie nicht?

Für ihre Entscheidungsfindung war allerdings nicht nur die Uhr hilfreich, sondern auch ein Blick auf den Kalender. Heute war der 23. Juni. Noch eine Woche bis zur nächsten Überweisung ihrer Eltern. Für ihre Kassenlage war wieder einmal noch zu viel Monat übrig. Das Problem könnte sie heute Abend womöglich kurzfristig lösen.

„Zeigst du mir mal dein Gesicht?", schrieb sie ihrem Chatpartner.

Das Foto, das kurz darauf im Chatfenster aufploppte, war zumindest nicht abschreckend, befand Lia. Martin schien ein ernster Mensch zu sein, aber seine Augen wirkten freundlich. Doch wollte sie auch mit ihm in die Kiste steigen? Vermutlich hatte er doch genau das im Sinn. Oder gehörte er womöglich zu jenen Männern, die auch bereit waren, für die bloße Gesellschaft beim Abendessen zu bezahlen? Bei dem Gedanken fiel ihr auf, dass sie Hunger und einen leeren Kühlschrank hatte.

„Jetzt du", las Lia unter dem Bild.

Naja, das war logisch. Wer nach einem Bild fragte, musste auch bereit sein, sich selbst zu zeigen. Sie schickte ihm ein Foto, das ihr letzter Freund am Ende der Semesterferien (kurz vor Ende der Beziehung) von ihr gemacht hatte. Sie wirkte darauf ein wenig versonnen, fast träumerisch. Der Gesichtsausdruck gefiel ihr ganz gut. Ob Martin ihre blonden Haare und die blauen Augen wohl gefallen würden? Lia unterstellte das einfach mal. Wenn der Mann nicht eine besondere Vorliebe für Südländerinnen hatte, dann würde das sicherlich passen. Sie wirkte eher wie eine Skandinavierin, was viele

Männer ja auch mochten. Auf jeden Fall war sie gespannt auf seine Reaktion beim virtuellen Blick in ihre Augen.

„Wow", schrieb er. „Du hast ja eine tolle Oberweite."

Ach ja, auf dem Bild trug sie ein enges T-Shirt, das ihren vollen Busen erkennen ließ. Auf die Augen hatte der Mann wohl weniger geachtet. Naja, selbst schuld, wenn sie ihm dieses Bild schickte. Vielleicht sollte sie das nächste Mal einen anderen Bildschnitt wählen, damit sie nicht nur auf ihre Brüste reduziert wurde.

„Stehst du auf Frauen mit großer Oberweite?", ging sie dennoch auf seine Bemerkung ein.

„Sehr! Welche BH-Größe hast du?"

Jetzt wurde es aber intim und detailfreudig.

„75C", antwortete sie trotzdem wahrheitsgemäß.

„Was denkst du? Spontanes Treffen jetzt?", hakte er nach.

„An was dachtest du denn?"

„Ich würde sagen: 300 Euro, wenn ich zu dir kommen kann oder 200 Euro wenn ich noch das Hotel bezahlen muss. Ich denke, das ist fair, oder?"

Lias Frage war eigentlich anders gemeint. Aber gut, dann war das zumindest auch schon mal geklärt.

„Ich meinte eher: Wo würdest du dich gern treffen mit mir? Bistro? Restaurant?"

„Ich kenne da eine ganz nette Sushi-Bar in der Nähe vom Bahnhof."

Sushi klingt gut, dachte Lia. Ihr Magen knurrte.

„Gut, ich möchte aber noch kurz unter die Dusche springen", stimmte sie zu.

„Nichts dagegen. So viel Zeit muss sein."

So richtig vereinbart hatten sie jetzt eigentlich nur das Abendessen, dachte Lia, als sie etwas später vor der Sushi-Bar stand. Hatte sie sein Angebot mit den 200 Euro akzeptiert, indem sie nicht widersprochen hatte? 300 Euro wären natürlich besser, aber zu sich ins Wohnheim einladen würde sie diesen unbekannten Martin ganz sicher nicht. Jedenfalls nicht für den ersten Abend. Und ob es einen zweiten und womöglich auch noch weitere Abende geben würde, stand ohnehin in den Sternen. Sie war sich ja nicht einmal schlüssig, ob es überhaupt mehr geben würde als ein Abendessen.

Immerhin war das Bild, das er vorhin geschickt hatte, authentisch und nicht schon zehn Jahre alt, stellte Lia fest, als er nun auf sie zukam. Das war schon mal ein Pluspunkt.

„Da bist du ja schon", sagte er und umarmte sie.

Damit hatte sie nicht gerechnet. Schließlich kannten sie sich doch noch gar nicht. Aber gut, andererseits wussten sie natürlich, warum sie hier waren. Abendessen und abchecken, ob es auch fürs Bett passte – mit einer möglicherweise direkten Umsetzung. Lia hatte genügend Selbstbewusstsein zu wissen, dass es am Ende ihre Entscheidung sein würde. Dass er mit ihr ins Bett wollte, stand wohl außer Frage. Vorsichtshalber hatte sie sich vorhin unter der Dusche erst noch rasiert. Die meisten Männer standen ja darauf, wenn eine Frau sich vollkommen glatt machte. Lia mochte das auch selbst bei sich – vor allem beim Sex. Ob sie Martin aber auch an ihre frisch rasierte Muschi lassen würde, musste man abwarten.

„Dein Duschgel hat einen schönen Duft", sagte er, nachdem er sie wieder losgelassen hatte.

Sie quittierte die Bemerkung mit einem freundlichen Lächeln. Dass ihr Duschgel praktisch geruchlos war und er den Duft ihrer Hautcreme in der Nase hatte, war ja nicht so wichtig.

Bei der Begrüßung hatte Martin eine gewisse Lockerheit gezeigt, der Smalltalk bei Fisch und Reis war eher zäh. Aber immerhin war das Essen gut. Sie mochte Fisch. Das Gespräch drehte sich eher um Belanglosigkeiten wie Wetter und Fußball. An Letzterem hatte sie nun wirklich nicht das geringste Interesse. Sie wusste nicht einmal, in welcher Liga Hannover 96 aktuell spielte. Das wechselte ja immer mal wieder, soweit sie wusste.

„Bist du eigentlich verheiratet, oder warum hattest du vorhin nur die Möglichkeiten Hotel oder bei mir vorgeschlagen?"

„Kluges Kind", entgegnete er mit dem Anflug eines Grinsens.

„Lass mich raten", fuhr sie fort: „Deine Frau ist heute auf Reisen und deshalb wolltest du unbedingt für heute ein Date. Richtig?"

„Sehr kluges Kind", bestätigte er und sah ihr ins Dekolletee.

Natürlich hatte sie eine Bluse angezogen, die ein wenig Einblicke erlaubte. Nicht zu viel, aber ein bisschen dann doch. Wo er doch bereits im Chat entsprechende Bemerkungen über ihre Oberweite gemacht hatte, war es vielleicht nicht verkehrt, ihn an dieser Stelle noch ein bisschen mehr zu reizen – auch wenn Lia ganz stark vermutete, dass das gar nicht nötig war. Der Mann wollte sie – das verrieten seine Augen überdeutlich. Wollte sie ihn auch?

Genau diese Frage erkannte sie in seinen Augen, als er etwas später das Essen bezahlt hatte. Sein Blick bohrte sich förmlich in sie hinein, er schien sie damit festzunageln. Einfach aufstehen und gehen? Zumindest schwierig.

„Und?“, fragte er endlich, als sie auf seine unausgesprochene Frage nichts entgegnete.

„Was und?“, entgegnete sie, obgleich sie natürlich genau wusste, was er meinte.

„Hotel oder zu dir?“

Sie hatte doch nicht gewusst, was er mit seinem „Und?“ gemeint hatte. Er hatte lediglich die Frage nach dem Wo gestellt – und nicht die nach dem Ob. Die schien für ihn längst beantwortete zu sein. Für sie eigentlich noch immer nicht – obgleich spätestens jetzt der Zeitpunkt war, an dem sie Farbe bekennen musste. War das jetzt das Ende ihrer romantischen Träume, in denen Liebe und Sex zusammengehörten? Naja gut, sie hatte sich auch schon nach dieser oder jener Party für einen Quickie abschleppen lassen. Da war von Liebe natürlich auch nicht die Rede gewesen. Aber der Unterschied war: Jene Männer hatte sie immer gewollt. Martin war nicht unsympathisch, aber nicht unsympathisch war eigentlich zu wenig, um ihn zwischen ihre Beine zu lassen. Andererseits: Heute war der 23. Juni und sie war nahezu pleite. Das nächste Geld von Zuhause kam erst in einer Woche.

„Hotel“, hörte sie sich schließlich sagen.

Ihr kleines Wohnheim-Appartement war jedenfalls tabu. Mit ihm jetzt ins Hotel gehen, kam ihr beinahe wie eine Kompromisslösung vor.

„Gut“, entgegnete er. „Deine Entscheidung.“

Martin hatte das Hotel bereits vorgebucht. Er hatte wohl nicht ernsthaft damit gerechnet, dass sie ihn ins Wohnheim einladen würde. Er checkte ein, verneinte die Frühstücks-Frage, bezahlte, und ein Aufzug trug Lia und ihn in den dritten Stock. Während der kurzen Fahrt belegte er sie mit gierigen Blicken und einem seltsamen Schmunzeln. Sie hielt seinem Blick stand, womit sie hoffte, eine Selbstsicherheit auszustrahlen, die sie in diesem Moment nicht besaß.

Kaum war die Zimmertür hinter ihnen zugefallen, umarmte und küsste er sie. Na gut, küssen gehörte wohl dazu. Lia wusste, dass Prostituierte ihre Kunden nicht küssten. Aber sie war schließlich keine Prostituierte. Das hier war etwas anderes.

Sie spürte seine Hände auf ihrem Po, der in engen Jeans steckte. Die Hände wanderten rasch höher auf ihren Rücken und sofort weiter zu ihren Brüsten. Ihre Lippen lösten sich dabei und sie sahen sich in die Augen. Mit geschickten Fingern öffnete Martin ihre Bluse, betrachtete für einen Augenblick ihre Brüste, warf dann aber rasch das Kleidungsstück zur Seite und öffnete umgehend ihren BH. Im nächsten Augenblick stand Lia oben ohne vor ihm.

Sie hatte erwartet, sofort seine Hände auf ihren nackten Brüsten zu spüren. Aber stattdessen ging er einen

Schritt zurück und betrachtete sie mit großen Augen. Offenbar gefiel ihm, was er sah.

„Du bist schön, Mädchen!", sagte er mit ernster Stimme.

Sie lächelte und freute sich über das Kompliment – auch wenn es schöner gewesen wäre, wenn er seiner Aussage nicht noch das Wort „Mädchen" hinzugefügt hätte. Sie war eine erwachsene Frau, die mit diesem Mann jetzt Sex haben würde. Da empfand Lia „Mädchen" als eine unangemessene Anrede. Plötzlich schoss ihr der Gedanke durch den Kopf, dass er womöglich Kinder hatte, die genau in ihrem Alter waren – und „Mädchen" als eine durchaus passende Ansprache für Frauen ihres Alters empfand.

„Danke", entgegnete sie lediglich.

Martin zog sich aus und ließ Lia dabei keine Sekunde aus den Augen. Als er seine Hose öffnete, pellte auch Lia sich aus ihren Jeans. Kurz darauf war er nackt, sie behielt ihren Slip noch an. Mal sehen, wann sie den verlieren würde. Bevor er sie erneut umarmen konnte, griff sie in ihre Handtasche und legte zwei Kondome auf den Nachttisch. Er verfolgte ihre Aktion mit einem seltsamen Grinsen, sagte aber nichts weiter dazu.

Im nächsten Moment packte er sie und warf sie aufs Bett. Umgehend vergrub er seinen Kopf zwischen ihren Beinen, presste sein Gesicht in ihren Schoß und atmete tief ein. Offenbar mochte er den Duft, den er nun in der Nase hatte. Allerdings begnügte er sich damit nicht lange. Rasch zog er ihr auch den Slip aus und betrachtete ihre Muschi.

„Du bist ganz glatt rasiert", stellte er fest.

„Ja, ich mag das", bestätigte sie. „Du nicht?"

„Doch, sehr", entgegnete er und vergrub erneut seinen Kopf zwischen ihren Beinen.

Er begann, sie zu lecken – gierig und heftig. Er war geradezu hektisch dabei und steckte ihr einen Finger tief hinein, als sie schließlich feucht genug war. Er dehnte sein Zungenspiel sehr aus und ließ sich Zeit dabei. Möglicherweise wollte er sie zum Orgasmus lecken. Vielen Männern bereitete es ja eine gewisse Genugtuung, eine Frau zu befriedigen. Sein Zungenspiel war jedoch nicht einfühlsam genug, ihr einen Höhepunkt zu bescheren. Vielleicht lag es auch daran, dass sie sich nicht ernsthaft fallenlassen konnte bei dieser doch immerhin recht merkwürdigen Sache. Jedenfalls kam es ihr nicht – so sehr er sich auch bemühte. Als sie sich gerade entschlossen hatte, ihm einen Orgasmus vorzuspielen, gab er auf.

Stattdessen legte er sich nun auf sie. Sie spürte seinen Schwanz auf ihrem Venushügel, und er machte fickende Bewegungen, während er sie erneut küsste. Eigentlich war jetzt der Moment, zu einem Kondom zu greifen. Hoffentlich hatte sein seltsames Grinsen, als sie die Gummis vorhin bereitgelegt hatte, nichts Böses zu bedeuten. Lia wusste nur zu gut, dass viele Männer selbst beim ersten Mal gern auf das Kondom verzichteten. Theoretisch könnte er seinen Schwanz in dieser Position nun einfach reinstecken.

Allerdings auch wirklich nur theoretisch. Denn steif war etwas anderes. Sein bestes Stück war zwar nicht völlig im Ruhezustand, aber auch nicht wirklich bereit, sie zu ficken. Keine Gefahr also. Jedenfalls für den Moment.

Sein Gesichtsausdruck verriet ihr, dass er darüber ziemlich unglücklich war. Offenbar hoffte er, mit dem Reiben auf ihr die nötige Härte zu bekommen – die sich jedoch nicht einstellte. Plötzlich rollte er sich von ihr herunter, griff zu ihrem Kopf und forderte sie auf:

„Blas ihn!"

Lia tat, was er von ihr verlangte. Sie kniete sich neben ihn und nahm ihn in den Mund. Sein Intimbereich war zwar kein Urwald, aber gut rasiert war etwas anderes. Hatte er nicht vorhin gesagt, dass er glatt bevorzuge? Vermutlich hatte sich das ausschließlich auf Frauen bezogen.

Ganz allmählich kam mehr Leben in seinen Schwanz. Martin legte eine Hand auf ihren Kopf, gerade so, als habe er Angst, sie könne mit dem Blasen wieder aufhören. Seine andere Hand wanderte über ihren Körper – so weit sein Arm reichte. Als Lia ihr Blasen mit einer Hand unterstützte, verstärkte sich der Wachstumsprozess in ihrem Mund. Na also, dachte sie innerlich schmunzelnd. Das funktionierte doch bei jedem Mann – zumindest bei jedem, mit dem sie das bisher getan hatte. Allerdings war noch niemand jenseits der 50 dabei gewesen. Vermutlich war es normal, dass Männer in dieser Altersklasse etwas schwächelten.

Als Martin die nötige Härte erreicht hatte, ließ Lia ihn aus ihrem Mund herausgleiten. Und bevor er etwas anderes tun konnte, griff sie zu einem Kondom, riss die Verpackung auf und rollte ihm das Gummi über den Schwanz. Kurz entschlossen setzte sie sich auf ihn. Ihr war nicht ganz klar, ob er womöglich etwas anderes im Sinn gehabt hatte, aber ihm schien der Ritt zu gefallen, den sie nun aufnahm. Sie richtete sich auf und sah ihn an – während sein Blick auf ihren wippenden Brüsten lag.

Er legte seine Hände auf ihren Busen und griff fest zu. Erst jetzt sah er ihr mit großen Augen ins Gesicht. Als seine Hände zu ihrem Po wanderten, wechselte sein Blick wieder zu ihrer Oberweite.

Dann jedoch packte er sie und drehte sich mit ihr. Im nächsten Moment lag er in der Missio zwischen ihren Beinen. Er fickte sie mit schnellen Stößen, Lia konnte erkennen, wie sich deutliche Schweißperlen auf seiner Stirn bildeten. Offenbar strengte ihn die Nummer an. Vielleicht hätten sie in der Reiterstellung bleiben sollen, die für ihn doch sicherlich bequemer und weniger anstrengend war. Aber Lia wusste natürlich, dass manche Männer die Missio bevorzugten, die ihnen wohl ein Gefühl von Dominanz verlieh. Wenn das bei Martin der Fall war, dann würde er sie vermutlich auch gleich noch doggy nehmen wollen, mutmaßte sie. Doch sie irrte sich.

Plötzlich zog er sich aus ihr zurück, hockte sich über ihren Oberkörper, zog das Gummi ab und schob ihr seinen Schwanz in den Mund.

„Blas ihn noch mal!", sagte er in einem Ton, der keinen Widerspruch zuließ.

Hatte er schon wieder Schwächeerscheinungen? Eigentlich hatte sie nicht diesen Eindruck. Doch Lia gehorchte und schloss ihre Lippen um seinen Schwanz. Er stieß fest zu und sie spürte ihn tief im Mund. Glücklicherweise war er aber nicht allzu groß, weshalb sie das zuließ. In dieser Position hatte sie auch kaum eine Chance, selbst die Regie zu übernehmen.

Lia war allerdings überrascht, als es ihm plötzlich kam. Sie hatte keinerlei Anzeichen seines nahenden Orgasmus bemerkt, aber plötzlich ergoss sich sein Sperma in ihren Mund. Verblüfft sah sie ihn an und blickte in ein verklärtes Gesicht. Offensichtlich hatte er genau das gewollt. Und wie fand sie das?

Eigentlich nicht so toll. Der Geschmack von Sperma zählte nun wirklich nicht zu ihren Vorlieben. Als er endlich aufhörte nachzustoßen und sich aus ihrem Mund zurückzog, ließ sie es herauslaufen. Sie spürte, wie es ihr über das Kinn auf die Brust lief.

„Boah, sieht das geil aus!“, stieß er hervor. „Das muss ich fotografieren!“

„Untersteht dich!“, entgegnete sie in einem scharfen Ton.

„Man wird ja wohl noch mal fragen dürfen“, sagte er achselzuckend und stieg endlich von ihrem Oberkörper.

Eine Frage hätte anders geklungen, dachte Lia und ging eiligen Schrittes ins Bad. Sie spuckte alles aus, was sie noch im Mund hatte und spülte mit viel Wasser nach.

„Ich weiß, ich habe dich ein bisschen überrumpelt damit“, hörte sie unvermittelt seine Stimme hinter sich: „Aber wer bezahlt, darf auch die Musik bestimmen.“

Sie sah ihn an und zuckte mit den Schultern. Diese Sichtweise konnte sie eigentlich nicht so recht akzeptieren, doch sie entgegnete nichts. Ohne ein weiteres Wort ging er an ihr vorbei und stieg unter die Dusche. Lia kehrte ins Zimmer zurück und setzte sich aufs Bett. Wars das jetzt? Oder erwartete er eine zweite Runde? Eigentlich schwer vorstellbar bei seinen Erektionsschwierigkeiten – die nach seinem Orgasmus ja nun vermutlich eher noch größer sein würden. Vielleicht wollte er aber noch kuscheln. Der Gedanke behagte ihr nicht. Aber so ganz entziehen können würde sie sich dem wohl nicht. Oder?

Kurz darauf kam er mit einem Handtuch in der Hand aus dem Bad zurück.

„Möchtest du auch noch duschen?", fragte er, während er sich weiter abtrocknete.

„Unbedingt!", entgegnete sie und ging ins Bad.

Das heiße Wasser war angenehm. Und obgleich sie vorhin am Waschbecken sicherlich so ziemlich alles bereits beseitigt hatte, empfand sie die Dusche auch als befreiend – nicht nur was mögliche Spermareste betraf.

Als Lia ins Zimmer zurückkehrte, hatte Martin sich bereits wieder angezogen. Kein Nach-Sex-Kuscheln also, stellte sie erleichtert fest. Normalerweise liebte sie dieses sinnliche Haut-an-Haut-Gefühl, wenn sie mit einem Mann geschlafen hatte. Aber das hier war etwas anderes. Hier und jetzt konnte sie gut darauf verzichten.

Martin ließ sie nicht aus den Augen, als sie sich anzog. Als sich ihre Blicke trafen, hielt sie diesem Blick stand. Sie schloss den BH und registrierte ein Achselzucken bei ihm.

„Schade eigentlich", sagte er. „Du hast wirklich tolle Brüste. Trägst du immer BH?"

„Meistens schon – außer wenn ich allein zu Hause bin natürlich."

„Ein Jammer, dass ein so schöner Busen in so einem engen Kleidungsstück versteckt werden muss."

Damit zauberte er ihr ein leichtes Lächeln ins Gesicht. Das war zumindest ein nettes Kompliment. Aber dass ihm ihre Oberweite gefiel, wusste sie ja bereits.

Als auch sie mit dem Anziehen fertig war, standen sie sich für einen Augenblick wortlos gegenüber. Wenn es das nun war, dann musste er ihr jetzt die vereinbarten 200 Euro geben. Lia mochte nicht danach fragen, aber er sagte auch nichts. Wartete er womöglich auf diese Frage, um noch einmal klarzustellen, dass er der Herr des Verfahrens war? Derjenige, der die Musik bezahlte? Oder betrachtete er sie einfach nur noch für einen Augenblick, weil sie ihm gefiel und sie an ihrer Bluse einen Knopf mehr offen gelassen hatte, als sie das normalerweise tat?

Glücklicherweise musste sie nicht nach der Bezahlung fragen. Martin griff in seine Jackentasche und zog mehrere Geldscheine heraus. Lia wollte die Hand danach ausstrecken, aber zu ihrer Verblüffung steckte er ihr die Scheine im nächsten Moment ins Dekolletee.

Das war keine Geste der Dominanz, das war eine Erniedrigung. Jedenfalls empfand sie das so. Dennoch sagte sie nichts dazu, sondern zog die Scheine aus ihrem Busen und betrachtete sie. Es waren fünf 50-Euro-Scheine.

„250", stellte sie verblüfft fest.

„Die 50 extra sind für dein Blasen. Das hast du wirklich gut gemacht", sagte er.

Zu gut, dachte Lia. Sie hatte noch immer einen seltsam salzigen Geschmack im Mund, der ihr nicht behagte. Und dass sie ihn am Ende geblasen hatte, war auch nicht unbedingt die Beschreibung, die sie gewählt hätte. In den Mund gefickt, traf es besser. Musste man als Sugarbabe eigentlich Dinge hinnehmen, die einem nicht gefielen? Sie würde mit ihrer Zimmernachbarin darüber reden. Saskia hatte schließlich Erfahrung.

Sie verließen das Hotel, nickten sich freundlich zu und gingen in entgegengesetzten Richtungen davon. Auf dem Weg zur U-Bahn versuchte Lia, ihre Gedanken und Gefühle zu sortieren.

Sie hatte es getan. Sie hatte es wirklich getan! Sie hatte sich für Geld ficken lassen. War sie damit nun zu einer Prostituierten geworden? Eigentlich hatte sie sich nicht so gefühlt – jedenfalls zunächst nicht. Auch nicht, als Martin zwischen ihren Beinen gelegen hatte und nicht einmal als er in ihrem Mund gekommen war. Als er ihr aber die Geldscheine zwischen die Brüste gesteckt hatte, war dieses Gefühl dann doch aufgekommen. Diese sehr besondere Zahlungsform hatte der Sache einen seltsamen Beigeschmack gegeben. Der fühlte sich noch unangenehmer an als das Sperma in ihrem Mund.

Immerhin hatte sie jetzt bis zum Monatsende wieder genug Geld. Was nächsten Monat passierte, würde sie nächsten Monat sehen.

„Er hat dir mehr Geld gegeben als vereinbart? Ernsthaft? Das habe ich noch nicht erlebt“, sagte Saskia, als die beiden Studentinnen am nächsten Abend über Lias erste Erfahrung als Sugarbabe sprachen.

„Ja, er meinte für mein Blasen."

„Das gehört ja dazu. Das erwarten die Typen immer. Da musst du das ja wirklich sensationell gemacht haben, wenn ihm das einen Schein extra wert war."

„Hm, naja. Er fand es wohl besonders geil, dass er in meinem Mund kommen konnte."

Saskia grinste: „Magst du das denn?"

„Überhaupt nicht. Du?"

„Nein, ich auch nicht."

„Und lässt du das trotzdem zu?"

„Manchmal schon. Kommt immer drauf an, wie viel Sympathie mitschwingt. Bei manch einem mache ich mehr, beim anderen weniger."

„Wie viele Sugardaddys hast du eigentlich?"

„Uff", entgegnete Saskia und dachte nach. „Kommt drauf an, wie du es rechnen willst. Im Moment habe ich leider keinen festen SD. Um auf mein Geld zu kommen, mache ich es also mit verschiedenen. Manche sind One-Night-Stands, manche date ich auch mehrfach."

„Ein fester SD wäre mir lieber als der ständige Wechsel."

„Klar, mir auch. Ist dein Typ von gestern dafür geeignet?"

„Weiß nicht. Ich glaube eher nicht. Er hat nichts von Wiedersehen gesagt. Ich glaube, dafür hat er auch nicht genug Geld."

„Das ist der Punkt. Manche Typen sind ja ganz nett und auch ganz gut im Bett. Aber wenn sie mich als festes SB mit einer gewissen Exklusivität haben wollen, dann sollten sie dafür schon 1000 Euro im Monat auf den Tisch legen – plus Abendessen, Hotel und so weiter natürlich. Dazu sind die meisten allerdings nicht in der Lage – oder auch nicht bereit."

„Manche Männer bieten das in ihrem Profil doch sogar an. 1000 bis 2000 Euro im Monat, habe ich gelesen."

„Naja, ob das dann wirklich so gemeint ist – wer weiß das schon. Die meisten Typen wollen dann doch nur eine schnelle Nummer für wenig Geld."

„1000 Euro im Monat extra wären schon schön – das wäre mehr als die monatliche Überweisung meiner Eltern", überlegte Lia laut. „Aber Geld allein ist es dann auch wieder nicht. Wenn ich einen Mann regelmäßig daten soll, dann möchte ich mich mit ihm auch wohlfühlen. Das war gestern nur sehr begrenzt der Fall."

„Sehr begrenzt?"

„Naja, eher im Sinne von gar nicht. Ich war ziemlich erleichtert, als ich aus der Dusche kam und er sich schon wieder angezogen hatte."

„Das klingt dann nicht nach dem Mann zum Wohlfühlen."

„Nein, ganz sicher nicht."

„Hat er dich denn wenigstens befriedigt?"

„Er hat es versucht. Aber für einen Höhepunkt muss ich mich besser fallenlassen können. Das ging gestern nicht. Orgasmen werden auch überbewertet."

„Das finde ich nun wiederum nicht. Ich möchte auch meinen Spaß dabei haben."

„Ja, sicher – es wäre natürlich schön, wenn das auch dabei wäre. Dafür war das gestern aber der falsche Mann."

„Dann hak ihn ab und schau dich weiter um. Mit jedem neuen Date kannst du die Szene besser einschätzen und bekommst ein Gefühl für die Männer. Außerdem brauchst du ja auch das Geld."

„Das stimmt leider. Was verdienst du denn so im Monat mit der Sache?"

„Sehr unterschiedlich. Ich habe ja auch nicht immer Zeit für ein Date. Aber neulich habe ich mir mal ein ganzes Wochenende für nichts anderes reserviert. Am Sonntagabend hatte ich dann 2000 Euro in der Tasche."

„Wie bitte? 2000 Euro für ein Wochenende? Welcher Mann bezahlt denn so etwas?"

„Nicht einer. Es waren sieben. Einer am Freitag, drei am Samstag, drei am Sonntag."

Lia starrte ihre Freundin mit großen Augen und offenem Mund an.

„Alles eine Frage der Koordination", fügte Saskia achselzuckend hinzu. „Dafür habe ich jetzt erst mal wieder genug Geld für die nächste Zeit und kann mich auf die Klausuren konzentrieren."

Auch eine Sicht der Dinge, dachte Lia. Wollte sie das ebenso machen wie Saskia? Ganz sicher nicht. Der Stundenlohn ihrer Freundin an jenem Wochenende war allerdings ziemlich verlockend – und nicht zu vergleichen mit dem Job im Bistro, den Lia verloren hatte.

Kapitel 3: Erfahrungen

Eigentlich war die akute Ebbe in ihrer Kasse jetzt erst einmal behoben. Und in ein paar Tagen gab es frisches Geld von den Eltern. Lia konnte trotzdem nicht widerstehen, sich nach dem Austausch mit ihrer Zimmernachbarin erneut bei mysugardaddy.de einzuloggen. Sie musste sich eingestehen, dass sie die ganze Sache irgendwie auch prickte. Abgesehen davon, dass sie vermutlich auch im nächsten Monat nicht mit ihrem Geld auskommen würde. Das war schließlich immer so. War diese Nebenbeschäftigung als Sugarbabe eine Möglichkeit, dieses Problem dauerhaft zu lösen? Vielleicht. Zumindest so lange, bis sie sich wieder neu verliebte. Da allerdings war derzeit niemand in Sicht. Das konnte sich natürlich schnell ändern, aber dann musste sie eben neu überlegen.

Zunächst einmal beschloss sie, ihr Profil etwas aufzupeppen. Sie schrieb einen ausführlicheren Text, in dem sie den Männern dieses Forums mitteilte, dass sie als Studentin arm wie eine Kirchenmaus sei und auf ein wenig Unterstützung hoffe. Dafür sei sie bereit, ihre Sinnlichkeit zu teilen – am liebsten regelmäßig mit einem charmanten und großzügigen Mann.

Der Text war ganz gut geworden, befand sie, als sie ihn gespeichert hatte. Aber würden Männer ihn überhaupt lesen? Vermutlich blieb das männliche Auge doch eher an weiblichen Kurven hängen als an schönen Formulierungen. Aber der Mann, den sie finden wollte, würde auch ihren Text lesen. Wenn er das nicht tat, dann kam er eben nicht infrage, beschloss sie. Jedenfalls nicht als dauerhafter Sugardaddy. Für einen One-Night-Stand war sie hingegen bereit, gewisse Kompromisse einzugehen.

Die Sache mit den weiblichen Formen musste sie jedenfalls angehen. Das Minirock-Bild von hinten, das derzeit ihr Profil zierte, war schon ganz gut. Es zeigte eine schlanke Frau mit schönen Beinen. Aber das Foto musste ja nicht das einzige bleiben. Lia zog einen Balconette-BH an, der ihre volle Oberweite betonte, darüber ein eng anliegendes T-Shirt und stellte sich mit dem Handy vor den Spiegel im Bad. Sie machte mehrere Selfies, teils von vorn, teils von der Seite. Die Ergebnisse waren gar nicht schlecht, befand sie. Aber noch nicht perfekt. Kurz entschlossen befreite sie sich vom BH und zog das enge T-Shirt wieder an. Das sah schon noch etwas aufreizender aus, befand sie, nachdem sie mehrere Bilder gemacht hatte. Sogar ihre Nippel waren zu erahnen, was auf den Fotos mit BH nicht der Fall gewesen war.

Sie beschnitt zwei dieser Bilder so, dass sie nur vom Kinn abwärts zu sehen war. Offen erkennbare Gesichtsbilder würde sie nicht in das Profil einfügen, sondern nur von Fall zu Fall verschicken, falls ein interessanter Mann auftauchte und danach fragte. Manche Männer zeigten zwar offen ihr Gesicht, aber das würde sie nicht tun. Wer wusste schon, was mit solchen Bildern in einer solchen Umgebung passierte. Das Internet neigte schließlich nicht zu Vergesslichkeit.

Als sie mit ihrer Profil-Nachbesserung fertig war, sah sie sich die Nachrichten an, die währenddessen eingegangen waren. Nicht alle Männer wählten den Umweg über die vorgefertigten Fragen, sondern investierten direkt ein wenig Geld, um ihr eine Nachricht schicken zu können. Das fand sie eigentlich ganz sympathisch.

„Hey du", schrieb jemand. „Ich bin gerade in Hannover im Hotel. Hast du Lust, mich zu besuchen?"

Das wäre jetzt allerdings schon wieder sehr spontan, überlegte Lia und sah sich das Profil an. Och nö, beschloss sie daraufhin. Mit zwei anderen Männern entwickelte sich ein ausführlicherer Chat. Einer fragte sie nach ihrem Studium, ihren Hobbys und nach ihren Erfahrungen in diesem Forum. Ein langsamer Kontakt-Aufbau mit viel Smalltalk. Offenbar wollte der Mann nicht einfach nur schnellen Sex, sondern sie wirklich kennenlernen. Das war auch eher das, was sie sich unter einer Sugardaddy-Beziehung vorstellte.

Der andere Mann war alles andere als langsam. Kein Smalltalk, nicht mal ein Hallo oder Hi oder etwas in der Art. Er kam sofort zur Sache:

„Ich warte im Erdgeschoss im Aufzug auf dich. Wenn wir uns gefallen, steigst du ein und zeigst mir auf dem Weg nach oben, was du zu bieten hast. Am besten bist du nackt unter deinem Sommermantel."

Ups, das war ja mal sehr direkt.

„Oben im 21. Stock setzen wir das Spektakel dann fort", schrieb er weiter.

Lia war immer noch verblüfft über diese eigentümliche Ansprache. Dennoch konnte sie nicht widerstehen, dem seltsamen Typen zu antworten:

„Äh, kennen wir uns?"

„Noch nicht. Genau das macht den Reiz aus", schrieb er. „Einfach ausprobieren! Abenteuer! Nervenkitzel!"

„Na ich weiß nicht."

„Diese Seite ist sonderbar. Wenn wir uns hier schon tummeln, dann doch bitte auch mit Spektakel."

„Ich glaube nicht, dass wir darunter dasselbe verstehen. Aber ansonsten gebe ich dir recht: Die Seite ist sonderbar. Ich merke es gerade."

„Ach komm schon! Du willst es doch auch! Ich spüre es!"

Das wars. Lia hatte gar nicht erwogen, dieser seltsamen Einladung zu folgen. Aber mit den Worten „Du willst es doch auch" hatte der Mann sich nun komplett aus dem Rennen geworfen. Als Lia diese Worte das letzte Mal von einem Mann gehört hatte, war das in einer Situation, die sie am Ende mit Hilfe von Pfefferspray auflösen musste. Seither war sie allergisch gegen die Unterstellung, dass sie irgendetwas doch schließlich auch wolle.

Sie konzentrierte sich wieder auf den zweiten Chat, den sie nebenher führte. Der Smalltalker schien zumindest nicht so durchgeknallt zu sein wie der Aufzug-Fahrer. Außerdem gefielen ihr die Bilder in seinem Profil.

„Lust auf ein Bier morgen Abend?", fragte er.

„Sprechen wir jetzt von Bier oder von mehr?"

„Mal sehen, ob es zwischen uns funkt. Von mir aus dann auch gleich mehr."

Lia überlegte einen Augenblick. Der Mann (er nannte sich Manuel) war 44 und wirkte relativ sportlich. Der Chat war nett gewesen, und sie hatte am nächsten Abend nichts vor. Also warum nicht.

Sie verabredeten sich und Lia kam anschließend ins Grübeln: Wurden solche Dates jetzt zu einer Freizeitbeschäftigung? Irgendwie prickelnd war das alles ja.

Sie trafen sich in einem Bistro in der Innenstadt, und Lia stellte fest, dass die Bilder in seinem Profil keineswegs geschönt waren.

„Du machst viel Sport, oder?", fragte sie, als sie sich schließlich gegenübersaßen.

„Ja, vor allem Krafttraining. Ein Mann muss stark sein."

„Muss er das?"

„Stehst du etwa auf die Marke Spargeltarzan?"

„Nein, das nicht", lachte Lia. „Ich habe gar nichts dagegen, wenn ein Mann eine sportliche Figur und gut trainierte Muskeln hat. Welche Frau mag das nicht?"

„Na siehst du. Mir gefällt dein Body doch auch. Das ist schon wichtig."

„Aber es gehört noch mehr dazu als nur ein schöner Körper."

„Ja sicher", stimmte er zu – auch wenn das eher pflichtbewusst klang und sein Blick mehr auf Lias Brüsten als in ihren Augen lag.

Mental waren sie vielleicht nicht so ganz auf einer Wellenlänge, stellte sie fest. Aber wenn sie ehrlich zu sich war: Sie konnte sich trotzdem gut vorstellen, mit diesem Kraftsportler ins Bett zu hüpfen. Sexuell wäre das sicherlich erfüllender als mit Martin und dessen Erektionsproblemen. Der war eher der Typ gesetzter Familienvater. Zum Krafttraining ging der sicherlich nicht.

Rein äußerlich war dieser Manuel schon ein Hingucker. Und er schien interessiert zu sein – seine Blicke sprachen eine deutliche Sprache.

Allerdings hatten sie noch gar nicht über Geld gesprochen. Oder sollte sie es einfach so mit ihm machen? Eigentlich war es doch schräg, sich dafür bezahlen zu lassen, wenn sie doch Lust auf den Mann hatte. Für die Seelenhygiene wäre es sicherlich besser, auch hin und wieder mal ohne Bezahlung mit einem Mann in die Kiste zu steigen – jedenfalls wenn es der richtige Mann war. Andererseits war ihnen beiden natürlich auch klar, in welchem Forum sie sich kennengelernt hatten. Lia hatte sich dort eingeloggt, weil sie chronisch knapp bei Kasse war. Aber jetzt in diesem Moment wäre es ihr doch unangenehm, die Sache anzusprechen. Im Chat sah das anderes aus. Da hatte man hinreichend Distanz, da konnte man alle Fragen problemlos stellen. Zu blöd, dass sie das gestern versäumt hatte. Darauf würde sie künftig achten. Sie beschloss, das Thema vorerst nicht von sich aus anzusprechen. Irgendwie würde sich das schon noch finden.

„Was machst du denn in deiner Freizeit?", fragte er irgendwann. „Tanzen ist deine große Leidenschaft, hast du gestern im Chat erzählt. Ist das denn alles?"

„Ich weiß nicht, ob diese Art von Dating sich nicht zu einer gewissen Freizeitbeschäftigung entwickelt", entgegnete Lia schmunzelnd.

Manuel lachte: „Triffst du dich so oft mit Männern?"

„Nein, du bist erst der zweite."

„Oh, dann war der erste wohl eine Pleite."

„Das will ich so nicht sagen."

„Hattest du Sex mit ihm?"

„Geht dich das etwas an?"

„Nein. Aber sag schon: Hattest du?"

„Ja, hatte ich."

„Gleich beim ersten Date?"

„Ja."

Manuel nickte und wirkte irgendwie zufrieden über die Aussage.

„Finde ich gut", sagte er. „Ich mags nicht, wenn eine Frau erst Tage oder Wochen überlegen muss, ob sie will oder nicht."

„Du willst vermutlich auch eher schnell mit einer Frau ins Bett, oder?"

„Na klar. Vor allem mit einer, die solchen Titten hat wie du."

Die Bezeichnung „Titten" mochte Lia nicht, aber sie beschloss, das großzügig zu überhören. So wie er das Wort ausgesprochen hatte, machte es ihn wohl an. Waren sie soeben dabei, alles für die Fortsetzung des Abends klarzumachen? Offenbar lief es darauf hinaus.

„Aber natürlich soll das hier keine Freizeitbeschäftigung werden, sondern hin und wieder mal etwas Besonderes sein", nahm Lia den Smalltalk-Faden wieder auf. „Vor allem dann, wenn ich knapp bei Kasse bin."

Perfekt, dachte sie. So hatte sie das Thema Geld doch noch zur Sprache gebracht, ohne direkt fragen zu müssen. Zugleich beschloss sie, jeden Betrag zu akzeptieren, den er ihr anbieten würde. Aber er ging nicht auf diesen Schwenk ein.

„Und was machst du sonst so, wenn du nicht studierst oder Männer datest?", fragte er.

Na schön, dann also erst noch ein bisschen mehr Smalltalk, dachte Lia. Allzu viel wussten sie ja auch noch gar nicht voneinander. Wie viel musste man denn voneinander wissen, bevor man zusammen ins Bett ging?

„Ich arbeite ehrenamtlich in einem Projekt mit, in dem ausländische Kinder Deutsch lernen", sagte sie.

„Du machst was?", fragte er zurück und betonte das „Was" in einer seltsamen Tonlage.

„Ich bringe Kindern von Geflüchteten Deutsch bei. Ist ja eine Schlüsselfähigkeit, wenn man hier leben will."

Er sah sie an und nickte.

„Aha", sagte er schließlich.

Im nächsten Augenblick hielt er die Kellnerin an, die gerade am Tisch vorbeikam, und bezahlte. Ups, dachte Lia. Das war jetzt aber ein abruptes Ende des Gesprächsthemas.

„Und jetzt?", fragte Lia.

„Nichts und jetzt", sagte er und stand auf.

„Ach", entgegnete sie, während sie ebenfalls aufstand. „Ich dachte, dir gefallen meine Titten."

„Das schon", bestätigte er. „Aber ich gehe ganz bestimmt nicht mit so einer Ausländerschlampe ins Bett!"

Lia holte tief Luft und vergaß für einen Moment das Ausatmen. Ohne ein weiteres Wort wandte Manuel sich ab und ließ sie stehen.

Das musste sie erst einmal verdauen. Der Typ hatte die Sache allen Ernstes scheitern lassen, weil sie sich für Geflüchtete engagierte? Wie krank war das denn? In diesem Forum tummelten sich seltsame Menschen. Nahmen manche Männer vielleicht auch sie als seltsam wahr?

Lias Bedarf an solchen Kontakten war fürs erste gedeckt. Eine Woche lang loggte sie sich nicht mehr in dem Forum ein, dann allerdings hatte sie den Ausländerhasser Manuel einigermaßen verdaut. Zudem hatte sie Lust, ihm doch noch eine kurze Mail zu schicken. Zuvor stellte sie sich vor ihren Badspiegel und machte ein Selfie – gesichtslos, aber oben ohne. Dieses Bild schickte sie dem Mann – versehen mit dem Kommentar:

„Nur damit du weißt, was du verpasst hast."

Als er daraufhin antwortete und meinte, man könne es ja vielleicht doch einmal miteinander probieren, reagierte Lia so, wie sie es sich zuvor schon überlegt hatte: Sie blockierte das Profil des Mannes – weitere Kontaktaufnahme ausgeschlossen.

In ihrer weiteren Zeit als Sugarbabe wurde Lia immer mal wieder um ein Nacktfoto oder ein Oben-ohne-Bild gebeten. Sie lehnte es stets ab, einem solchen Wunsch nachzukommen. Dieses eigens für den Ausländerhasser erstellte Bild zu verschicken, hatte ihr hingegen diebischen Spaß gemacht. Mit dem virtuellen Stinkefinger hatte sie die Sugardaddy-Sugarbabe-Welt für sich wieder ins Lot gebracht – und wandte sich nun den Mails zu, die in den vergangenen Tagen aufgelaufen waren.

Der Mann von ihrem ersten Date hatte nicht erneut geschrieben – was Lia eigentlich vermutet hätte. Zumal er ja den Sex als geil wahrgenommen hatte – so geil, dass er am Ende 50 Euro mehr als vereinbart auf den Tisch gelegt (beziehungsweise ins Dekolletee gesteckt) hatte. Vielleicht beschränkten sich Martins Sugarbabe-Kontakte auf die Auszeiten, die er bei Abwesenheit seiner Frau organisieren konnte. Und die waren womöglich sehr selten. Aber Martin war ohnehin nicht der Sugardaddy für eine langfristige SD-Beziehung.

Mit einem anderen Mann entwickelte sich an diesem Abend ein längerer Chat. Er hieß Bernie, war 47 Jahre alt und wirkte nicht unattraktiv. Er stellte viele Fragen und erzählte wenig von sich selbst. Immerhin sprach er von sich aus das Thema Geld an. Das war Lia weit angenehmer, als wenn sie das tun musste.

„Was würdest du denn für ein Taschengeld haben wollen, wenn wir uns näherkommen sollten?“, fragte er.

„Schlag du etwas vor“, spielte Lia den Ball zurück.

Die Bezeichnung „Taschengeld“ empfand sie in diesem Zusammenhang als ziemlich sympathisch.

„Kommt drauf an, was du machst“, erwiderte er.

„Nur normale Sachen.“

„Blasen ohne, ficken mit Gummi?“

„Ja, das ist okay.“

„Auch mit küssen, lecken und fingern?“

„Ja, auch das.“

Seltsam, dass jemand nach küssen erst noch fragte. Das war doch eigentlich eine Selbstverständlichkeit, wenn man sich näherkam. Oder war das in dieser Szene anders? Lia griff zu einem Zettel und legte eine Liste mit Fragen an, die sie ihrer Zimmernachbarin stellen wollte.

„Anal?", fragte Bernie.

„Nein, das will ich nicht."

„Na gut, das muss auch nicht sein. Aber alles andere wäre ganz schön. Sagen wir 300 Euro ohne dass wir auf die Uhr sehen müssen?"

Auf die Uhr sehen, wäre ihr beim Sex auch nicht in den Sinn gekommen. Aber offenbar gab es Frauen, die das anders hielten. Jedenfalls würde das erklären, weshalb Bernie das eigens erwähnte. Die ganze Nacht hatte er ja wohl nicht damit gemeint. Aber dass sie ein paar Stunden miteinander verbrachten, empfand sie eigentlich als selbstverständlich.

Drei Abende später saßen sie sich bei Pizza und Rotwein gegenüber. Der Mann war nicht unkommunikativ, aber er überlegte offenbar sehr genau, was er sagte. Genau wie im Chat stellte er weit mehr Fragen, als er selbst preiszugeben bereit war. Er wirkte ein bisschen introvertiert. Lia hatte den Eindruck, dass dieser Bernie sehr in seiner eigenen Welt lebte. Zu diesem Eindruck trug auch bei, dass er unverheiratet war und allein ein Haus auf dem Land bewohnte, wie er erzählte. Wo sich dieses Haus befand, wollte er jedoch nicht verraten. Aber das war auch nicht so wichtig. Wenn es außerhalb von Hannover war, dann würde sie ihn dort ohnehin nicht besuchen kommen – sofern sich mit diesem Mann denn eine Beziehung entwickeln sollte, bei der sie sich einen solchen Besuch überhaupt vorstellen konnte.

„Ich habe ein Hotelzimmer hier in der Nähe reserviert“, sagte er, als sie ihren Kaffee nach dem Essen getrunken hatten. „Wollen wir da jetzt hingehen?“

Theoretisch konnte Lia nun natürlich auch nein sagen. Mit seiner Einladung zum Abendessen hatte sie sich zu nichts verpflichtet. Bernie war zwar nicht der Mann, auf den sie ernsthaft Lust verspürte, aber er war höflich und nicht unangenehm. Sie konnte sich durchaus vorstellen, Sex mit ihm zu haben. Außerdem winkten am Ende des Abends 300 Euro, die sie gut brauchen konnte. Also warum nicht.

„Dafür sind wir ja hier“, entgegnete sie und lächelte ihn an.

Er schien sich darüber zu freuen. Jedenfalls zeigte er ebenfalls so etwas Ähnliches wie ein Lächeln.

Als sie das Hotelzimmer betreten hatten, umarmte und küsste er sie. Dabei legte er seine Hände auf ihren Po und drückte sie fest an sich. Sie spürte, dass er bereits eine Erektion hatte. Bernie wirkte sehr kontrolliert, aber manche Gefühle konnte ein Mann nun einmal nicht verbergen, dachte Lia innerlich schmunzelnd. Naja, dieses männliche Gefühl ging in dieser Situation natürlich absolut in Ordnung.

Als sie sich wieder voneinander gelöst hatten, zog er sie aus. Nicht sinnlich-langsam, aber auch nicht hektisch. Eher geschäftsmäßig. Erst sie, dann sich selbst.

Dabei legte Bernie seine Sachen sehr ordentlich auf einen Stuhl am Fenster. Seinen Slip behielt er jedoch noch an.

„Setz dich auf die Bettkante!", forderte er sie auf.

Sie tat, was er verlangte, und er stellte sich vor sie. Er griff zu ihrem Kopf und drückte ihn in seinen Schoß.

„Zieh mir den Slip aus!", sagte er.

Lia griff zu dem Kleidungsstück, das sich sehr stark wölbte, und zog es herunter. Sein steifer Schwanz sprang ihr regelrecht ins Gesicht. Wow, dachte sie, als sie ihn betrachtete und in die Hand nahm. Das war nicht gerade ein kleiner Schwanz. Gut, dass sie schon im Chat klargestellt hatte, dass anal nicht infrage kam. Das hatte sie zwar schon gemacht, mochte es aber nicht sonderlich. Und so einen großen wollte sie schon gar nicht im Hintereingang spüren.

„Blas ihn!", forderte er sie auf.

Ja doch, dachte Lia. Du musst mir nicht jeden Schritt vorgeben. Ich mach das schon. Sie entgegnete jedoch nichts, sondern nahm den Schwanz wie verlangt in den Mund – so tief das bei dieser Größe möglich war. Sie spürte seine Hände auf dem Kopf, während sie ihn blies. Sie unterstützte ihr Blasen mit einer Hand und kraulte mit der anderen zudem seine Eier. Das Zusammenspiel schien ihm zu gefallen.

„Hör auf!", sagte er irgendwann. „Sonst kommt es mir."

Umgehend beendete Lia ihre Mundmusik. Schön, dass er sie gewarnt hatte und nicht einfach so in ihrem Mund gekommen war, wie Martin das getan hatte. Aber Bernies Warnung hatte natürlich auch einen eigennützigen Grund. Würde er so schnell kommen, wäre er (zumindest vorerst) sicherlich nicht in der Lage, sie auch noch zu ficken. Lia war sich sicher, dass er das unbedingt auch noch wollte. Allein schon seine bereit gelegten Kondome auf dem Nachttisch zeigten das sehr deutlich. Schön, dass Gummis für ihn offenbar selbstverständlich waren.

Vorerst aber tat er etwas anderes. Sie legten sich nebeneinander aufs Bett, er küsste sie und ließ eine Hand in ihren Schoß wandern. Ach ja, er wollte ja gern fingern, wie er im Chat angekündigt hatte. Wenn der Mann ein Programm abarbeitete (was sie bei Bernie für durchaus denkbar hielt), dann würde er sie wohl als nächstes lecken. Sie sollte recht behalten.

Als ihre Muschi unter den Liebkosungen seiner Finger immer feuchter wurde, drehte er sich und vergrub seinen Kopf in ihrem Schoß. Sie spürte seine Zunge, die sich vorsichtig zwischen ihre Schamlippen schob und sie sanft zu verwöhnen begann. Er war viel einfühlsamer dabei als Martin, dessen Lecken eher hektisch gewesen war. Dieser Bernie wusste, wie er eine Frau verwöhnen konnte – und ganz offensichtlich wollte er genau das tun, und nicht allein seine Lust befriedigen. Das war ein schöner Gedanke, bei dem Lia sich mehr und mehr fallenlassen konnte – mit dem Ergebnis, dass sie bald darauf ein Orgasmus durchzuckte.

Nach den Erfahrungen ihres ersten Dates hatte sie damit gar nicht unbedingt gerechnet. Sie hatte zwar grundsätzlich keine Probleme, zu einem Höhepunkt zu kommen, aber das hier war doch eine sehr spezielle Art von Sex, bei der es letztlich um etwas anderes ging als um gegenseitiges Verwöhnen. Genau genommen, erbrachte sie eine Dienstleistung. Doch diesen Gedanken schob sie sofort wieder beiseite. Darüber wollte sie jetzt nicht nachdenken.

Bernie tauchte aus ihrem Schoß auf, legte sich erneut neben sie und küsste sie. Das dehnte er jetzt aber nicht allzu sehr aus. Stattdessen hockte er sich bald über ihren Oberkörper. Lia erwartete, dass er sie nun in den Mund ficken wollte, wie auch Martin das getan hatte. Aber Bernie hatte etwas anderes im Sinn: Er drückte seinen Schwanz in ihren Busen. Als Lia daraufhin ihre Brüste zusammendrückte, begann er einen Busenfick.

„Bei so schönen großen Brüsten wollte ich das schon lange mal machen", sagte er.

Sie quittierte sein Kompliment mit einem Lächeln. Sie musste sich eingestehen, dass auch sie dieses große Stück Männlichkeit zwischen ihren Brüsten als geil empfand. Das passte ganz gut zusammen.

Bald aber rollte er sich zur Seite, griff zu einem Kondom und riss die Verpackung auf. Aha, dachte Lia. Der nächste Programmpunkt. Immerhin hatte er aufgehört, ihr Anweisungen zu erteilen.

Nachdem er seinen Schwanz verpackt hatte, legte er sich in der Missio zwischen ihre Beine. Er drang nicht auf Anhieb in sie ein, aber als sie ihm mit der Hand eine kleine Hilfestellung gab, war er sofort tief in ihr. Etwas anderes als tief war bei diesem Mann wohl auch kaum möglich, dachte sie, als er sie zu ficken begann. Er füllte sie vollkommen aus, und sie musste sich eingestehen, dass sich das ziemlich geil anfühlte.

Als Lia irgendwann einen Positionswechsel einleiten wollte, hielt er sie fest.

„Was soll das werden?“, fragte er.

„Ich will nach oben“, entgegnete sie.

„Nein!“, sagte er. „Das mag ich nicht.“

Dann eben nicht, dachte sie. Hatte er Angst, dass er in der Reiterstellung nicht mehr die Kontrolle hatte? Na egal, dann eben weiter in der Missio.

Vielleicht war es gar nicht so schlecht, dass sie in dieser Position geblieben waren. Jedenfalls spürte Lia irgendwann ein leichtes Kribbeln in sich, das sich mehr und mehr aufbaute. Kurz darauf schrie sie einen heftigen Orgasmus heraus. Sie bebte förmlich, und er hielt für einen Moment inne. Dabei sah er sie mit dem Ansatz eines Lächelns an. Anschließend stieß er wieder zu und hörte nicht auf, bis es auch ihm gekommen war.

Als sein Zucken in ihr nachließ, sackte er auf ihr zusammen und sie stellte fest, dass sich sein heftiger Atem nach und nach beruhigte. Er würde doch wohl hoffentlich nicht einschlafen wollen?

Lia drückte gegen seine Schulter, und er richtete sich wieder etwas auf. Nein, am Einschlafen war er nicht. Im nächsten Moment zog er sich aus ihr zurück und hielt das Kondom dabei fest. Das fand sie gut. Sie hatte es beim Quickie nach einer Studenten-Party schon einmal erlebt, dass sich das Gummi dabei vom schrumpfenden Schwanz verabschiedet hatte. Das wollte sie lieber nicht noch einmal erleben. Aber das passte zu diesem kontrollierten Bernie. Er achtete auf so etwas.

„Nach dem Sex muss man duschen“, sagte er, sprang aus dem Bett und verschwand im Bad.

Er schloss die Tür hinter sind, Lia blieb auf dem Bett und dachte über den Mann nach. So ganz schlau wurde sie nicht aus ihm. Was machte er wohl beruflich, überlegte sie. Buchhalter vielleicht oder etwas in der Art. Das würde zu ihm passen. Andererseits konnte man sich bei solchen Dingen auch leicht irren. Sie hätte auch nicht erwartet, dass er ihr zwei Höhepunkte bescheren würde – und der zweite war auch noch ausgesprochen heftig gewesen. Passte das zu diesem kontrollierten Mann, der eher wenig Leidenschaft zeigte? Naja, vielleicht passte es ganz einfach zu einem Mann mit einem großen Schwanz. So vollkommen ausgefüllt fühlte sich ein Fick doch noch anders an als sonst.

Ob er wohl noch eine weitere Runde wollte? Lias Blick fiel auf den Nachttisch, wo neben der aufgerissenen Verpackung noch immer mehrere unbenutzte Kondome lagen. Ja, vermutlich würde er noch einmal wollen, mutmaßte sie. Schön, dass er vorher duschen ging und sein Sperma beseitigte.

„Die Dusche ist frei", sagte er, als er wieder ins Zimmer kam und hielt Lia die Tür zum Bad auf.

Sie erwartete, dass er ihr zusehen würde. Ihr letzter Freund hatte das oftmals gemacht, wenn sie unter der Dusche stand. Aber Bernie tat das nicht. Er schloss sogar die Tür hinter ihr, als sie an ihm vorbei ins Bad ging. Das empfand sie als angenehm. Er ließ ihr ein paar Minuten Privatsphäre.

Nach der Dusche trocknete sie sich sorgfältig ab, ging zurück ins Zimmer – und erlebte eine Überraschung: Bernie war verschwunden. Der Stuhl, auf dem er vorhin seine Sachen so ordentlich abgelegt hatte, war leer. Auch die unbenutzten Kondome waren vom Nachttisch verschwunden; lediglich die eine aufgerissene Verpackung lag dort noch sehr einsam und verlassen. Sonst hatte er nichts dagelassen – auch kein Geld. Lia sah sich sorgfältig um, aber da war nichts. Lediglich ihre Kleidung war noch da. Sie zog sich kopfschüttelnd an und wurde immer wütender. Dieses dumme Arschloch, dachte sie.

„Hat mein Begleiter noch irgendetwas gesagt?", fragte Lia den Mann an der Rezeption.

„Nein", entgegnete er gleichmütig. „Aber er hatte es offenbar sehr eilig."

Kann ich mir denken, dachte Lia. Für einen Moment dachte sie nach, verließ dann aber ebenfalls rasch das Hotel. Der seltsame Blick des Portiers gefiel ihr nicht. Offenbar zählte er soeben eins und eins zusammen.

„Hast du nicht etwas vergessen bei unserem Date?", schrieb sie Bernie umgehend, als sie sich etwas später in ihrem Wohnheim-Appartement ins Sugardaddy-Forum eingeloggt hatte.

Anschließend holte sie sich ein Bier und loggte sich auch bei Facebook ein. Ein bisschen Ablenkung würde ihr guttun. Das Browserfenster zu den Sugardaddys ließ sie aber ebenfalls offen. Auf zwei eingehende Nachrichten von anderen Männern reagierte sie jedoch nicht.

Etwa eine Stunde später sah sie, dass auch Bernies Profil einen leuchtend grünen Punkt hatte. Er war online. Ob er wohl wenigstens noch antworten würde? Ja, er würde.

„Ich wüsste nicht, was ich vergessen haben sollte", entgegnete er auf ihre Mail.

„Ich schon: 300 Euro!"

„Die habe ich dir auf den Nachttisch gelegt, bevor ich gegangen bin."

„Quatsch!", entrüstete sich Lia.

Das war ja wohl eine dreiste Lüge. Jetzt war sie nicht mehr wütend, jetzt war sie außer sich.

„Außerdem hattest du doch auch deinen Spaß", schrieb er. „Und ich habe das Abendessen und das Hotel bezahlt."

Lia starrte fast ungläubig auf die Zeilen im Chat. „Ja und?", wollte sie schreiben. Aber das ging nicht mehr. Bernie hatte ihr Profil soeben blockiert. Weitere Kommunikation ausgeschlossen.

„Hm ja, das ist mir auch schon passiert", sagte Saskia, als Lia ihr am nächsten Tag die Geschichte erzählte. „Seither lasse ich mir das Geld immer vorher geben."

Natürlich, dachte Lia. Das würde sie künftig wohl auch besser so halten. Und sie würde erst zu Hause duschen und den Mann nicht mit ihren Sachen allein lassen. Wer wusste schon, ob ein Mann sie nicht zusätzlich auch noch beklauen würde. Das immerhin hatte Bernie nicht getan. Obwohl – irgendwie war es ja doch eine gewisse Form von Diebstahl. Sie hatten vereinbart, dass er ihr 300 Euro geben und sie dafür mit ihm schlafen würde. Er hatte den Sex erhalten, sie aber nicht das Geld. Es war auf jeden Fall Betrug. Das fühlte sich richtig mies an –schlimmer noch als die Geldscheine, die ihr der erste Sugardaddy ins Dekolletee gesteckt hatte.

Kapitel 4: Unterschiede

Lia hielt sich an den Vorsatz, nur noch Sex zuzulassen, wenn sie das vereinbarte Geld vorab erhalten hatte. In den folgenden Wochen hatte sie vier weitere Dates mit unterschiedlichen Männern, mit zweien davon ging sie auch ins Bett. Mit den anderen beiden stimmte die Chemie nicht. Beide hätten gewollt, einer reagierte zum Ende des gemeinsamen Abendessens mit einem traurigen Schmollmund. Das wirkte so sympathisch, dass sie es sich beinahe doch noch anders überlegt hätte. Aber nur beinahe. Es passte einfach nicht.

Der andere Mann, dem sie einen Korb gab, reagierte anders. Er hatte soeben das gemeinsame Abendessen bezahlt und den Vorschlag für ein Hotel in der Nähe gemacht, in das er nun mit Lia wechseln wolle. Als sie ihm jedoch mitteilte, dass es bei ihr nicht hinreichend gefunkt habe für körperliche Nähe, wurde er laut und beschimpfte sie als „blöde Nutte“. Zudem verlangte er die Hälfte der Restaurantrechnung von ihr. Lia verwies darauf, dass er sie im Chat ausdrücklich zum Abendessen eingeladen habe, stand auf und ging. Er schimpfte noch hinter ihr her, aber das ließ sie über sich ergehen. Nur die Blicke der anderen Gäste in dem Lokal empfand sie als unangenehm. Ihn störte es wohl weniger, ein solches Aufsehen zu erregen.

Die beiden Männer, mit denen sie nach dem Kennenlernen ins Hotel wechselte, forderte sie nach Betreten des Hotelzimmers auf, ihr die vereinbarten 300, beziehungsweise 200 Euro vorab auszuhändigen. Beide taten es, der zweite allerdings mit einem seltsamen Blick sowie einem Achselzucken, über dessen Sinn Lia nachdachte, als sie etwas später neben dem leicht verschwitzten Mann lag und ihn ansah. Der Sex war nicht schlecht gewesen, der Mann hatte sie zum Orgasmus gefickt und sie war lustvoll bei der Sache gewesen. Als sie sich jetzt in seinen Arm kuscheln wollte, drehte er sich jedoch weg und verließ das Bett.

„Ich denke, das wars dann“, sagte er und begann sich anzuziehen.

„Habe ich etwas falsch gemacht?“, fragte Lia und sah ihn an.

Dabei öffnete sie ihre Beine, sodass er einen guten Blick auf ihre Muschi bekommen konnte, die nach dem Sex sicherlich noch immer feucht glänzte. Sie hätte sich durchaus eine zweite Runde mit dem relativ attraktiven Mann vorstellen können. Sie hatte an dem Sex mit ihm wirklich Spaß gehabt.

„Nein, alles gut“, entgegnete er. „Du hast dein Geld, wir haben gefickt und damit können wir jetzt wieder unserer Wege gehen.“

„Das klingt so sachlich“, murmelte Lia. „Gerade wie, wie bei …“

Sie suchte nach einem passenden Wort, konnte aber keins finden.

„Du meinst, wie bei einer Prostituierten?“, griff er den Faden auf.

Natürlich, das hatte sie gemeint. Den Begriff hatte sie aber nicht aussprechen wollen. Dass er das jetzt getan hatte, gab ihr einen Stich.

„Das klingt nicht schön“, sagte sie, zog die Beine an und schlang ihre Arme um die Knie.

Der Blick in ihren Schoß war damit versperrt. Das war ihr plötzlich wichtig.

„Hälst du mich für eine Prostituierte?“, fragte sie, während er den Gürtel seiner Hose schloss und sie ansah.

„Ich weiß nicht“, entgegnete er und dachte nach. „Eigentlich nicht. Ich fand unser Abendessen sehr schön, dein Lachen klang echt, und ich hatte das Gefühl, dass es zwischen uns ein bisschen brizzelte. Natürlich wusste ich, dass du Geld von mir erwartest, das hatten wir ja so vereinbart. Aber als du es vor dem Sex haben wolltest, ist bei mir eine Klappe gefallen.“

„Was denn für eine Klappe?“

„Die Klappe, dass du hier eben doch nur eine Dienstleistung erbringst. Sex gegen Geld. Hätte ich dir beim Verlassen des Zimmers den Briefumschlag gegeben, den ich vorbereitet hatte, hätte sich das für mich anders angefühlt als die Bezahlung vorab. Jetzt habe ich tatsächlich das Gefühl, ich verlasse das Bett einer Prostituierten.“

Lia nickte. Die Sichtweise konnte sie nachvollziehen. Sie hätte seine Variante mit dem Briefumschlag ebenfalls vorgezogen.

„Ich habe in der Hinsicht einmal eine schlechte Erfahrung gemacht“, sagte sie und stand nun ebenfalls auf.

Er nickte nur und sah ihr beim Anziehen zu. Er fragte nicht weiter nach und sie gab ihm auch keine weitere Erklärung zu der erwähnten Erfahrung. Er konnte sich ja wohl denken, was sie damit gemeint hatte.

Der Gedanke, womöglich eine Prostituierte zu sein, war bei Lia dann und wann schon mehrfach kurz aufgeblitzt, aber sie hatte ihn ganz gut verdrängen können. Nachdem ein Sugardaddy diese Bezeichnung nun aber ausgesprochen hatte, waberte das Wort durch ihren Kopf – einfach beiseiteschieben nicht mehr möglich. Natürlich gab es Unterschiede zwischen einer Prostituierten und einem Sugarbabe. Doch welche waren das eigentlich, überlegte sie und gab ein paar Stichwörter bei Google ein. Wie definierten andere Menschen das?

Fündig wurde sie in einem Diskussionsforum für Sugardaddy-Sugarbabe-Beziehungen. Dort hatte jemand diverse Unterscheidungsmerkmale notiert: Eine Prostituierte, so dieser Beitrag, habe ihren festen Preis, und den verlange sie vom Freier. Ein Sugarbabe hingegen lege viel Wert auf ein vorheriges Kennenlernen – und erst bei diesem Kennenlernen werde über Sex und Geld gesprochen. Hm, überlegte Lia. Natürlich legte sie viel Wert auf das Kennenlernen. Aber das Thema Geld wollte sie doch besser vorab im Chat klären. Das sah sie völlig anders als der unbekannte Autor dieses Beitrags. Über Geld beim Abendessen (also kurz vor dem Sex) zu reden, störte nach ihrem Empfinden erst recht die freundschaftliche Atmosphäre, die sich hier aufbauen sollte – und die die ganze Sache von Prostitution unterschied. Das sahen auch einige andere Menschen (Männer wie Frauen) in diesem Forum ähnlich wie sie. Das Finanzielle solle bereits geklärt sein, bevor man sich traf, lauteten mehrere Kommentare.

Beim zweiten Punkt konnte Lia schon eher mitgehen: Eine Prostituierte nahm zwar nicht jeden Mann, aber doch so ungefähr 90 Prozent derjenigen, die Sex mit ihr wollten. Bei einem Sugarbabe, so mutmaßte der Autor, waren es allenfalls 10 Prozent.

Wie viele Männer hatten sie in den vergangenen Wochen angeschrieben oder ihr zumindest diese vorgefertigten Fragen geschickt? Sicherlich um die 50. Im Bett gewesen war sie jetzt mit vier Männern – mit den 10 Prozent kam das bei ihr also ganz gut hin. Sogar weniger als 10 Prozent. Naja okay, es hatte da auch noch diesen gut trainierten Ausländerhasser gegeben, der sie wegen ihres Engagements für geflüchtete Kinder dann nicht gewollt hatte. Mit dem wäre sie auch in die Kiste gestiegen. Genau genommen waren es somit fünf – also doch 10 Prozent.

Interessant wurde es bei einem weiteren Punkt, dem so ziemlich alle Kommentare zustimmten: Für eine Prostituierte war Geld eine Bedingung für Sex. Bei einem Sugarbabe zwar auch, aber die hatte weitere Bedingungen: Charme, Esprit, Freundlichkeit – ganz einfach die berühmte Chemie, die zwischen zwei Menschen stimmen musste. Nach diesem Kriterium war Lia keine Prostituierte. Die Chemie musste stimmen – das war unabdingbar. Sonst ging gar nichts. Die meisten Männer, die sie anschrieben, kamen nicht infrage. Und auch nicht mit allen, die sie getroffen hatte, war sie ins Bett gegangen.

Beim nächsten Punkt wurde Lia stutzig: Eine Prostituierte verlange das Geld vorab – bestand also auf Bezahlung ihres Preises. Ein Sugarbabe, so der Autor des Beitrags, betrachte das Geld eher als Geschenk, das sie zwar erwarte, aber erst nach dem Sex. Manche Sugardaddys machten die Größe dieses Geschenks denn auch davon abhängig, wie der Sex gewesen war. Das konnte Lia bestätigen: Bei ihrem ersten Date hatte sie immerhin 50 Euro mehr erhalten als vereinbart. Aber ansonsten gefiel ihr dieses Unterscheidungsmerkmal nicht: Nachdem sie um den vereinbarten Betrag betrogen worden war, verlangte sie Vorkasse – war nach dieser Definition also eine Prostituierte.

Natürlich war sie das nicht, beschloss sie, als sie an diesem Abend den Laptop zuklappte. Nach allen anderen Punkten in dieser Aufzählung war sie ein Sugarbabe. Dass sie das Geld vorab wollte, lag lediglich an ihrer Abneigung, sich verarschen zu lassen.

Kapitel 5: Probevögeln

In den folgenden beiden Wochen surfte Lia zwar immer mal wieder durch das Sugardaddy-Forum, war dabei aber eher lustlos. Mit mehreren Männern entwickelten sich Chats, aber sobald es um das Thema Geld ging, kam bei ihr der Gedanke auf, ob sie nicht doch auf dem Weg war, eine Prostituierte zu werden. Der Gedanke tat ihr nicht gut. Am liebsten hätte sie das Thema Geld in Verbindung mit Sex ausgeklammert. Aber sie wusste, dass das mit ihrer Kassenlage nicht vereinbar war. Oder vielleicht doch?

„Lass uns nicht über Geld reden", las sie im Profiltext eines 51-Jährigen. „Über Geld redet man nicht, Geld hat man – ich zumindest. Und wenn es zwischen uns funken sollte, dann will ich dich gern mit einem monatlich festen Betrag unterstützen, über den wir einmal sprechen und dann nie wieder."

Das klang eigentlich genau nach dem Sugardaddy, den sie sich wünschte. Ein monatlich fester Betrag und nur ein einziger Mann, mit dem sie dafür ins Bett gehen musste. Aber war „musste" die richtige Vokabel in diesem Zusammenhang? Wenn es der richtige Mann war, dann würde sie schließlich auch gern mit ihm in die Kiste steigen. Sonst war es nicht der richtige Mann. Auf jeden Fall wäre so ein fester Sugardaddy angenehmer als ständig wechselnde Männer, bei denen man nie wusste, was auf einen zukam.

Die Frage war natürlich, welche Art von Beziehung dem Mann vorschwebte. Aber das ließ sich ja herausfinden, dachte Lia und schickte ihm einen virtuellen Kuss – eine Form der Kontaktaufnahme, die in diesem Forum kostenlos war. Am nächsten Abend hatte er ihr eine jener vorgefertigten Fragen geschickt – nur eine einzige:

„Findest du mein Profil interessant?", wollte er wissen.

Sie antwortete mit „Ja", ein paar Minuten später schrieb er sie an.

„Guten Tag fremde Frau", las sie. „Freut mich, dass dir mein Profil gefällt."

„Freut mich, dass das offenbar auf Gegenseitigkeit beruht", entgegnete sie.

Das unterstellte sie einfach mal. Ansonsten hätte der Mann sie sicherlich nicht persönlich angeschrieben – was in diesem Forum schließlich mit Extrakosten verbunden war.

„Bei einer so schönen Frau kann ich den Kuss doch nicht unerwidert lassen", schrieb er zurück.

„Schöne Frau? Du siehst doch kaum etwas von mir", erwiderte sie.

„Aber was ich sehe, gefällt mir."

Aha, dachte sie. Erneut ein Mann mit der Vorliebe für große Brüste. Wieder einmal stellte sie fest, dass ihr Badspiegel-Selfie im engen T-Shirt Männer offenbar anzog. Aber zu diesem Zweck hatte sie es ja auch in ihr Profil gestellt.

Der Mann, der sich als Gregor vorstellte, schien nicht dumm zu sein. Jedenfalls wusste er sich gut auszudrücken und war freundlich im Ton. Als er im Laufe des längeren Chats nach einem Gesichtsbild fragte, hatte Lia daher auch keine Bedenken, ihm ein solches Foto zu schicken.

„Wie gesagt“, kommentierte er das Bild. „Schöne Frau.“

„Das sagst du doch sicher jeder hier.“

„Höchstens jeder zweiten“, entgegnete er und versah die Antwort mit einem Zwinkersmiley.

Sie schickte ihm ebenfalls einen solchen Smiley.

„Du suchst ein festes Sugarbabe und bietest dafür eine monatliche Unterstützung?“, fragte Lia.

„Das wäre nach meinem Empfinden das Optimum“, entgegnete er.

„Das würde ich auch so sehen. Aber dafür müsste es zwischen uns gut funken.“

„Auf jeden Fall! Und damit meine ich nicht nur das Bett. Das allerdings auch.“

Natürlich, dachte Lia. Darum ging es ja schließlich in diesem Forum.

„Wir müssen aber nicht sofort etwas Festes vereinbaren. Wir können auch erst mal probevögeln“, fuhr er fort.

Probevögeln war ein süßer Begriff, dachte Lia und musste schmunzeln. Aber natürlich hatte er recht. Ob es ein zweites Mal geben würde, wusste man vor dem ersten Sex nie. Sie hatte ihre bisherigen Sugardaddys stets nur einmal getroffen – auch wenn sie etwas anderes bevorzugt hätte. Aber keiner der Männer hatte um ein zweites Date gebeten – und sie hatte auch nicht danach gefragt. Bei ihrem letzten Kontakt wäre für ihr

Empfinden eigentlich hinreichend Sympathie vorhanden gewesen. Aber nachdem der Mann zum Abschied den Begriff „Prostituierte“ hatte fallen lassen, kam das für sie nicht mehr infrage. Für ihn vermutlich auch nicht.

„Darf ich denn dein Gesicht auch mal sehen?“, fragte Lia nun ihren Chatpartner.

„Oh, wie unaufmerksam von mir“, entgegnete er. „Selbstverständlich, einen Moment bitte.“

Das virtuelle Gesicht, das sie kurz darauf anlächelte, machte einen sympathischen Eindruck. Er war nicht gerade ein James-Bond-Typ, aber er sah auch nicht aus wie Quasimodo. Gregor trug auf dem Foto Sakko und Krawatte, er wirkte wie der Manager eines Unternehmens. Vielleicht war er das ja auch. Noch mehr gefiel Lia aber seine letzte Bemerkung. Ein Mann, der sich dafür entschuldigte, nicht gleich ein Bild mitgeschickt zu haben, zeigte eine angenehme Höflichkeit. Denn Lia sah das ebenso wie er: Wer nach einem Bild fragte, musste auch bereit sein, eins zu zeigen – was sie bei manchen Chats mit anderen Männern auch schon anders erlebt hatte.

Als er schließlich nach einem Date fragte, widerstand Lia dem Impuls, ihn nach einem Betrag zu fragen, den er für Sex zu zahlen bereit war. Vielleicht würde sich diese Zurückhaltung ja lohnen. Drei Tage später trafen sie sich zum Abendessen beim Italiener.

Lia trug ein kurzes Sommerkleid, das nicht allzu tiefe Einblicke in ihr Dekolletee erlaubte – auch wenn sie ihre volle Oberweite natürlich weder verstecken konnte noch wollte. Sie hatte erwogen, ein Kleid mit einem tieferen Ausschnitt anzuziehen, hatte sich dann aber dagegen entschieden. Sie wollte bei diesem Kennenlern-Date entweder Blicke auf den Ansatz ihrer Brüste zulassen oder auf ihre Beine – nicht aber beides. Das hätte sie als nuttig empfunden – und genau das wollte sie vermeiden. Angesichts der sommerlich-warmen Wetterlage hatte sie sich schließlich für die luftigere Variante und somit die nackten Beine entschieden. Die musste sie schließlich auch nicht verstecken.

Gregor trug Sakko und Jeans, aber keine Krawatte – die ihm auf dem gemailten Foto aber recht gut gestanden hatte. Er umarmte sie nicht zur Begrüßung, wie andere Sugardaddys das getan hatten, sondern gab ihr lediglich die Hand. Dennoch kam er ihr dabei so nahe, dass sie den Duft seines Rasierwassers wahrnehmen konnte. Der gefiel ihr. Ob er wohl auch ihr Parfum mochte?

Sie knüpften nahtlos an den Chat an, den sie einige Tage zuvor geführt hatten und wurden rasch warm miteinander. Dabei erfuhr sie etwas mehr über den Mann: Gregor war geschieden, hatte zwei Söhne im Grundschulalter, hatte Betriebswirtschaft studiert und war im Management eines mittelgroßen Unternehmens tätig – wo er wohl recht gut verdiente, wie sie mutmaßte. Aber darüber sprach er nicht.

Beim Betrachten seines Fotos im Chat war Lias Vermutung bereits in diese berufliche Richtung des Mannes gegangen. Mal sehen, ob sich ihr Bauchgefühl auch sonst bestätigen würde. Sympathisch war der Mann mit den kurzen, grau melierten Haaren und den dunklen

Augen auf jeden Fall. Ein kommunikativer Einzeiler war er ebenfalls nicht, und er zeigte mit seinen Fragen nach ihrem Studium oder ihren sonstigen Lebensumständen Interesse an ihr. Außerdem starrte er ihr nicht ständig auf den Busen, wie sie das bei anderen Männern während des ersten Dates schon erlebt hatte. Das machte er nur gelegentlich. Als sie von ihrer ehrenamtlichen Arbeit für Kinder von Geflüchteten erzählte, nickte er.

„Eine sehr wichtige Arbeit, die du da machst. Meine Anerkennung."

In diesem Augenblick war Lia ausgesprochen froh, dass sie mit dem gut trainierten Ausländerhasser einige Wochen zuvor nicht im Bett gelandet war.

„Und was fangen wir nun an mit diesem angebrochenen Abend?", fragte er, als sie nach dem Essen ihren Kaffee getrunken hatten.

„Ich weiß nicht", entgegnete Lia und untermalte ihre Antwort mit einem offenen Lächeln.

Natürlich war ihr klar, in welche Richtung seine Frage ging.

„Würdest du einen Ortswechsel und eine etwas intimere Umgebung in Erwägung ziehen?", fragte er.

„Also probevögeln?", erwiderte sie und schmunzelte.

„Wenn du es so ausdrücken möchtest", sagte er.

„*Du* hast das im Chat so ausgedrückt!", stellte sie fest.

„Ach ja, stimmt."

Für einen Augenblick sahen sie sich tief in die Augen.

„Wohin könnten wir denn wechseln?“, fragte sie.

„Bist du besuchbar?“, entgegnete er.

„Im Prinzip ja. Aber fürs erste Mal möchte ich das nicht. Dafür kenne ich dich zu wenig.“

„Wir könnten auch zu mir gehen. Es sind nur ein paar U-Bahn-Stationen.“

„Dafür kennen wir uns auch noch nicht gut genug.“

„Dann würde ich ein Hotel vorschlagen.“

„Das wäre eine Möglichkeit.“

„Eigentlich mag ich Sex im Hotel nicht so sehr“, fuhr er fort. „Jedenfalls nicht, wenn man ausschließlich ins Hotel geht, um da zu vögeln.“

„Ich auch nicht“, entgegnete sie und schmunzelte. „Aber wo es doch nur ums Probevögeln geht …“

Sie verließen das Restaurant und Gregor schlug zielsicher eine Richtung ein, ohne zuvor sein Handy nach Hotels in der Nähe befragt zu haben. Lia war sich sicher, dass er das bereits vor dem Abendessen gecheckt hatte – oder sich hier in der Innenstadt bestens auskannte. Das war für einen Hannoveraner zwar nicht ungewöhnlich, aber normalerweise kannte man als Bewohner einer Stadt die Hotels eher nicht so gut. Es sei denn, man benötigte des Öfteren mal ein Hotel für eine erotische Begegnung.

Kurz darauf schlossen sie die Tür eines Hotelzimmers hinter sich. Erst jetzt dachte Lia wieder daran, dass sie noch immer nicht über Geld gesprochen hatten. Sollten sie das jetzt tun? Oder sollte sie einfach darauf vertrauen, dass sie finanziell nicht leer ausgehen würde? Wenn sie nichts sagte und jetzt Sex mit ihm hatte, dann konnte er anschließend einfach gehen – und sie würde nicht einmal sagen können, dass er sein Versprechen gebrochen hatte, wie jener Bernie das einige Wochen zuvor getan hatte. Gregor könnte das Probevögeln ganz einfach als Bestandteil der Einladung zum Abendessen betrachten. Gewissermaßen als Dessert.

Doch in diesem Moment, in dem er sie nun umarmte und küsste, einen Preis zu nennen oder nach seinem Angebot zu fragen, kam einfach nicht infrage. Damit hätte sie sich für ihr eigenes Gefühl zur Prostituierten gemacht – und das wollte sie auf keinen Fall. Also gut, dann also ohne finanzielle Vereinbarung und darauf vertrauen, dass es zum Abschied ein Geschenk geben würde. Als Gregor ihr das Kleid abstreifte, gelang es Lia so halbwegs, die finanziellen Aspekte dieses Abends beiseite zu schieben. Er trat einen Schritt zurück und betrachtete sie. Er sagte kein Wort, und sah sie einfach nur an, wie sie lediglich in Slip, BH und Pumps vor ihm stand. Dass diese Inaugenscheinnahme kein Ende nehmen wollte, verunsicherte sie.

„Was ist?", fragte sie.

„Meine Güte, bist du schön!", sagte er mit ernster Stimme.

Das hatten ihr auch schon andere Sugardaddys gesagt. Doch sein Blick verriet, dass das nicht einfach nur ein übliches Kompliment war, sondern er wirklich meinte, was er sagte. Ihre Verunsicherung verschwand umgehend und sie sah ihm tief in die Augen. Zugleich öffnete sie ihren BH und streifte ihn ab. Seine Augen wurden noch größer, was ihr gut tat. Seine Blicke waren ein Kompliment für sie.

„Schön genug fürs Probevögeln?“, fragte sie und legte bewusst sehr viel Sinnlichkeit in ihre Stimme.

Er nickte – nicht ruhig und bedächtig, sondern geradezu hastig.

„Magst du große Brüste?“, fragte sie.

„Sehr“, entgegnete er und ging nun doch wieder auf sie zu.

Sie erwartete eine erneute Umarmung, aber er legte seine Hände auf ihren Busen. Ganz sanft und behutsam, gerade so, als wisse er nicht, ob er dafür die Erlaubnis hatte. Schließlich aber griff er fester zu, ließ seine Hände dann weiter auf ihren Po wandern, drücke sie an sich und küsste sie. Und dieser Kuss war alles andere als behutsam.

Plötzlich packte er sie und warf sie aufs Bett. Hastig zog er sich aus. Lia betrachtete ihn dabei und streifte zugleich ihre Pumps ab. Gregor hatte zwar nicht die Figur eines durchtrainierten Sportlers, aber für einen Mann jenseits der 50 sah er doch ganz passabel aus. Sein Schwanz war bereits steif. Erfreulicherweise war der Mann ebenso glatt rasiert wie sie selbst. Das mochte sie – vor allem, falls sie ihn blasen sollte, wovon natürlich auszugehen war.

Schließlich kam er zu ihr, kniete sich zwischen ihre Beine und vergrub seinen Kopf in ihrem Schoß. Er hielt sich nicht damit auf, ihr den Slip auszuziehen, sondern drückte ihn einfach zur Seite – was bei dem winzigen String nicht weiter schwierig war. Er leckte sie gierig und ließ seine Zunge tief zwischen ihre Schamlippen eintauchen. Allerdings verwöhnte er sie nicht so ausgiebig, wie sie es sich gewünscht hätte. Bald legte er sich zwischen ihre Beine, und sie spürte seinen steifen (seinen sehr steifen) Schwanz an ihrer Muschi. Das war der Moment, in dem Lia mit der Hand gegen seine Brust drückte und ihn ernst ansah.

„Pss, pss, pss, pss, pss", sagte sie. „Einen Moment noch!"

Er wirkte sichtlich irritiert, als sie sich zur Seite beugte und zu ihrer Handtasche griff, die sie wohlweislich auf dem Nachttisch deponiert hatte. Mit geschickten Fingern zauberte sie ein Kondom hervor und riss die Verpackung auf.

„Ach ja", murmelte er, rollte sich zur Seite und nahm ihr das Kondom aus der Hand.

Er zog es sich über und war im nächsten Moment erneut zwischen ihren Beinen. Dass sie noch immer ihren Slip trug, störte nicht weiter. Umgehend war er in ihr und nahm sie mit schnellen, kräftigen Stößen. Er war dabei ähnlich hektisch wie kurz zuvor bei seinem kurzen Vorspiel mit der Zunge. Beinahe wie von Sinnen, dachte Lia, während sie sich an ihn klammerte. Dieser Mann zeigte wirklich sehr viel Lust. Und sie war die Ursache dafür.

Leider kam er ziemlich schnell. Er entpuppte sich zwar nicht als Schnellspritzer, aber etwas länger hätte er für ihr Empfinden doch durchhalten dürfen. Vielleicht wäre es ihr dann auch gekommen. In der Missio hatte Lia oft einen Orgasmus – wenn der Mann denn lange genug durchhielt.

Schwer atmend lag er auf ihr, und sie spürte die letzten Zuckungen seines Schwanzes in ihr. Als Lia spürte, wie er zu schrumpfen begann, drückte sie Gregor von sich herunter und griff zugleich in ihren Schoß. Da er das nicht tat, hielt sie das Kondom an seinem Schwanz fest, als er sich aus ihr zurückzog. Sie schätzte das Risiko als recht hoch ein, dass sich das Gummi von seinem nun bereits deutlich eingefallenen Schwanz unkontrolliert verabschieden würde – mitsamt seinem Sperma in ihr. Schade, dass er auf so etwas nicht selbst achtete. Daran würde sie künftig denken müssen, wenn es mit diesem Mann nicht beim Probevögeln blieb.

Lia hielt das Kondom zwischen ihre Köpfe und schmunzelte:

„Ganz schöne Menge“, stellte sie fest.

„Dachtest du, Männer in meinem Alter spritzen weniger als junge Männer?“, fragte er und schmunzelte ebenfalls.

„Ich weiß nicht, darüber habe ich noch nicht nachgedacht.“

„Also ich habe zumindest nicht den Eindruck, dass es bei mir weniger geworden wäre.“

„Naja, es gibt schließlich auch Wichtigeres.“

„Zum Beispiel?“

„Zum Beispiel die Standfestigkeit eines Mannes. Das nimmt ja wohl mit den Jahren etwas ab.“

„Hattest du gerade eben diesen Eindruck?“

„Nein, im Gegenteil. Das fand ich sogar ziemlich beeindruckend.“

„Hast du das bei anderen Sugardaddys schon anders erlebt?“

„So viele Vergleichsmöglichkeiten habe da nicht“, entgegnete sie, obgleich sie die Frage auch ganz einfach mit einem wahrheitsgemäßen „Ja" hätte beantworten können.

Er lächelte bei ihrer Antwort. Vermutlich gefiel ihm der Gedanke, dass sie noch nicht mit allzu vielen Männern Sex gehabt hatte. Dass sich ihre Aussage lediglich auf Sugardaddys bezog und sie ansonsten noch nie ein Kind von Traurigkeit gewesen war, musste sie ja nicht unbedingt hinzufügen.

Als er eine Hand in ihren Schoß gleiten ließ und ihre Muschi streichelte, ebbte ihr Smalltalk wieder ab. Lia schloss die Augen und genoss seine Finger, die jetzt sehr viel behutsamer und zärtlicher waren als vorhin seine gierige Zunge. Wenn er das fortsetzte, dann würde sie vielleicht doch noch zu ihrem Höhepunkt kommen.

Gregor beließ es damit jedoch nicht. Nach einer Weile beugte er sich in ihren Schoß und zog ihr nun endlich doch den Slip aus. Er gab ihr einen Kuss auf die feuchten Schamlippen und begann ein zweites Mal, sie zu lecken. Jetzt ließ er sich weit mehr Zeit, seine Liebkosungen waren sanft und sinnlich. Als er dann auch noch zwei Finger in sie hineingleiten ließ, drückte sie ihm den Schoß entgegen. Bei diesem Zusammenspiel von Fingern und Zunge spürte sie bald ein sanftes Kribbeln, das sich immer mehr verstärkte. Als es ihr kam, schrie sie ihren Orgasmus laut hinaus.

Er ließ die Finger in ihr, bewegte sie aber nicht mehr sonderlich. Erst als sie wieder zur Ruhe gekommen war, wurde er wieder etwas aktiver: Er pustete auf ihre Schamlippen – gerade so, als seien sie heiß gelaufen und benötigten nun Abkühlung. Ganz falsch war dieser

Gedanke gar nicht mal. Als er sie dann abermals leckte, hatte sie bald einen weiteren Höhepunkt – erstaunlich schnell für ihr Empfinden. Hatte sie Gregor zu Beginn ihres Liebesspiels als ungeduldigen Hektiker wahrgenommen, so musste sie diese Einschätzung nun revidieren. Er war sehr einfühlsam, bemühte sich um ihre Lust und war damit ausgesprochen erfolgreich. Als er nun wieder aus ihrem Schoß auftauchte und sich neben sie setzte, lächelte sie ihn beglückt an.

„Zwei zu eins", sagte sie schmunzelnd.

„Vorerst", entgegnete er. „Du wirst mir doch sicher noch eine Gelegenheit geben gleichzuziehen?"

„Unbedingt", entgegnete sie. „Falls du noch einmal kannst?"

„Daran sollte es nicht scheitern", erwiderte er. „Jedenfalls wenn du mir ein bisschen hilfst."

Mit diesen Worten griff er zu ihrem Kopf und drückte diesen sanft in Richtung seines Schoßes. Aha, stellte sie fest, während sie sich in die gewünschte Richtung bewegte. Steifblasen war angesagt. Aber gut, warum nicht? Er hatte sie ja auch mit seiner Zunge ausgiebig verwöhnt. Und das hatte er richtig gut gemacht.

Warum nicht, stellte sie jedoch fest, als sich ihre Lippen im nächsten Moment um seinen Schwanz schlossen. Er schmeckte nach einer Mischung aus Gummi und Sperma. Vor allem Letzteres mochte sie nicht so gern. Aber immerhin war dies eine Möglichkeit, seine letzten Spermareste vor der zweiten Runde vom Schwanz zu beseitigen – was ihr eigentlich ganz lieb war. Vielleicht hätte sie ihn unter die Dusche schicken sollen. Aber das wäre natürlich ein böser Break gewesen in diesem Moment.

Lia blies ihn mit viel Hingabe und stellte ein rasches Wachstum fest. Erstaunlich, wie schnell so etwas bei manchen Männern ging, wenn sie geblasen wurden. Sie spürte eine Hand auf ihrem Kopf, die ihr wohl signalisieren sollte: bitte ganz genau so weitermachen. Sie machte weiter – auch als er längst steif genug war für einen zweiten Fick. Erst als sie eine veränderte Atmung bei ihm wahrnahm, wurde sie stutzig. Er würde doch wohl nicht etwa schon so weit sein? Sie ließ seinen Schwanz aus ihrem Mund herausgleiten und griff zu einem Kondom. Glücklicherweise war ihre Handtasche in Griffweite. Sie rollte ihm das Gummi über den Schwanz und setzte sich auf ihn.

„Fast wäre ich in deinem Mund gekommen", sagte er, als er in sie hineinglitt.

Genau das hatte sie befürchtet. Aber das sagte sie nicht.

„Das wäre sehr schade gewesen", entgegnete sie stattdessen, während sie ihren Ritt auf ihm begann. „Wo er doch jetzt die nötige Härte hat."

Natürlich war das nur die halbe Wahrheit – wenn überhaupt. Dass sie Sperma im Mund nicht mochte, musste sie ihm ja nicht so direkt auf die Nase binden. Es war sicher auch viel schöner für ihn zu hören, dass sie ihn gern noch einmal in sich spüren wollte. Was ja auch nicht ganz falsch war.

Lia ritt von Anfang an in einem hohen Tempo auf ihm, während seine Hände mehrfach zwischen ihren wippenden Brüsten und ihrem Po wechselten. Sie musste schmunzeln. Offenbar konnte er sich nicht so recht entscheiden, was er lieber anfassen wollte. Schließlich blieben seine Hände auf ihren Pobacken – und sein Blick auf ihrer Oberweite. Nur hin und wieder sah er ihr in die Augen, dann galt seine Aufmerksamkeit erneut ihrem Busen. Das hatte sie bisher ganz ähnlich bei allen Sugardaddys erlebt.

Als sie ein Kribbeln im Unterkörper spürte, steigerte sie ihr Tempo noch. Kurz darauf kam sie. Der Orgasmus durchzuckte ihren gesamten Körper, er war viel heftiger als die beiden vorausgegangenen. Sie hielt kurz inne und nahm dann ihren Ritt noch einmal auf, während seine Hände auf ihrem Po fest zugriffen. Vielleicht würde es ihr sogar noch einmal kommen.

Nein, würde es nicht, stellte sie fest, als es ihm jetzt kam – plötzlich und ohne jede Vorwarnung. Er hielt sie fest, sie hielt inne und er fickte sie mit ruckartigen Stößen von unten. Sie nahm diese Stöße ruhig entgegen und wartete ab, bis er zu einem Ende gekommen war. Anschließend stieg sie umgehend von seinem Schoß; sie wollte nicht wieder abwarten, bis sein Schwanz in ihr ernsthaft zu schrumpfen begann. Erfreulicherweise hielt er dieses Mal das Gummi selbst fest, sodass es nicht abrutschen konnte. Sieh mal einer an. Hatte sie ihm etwa etwas beigebracht?

Im nächsten Moment allerdings befreite er sich vom Kondom, warf es zur Seite und griff zu ihrem Kopf.

„Blas ihn noch mal!", forderte sie ihn auf.

Ups – das wäre ihr jetzt eigentlich nicht in den Sinn gekommen. Sie griff zu seinem noch immer halbwegs steifen Schwanz, beugte sich zu ihm und betrachtete ihn. Ein wenig Sperma quoll noch heraus. Wollte sie das wirklich machen? Er wollte es – wie seine Hände ihr unmissverständlich mitteilten.

Schließlich küsste sie seinen Schwanz, nicht aber die Eichel. Auch nahm sie ihn nicht in den Mund, sondern streichelte ihn lediglich, hörte dann wieder damit auf und kuschelte sich an ihn.

„Hast du eine Abneigung gegen Sperma?", fragte er.

„Ach naja, was heißt Abneigung? Im Mund muss ich es nicht unbedingt haben."

„Oh, dann muss ich es wohl als Kompliment auffassen, dass du mich nach meinem ersten Orgasmus noch geblasen hast."

Schön, dachte sie. Diese Reaktion gefiel ihr. Dass sie seinen Schwanz zuvor dezent mit der Bettdecke abgewischt hatte, hatte er wohl gar nicht realisiert.

„Nimmst du eigentlich die Pille?", fragte er nach einer Weile gemeinsamen Schweigens.

„Ja. Aber Kondome müssen trotzdem sein."

„Hm, ja. Ist wohl besser so. Eigentlich mag ich die Dinger nicht."

„Wer mag die schon?"

„Auch wieder wahr", bestätigte er und fügte schmunzelnd hinzu: „Zumindest beim Probevögeln."

„Eben. Und du? Nimmst du auch die Pille?", fragte sie und entlockte ihm damit ein reichlich erstauntes Gesicht.

„Äh, wie bitte?", fragte er.

„Na du weißt schon: Die kleinen blauen Helferlein für den Mann. Oder ist deine beeindruckende Standfestigkeit reine Natur?“

Er sah sie ein paar lange Sekunden an, bevor er schließlich mit einem leicht verlegenen Grinsen entgegnete:

„Ertappt.“

Schön, dass er das zugab. Das hatte sie nicht unbedingt erwartet. Lia hatte vor Kurzem gelesen, dass viele Männer in seinem Alter zu potenzsteigernden Mitteln griffen – es aber niemandem verrieten. Oft nicht einmal der eigenen Partnerin – wie auch immer der Autor dieses Artikels das ermittelt haben wollte. Aber Lia konnte sich das durchaus vorstellen. Es kratzte wohl an der Eitelkeit mancher Männer, wenn sie so etwas eingestanden. Dass Gregor offener damit umging (zumindest auf Nachfrage), sprach für seine Ehrlichkeit. Das fühlte sich gut an.

„Ich gehe mal kurz duschen“, sagte er nach einer Weile und verließ das Bett.

Lia betrachtete ihn, als er kurz darauf wieder im Zimmer stand, und sich abtrocknete. Eigentlich machte man so etwas ja im Bad, aber offenbar hatte der Mann Lust, sich ihr dabei zu präsentieren. Oder sie zu betrachten, wie sie noch immer nackt auf dem Bett lag.

Vermutlich eher Letzteres, stellte sie fest, als sie nun ebenfalls unter die Dusche stieg und er ins Bad zurückkehrte, um ihr zuzusehen. Offenbar war sein Kompliment für ihre Schönheit vorhin ernst gemeint gewesen. Dass sie ihren Körper nicht verstecken musste, war ihr natürlich auch so klar. Aber es streichelte doch ihre Seele, wenn ein Mann so etwas aussprach – oder wie jetzt mit Blicken unterstrich.

Gregor verließ das Bad, bevor sie mit dem Duschen fertig war – was sie als angenehm empfand. Einen Moment für sich zu haben und zumindest beim Abtrocknen nicht betrachtet zu werden, war dann doch angenehmer. Sie hatte auch nicht die geringste Befürchtung, dass er in der Zwischenzeit ohne Bezahlung verschwinden könnte. Dafür war er ganz einfach nicht der Typ.

Ob er vielleicht noch eine dritte Runde wollte? Wie lange wirkte dieses Viagra (oder was auch immer er genommen hatte) wohl? Falls sie noch einmal Sex haben sollten, war es zumindest ganz schön, dass er sich nun von allen Spermaresten befreit hatte – und sie das nicht mit Bettdecke und Mund erledigen musste.

Nein, offenbar wollte er keine dritte Runde, stellte sie fest, als sie nun ins Zimmer zurückkehrte. Gregor hatte sich angezogen, saß im Sessel am Fenster und sah sie an. Für einen Augenblick blieb Lia einfach nur neben dem Bett stehen und präsentierte ihm noch einmal ihre Nacktheit. Dann aber griff sie zu ihren Sachen und zog sich ebenfalls an.

„Und?“, fragte sie, als sie damit fertig war. „Wie ist das Ergebnis des Probevögelns?“

„Überaus positiv“, erwiderte er. „Das würde ich gern wiederholen – und das auch nicht nur einmal.“

Lia nickte: „Ja, ich könnte mir das vielleicht auch vorstellen“, entgegnete sie.

„Du musst das heute nicht entscheiden“, sagte er. „Lass den Abend einfach mal ein, zwei Tage sacken und schreib mir eine Mail oder eine WhatsApp. Dann sehen wir weiter."

War hier vielleicht tatsächlich der Sugardaddy in Sicht, der sie regelmäßig mit einem festen Betrag unterstützte? Falls ja, dann war Gregor dafür sicherlich eine gute Wahl – wobei es natürlich auch auf die Konditionen ankam, über die sie noch gar nicht gesprochen hatten. Was genau würde er bieten? Und was würde er dafür erwarten? Lia mochte dieses Thema jetzt aber nicht ansprechen – dafür war der Abend zu harmonisch verlaufen. Harmonisch und durchaus auch befriedigend. Das hatte sie auch schon ganz anders erlebt.

Allerdings stellte sich nun doch die Frage, wie dieser Abend finanziell enden sollte. Er hatte in seinem Profil ausdrücklich geschrieben, dass er nicht über Geld reden wollte. Aber hieß das nun etwa, dass das Probevögeln ganz ohne finanzielle Zuwendung für sie bleiben sollte? Was vielleicht okay wäre, wenn sie denn eine langfristige Beziehung aufbauten, in der sie einen ernsthaften monatlichen Betrag bekam. Dann konnte sie diesen Abend als Bestandteil dieser Pauschale betrachten. Gewissermaßen als Werbungskosten.

Aber noch hatten sie eine solche Beziehung nicht vereinbart. Und obgleich ihr Bauchgefühl bei diesem Mann etwas anderes sagte, war es ja auch gut möglich, dass dies Gregors Masche war: Er stellte einen monatlichen Betrag in Aussicht, genoss ein kostenloses Probevögeln – und verschwand dann auf Nimmerwiedersehen. Auf die Weise würde er billig zahlreiche Frauen ficken können, die nicht einmal halb so alt waren wie er selbst. Attraktiv und charmant genug war er jedenfalls, um mit einer solchen Masche Erfolg zu haben.

Dennoch widerstrebte es ihr, ihn jetzt nach Geld für diesen Abend zu fragen. Sie hatte noch immer nicht so ganz jenen Abend verdaut, an dem sie von dem Mann als Prostituierte bezeichnet worden war. Möglicherweise würde Gregor etwas Ähnliches sagen oder zumindest denken, wenn sie jetzt um ein Taschengeld bat. Und womöglich konnte sie eine dauerhafte Beziehung mit ihm dann vergessen. Aber vielleicht würde er ja selbst noch auf dieses Thema kommen – vielleicht ganz zum Schluss mit einem Abschiedskuss oder dergleichen. Jedenfalls würde sie ihn jetzt nicht nach Geld fragen.

Musste sie offenbar auch nicht, stellte sie fest, als sie mit dem Anziehen fertig war und nun zu ihrer Handtasche griff. Die war nicht ganz geschlossen, und sie entdeckte einen Briefumschlag darin, der sich dort vorhin noch nicht befunden hatte. Sie widerstand dem Impuls, den Umschlag zu öffnen und nahm einfach nur die Tasche.

„Fertig?", fragte er und erhob sich aus dem Sessel.

Lia nickte und gemeinsam verließen sie das Hotelzimmer. Die kurze Fahrt mit dem Aufzug empfand sie als seltsam. Er sah sie an, beide sprachen aber kein Wort. Wäre dies ein normales Date gewesen, hätte sie den Mann einfach noch einmal umarmt und geküsst. Aber plötzlich fühlte er sich wieder fremd an – vielleicht deshalb, weil sich ein Briefumschlag in ihrer Handtasche befand, in dem vermutlich Geld steckte. Seine Bezahlung für ihren Sex. Sofern sich in diesem

Briefumschlag denn tatsächlich Geld befand, was sie aber ganz stark vermutete – und auch hoffte. Sie war im Moment zwar nicht ganz so knapp bei Kasse, aber eine kleine Finanzspritze konnte sie immer brauchen.

„Es war schön mit dir", flüsterte er ihr ins Ohr, als sie kurz darauf vor dem Hotel standen und sich zum Abschied umarmten.

„Ja, das fand ich auch", bestätigte sie.

Das meinte sie durchaus ehrlich, und das registrierte er hoffentlich auch.

„Wir lesen voneinander", sagte er und wandte sich zum Gehen.

Lia blieb noch einen Moment stehen und sah ihm nach. Er drehte sich nicht noch einmal um, was sie eigentlich erwartet hatte. Als er außer Sichtweite war, zog sie den Briefumschlag aus der Tasche und öffnete ihn. Er enthielt 300 Euro. Das empfand sie als angemessen für ein Probevögeln. Und sie war froh, dass sie das Thema Geld nicht angesprochen hatte.

Kapitel 6:
Deal

Als Lia sich am nächsten Abend in das Sugardaddy-Forum einloggte, hatte sie mehrere Mails – aber von Gregor war keine darunter. Allerdings hatte er ihr erneut eine jener vorgefertigten Fragen geschickt:

„Müsste ich dich mit jemandem teilen?", las sie.

Kommt drauf an, wie gut du bezahlst, war ihr erster Gedanke. Allerdings ließ das System als Reaktion lediglich Ja, Nein oder Vielleicht zu. Lia klickt auf Nein. Alles Weitere konnte man dann im Chat klären. Tatsächlich empfand sie die Aussicht als ausgesprochen verlockend, sich nicht mehr kreuz und quer durch die Welt der Sugardaddys vögeln zu müssen, um genügend Geld zu haben. Kurz darauf schrieb er sie dann doch an.

„Dann wäre das ja schon mal geklärt", las sie.

„Was müssten wir sonst noch so klären?", fragte sie.

„Vor allem, ob du überhaupt mein festes Sugarbabe werden möchtest."

„Grundsätzlich könnte ich mir das gut vorstellen. Ansonsten wäre meine Antwort auf deine Frage auch Unsinn gewesen."

Er antwortete mit einem Zwinkersmiley, sie tat es ihm gleich.

„Es kommt natürlich darauf an, wie du dir das alles vorstellst", schrieb sie weiter.

„Unkompliziert", entgegnete er. „Das ist das Wichtigste. Kompliziert hatte ich in meiner verflossenen Ehe genug."

„Und sonst?"

„Ansonsten stelle ich mir vor, dass wir uns drei- oder viermal im Monat treffen – zum Abendessen, gern auch mal für den Baggersee oder Kino oder shoppen, aber eben auch zum Sex. Was nicht heißen muss, dass wir bei jedem Treffen Sex haben müssen. Wobei es auch nicht immer drei- oder viermal sein muss. Wenn nur Zeit für ein Treffen ist, dann ist es auch mal okay. Aber wenn es fünf oder sechs Treffen geben darf, dann würde ich auch nicht nein sagen. Wie gesagt: unkompliziert und auch gern mal spontan."

Ja, dachte Lia, das klang gut. Aber etwas fehlte noch in seinem Vorschlag.

„Ach ja", ergänzte er: „Und ich überweise dir immer zum Monatsbeginn 1000 Euro. Dafür richte ich einen Dauerauftrag ein, und wir reden dann nie wieder über Geld."

Na also, dachte sie. War ja gar nicht so schwer, nun doch mal über Geld zu reden. Und vor allem: Sie hatte nicht danach fragen müssen. 1000 Euro im Monat waren zusätzlich zur Überweisung ihrer Eltern zumindest so viel Geld, dass sie damit gut auskommen konnte. Und es verlässlich aufs Konto zu bekommen, war auf jeden Fall angenehmer, als sich von wechselnden Sugardaddys ein paar 50-Euro-Scheine ins Dekolletee stecken zu lassen – oder gar um die vereinbarte Summe betrogen zu werden.

„Ja“, schrieb sie. „So könnte ich mir das vorstellen mit dir. Und du würdest mich auch zum Shoppen begleiten?“

„Das würde ich – und natürlich würde ich auch das ein oder andere Teil bezahlen, das du dir aussuchst. Zumindest so lange es sich einem normalen Rahmen hält und du auf die Weise nicht deine monatliche Überweisung verdoppeln möchtest.“

Genau das hatte sie noch herauskitzeln wollen mit ihrer Frage. Mit ihm shoppen gehen, würde also noch einen gewissen Bonus bedeuten. Auch nicht schlecht. Eigentlich ging sie ja lieber mit einer Freundin shoppen. Männliche Begleitung war manchmal eher anstrengend. Aber wenn der Mann bezahlte, sah das natürlich anders aus.

„Dann haben wir jetzt also eine Vereinbarung?“, hakte sie nach.

„Das würde ich so sehen.“

„Und ab wann soll die gelten?“

„Sobald ich deine IBAN habe.“

Schön, dachte Lia und schickte ihm umgehend ihre Kontoverbindung. Das fühlte sich gut an. Pay-per-Date konnte sie künftig also vergessen. Wunderbar.

Auch ihre Freundin Saskia hielt den Deal mit Gregor für eine gute Sache.

„Klar, verlässlich 1000 Euro im Monat sind schon nicht schlecht“, bestätigte sie, als sie am nächsten Morgen gemeinsam frühstückten. „Auch wenn es Sugardaddys gibt, die noch mehr bezahlen. Aber wenn der

Typ sympathisch ist und ihr auch noch guten Sex hattet, dann hätte ich bei dem Angebot auch eingeschlagen."

„Auch mit seiner Forderung nach Exklusivität?"

Saskia zuckte mit den Schultern: „So exklusiv so etwas sein kann. Ich hätte damit vermutlich ein Problem. Aber ich bin nicht du. Zumindest solltest du ihm nicht auf die Nase binden, falls du mal einen anderen hast."

„Ich habe gar nicht die Absicht, mir noch andere zu suchen. Ich finde es so eigentlich ganz gut."

„Das wird aber nur funktionieren, bis du dich mal wieder in jemanden verliebst – es sei denn, es funkt so richtig zwischen dir und deinem Sugardaddy und du verknallst dich in ihn."

„Das glaube ich nun weniger. Er ist zwar nett und charmant und sieht auch ganz gut aus für sein Alter, und ich habe auch eine gewisse Vorliebe für ältere Männer. Aber fast 30 Jahre Abstand? Das ist dann doch ein bisschen viel für eine ernsthafte Beziehung. Tja, und anderweitig verlieben sollte ich mich wohl besser nicht."

„Lass es auf dich zukommen", sagte Saskia.

„Klar, was sonst?"

Als Lia das nächste Mal ihren Kontostand checkte, fand sie tatsächlich eine Überweisung von Gregor vor: 700 Euro. Im ersten Moment stutzte sie, denn er hatte doch 1000 Euro angeboten. Dann aber fiel ihr der Verwendungszweck ins Auge: „Restbetrag für Juli". Aha, er hatte das also mit den 300 Euro verrechnet, die er ihr im Hotel in die Handtasche gesteckt hatte. Na schön, insgesamt waren das dann ja doch 1000 Euro für diesen

Monat. Mal sehen, wie oft sie dafür bis Monatsende noch mit ihm vögeln sollte. Oder wollte. Insgeheim musste sie sich eingestehen, dass sie durchaus Lust hatte auf den Mann, der sie mehrfach so wundervoll zum Orgasmus gebracht hatte. Sie hatte Sex schon als weniger befriedigend erlebt – auch vor ihrem Eintauchen in die Welt der Sugardaddys.

Das nächste Date fand eine Woche später in seiner Wohnung statt. Lia hatte eigentlich den Gedanken gehabt, sich erst noch ein- oder zweimal im Hotel zu treffen, bevor sie sich in die Höhle des Löwen wagte. Aber nachdem er ihr nun schon 700 Euro überwiesen hatte, hätte sie das albern gefunden. Er hatte das Vertrauen, dass sie dieses Geld nicht einfach nahm und dann den Kontakt abbrach (was sie ja theoretisch tun könnte). Da war es im Gegenzug sicherlich angemessen, auch das Vertrauen aufzubringen, bei ihm in kein SM-Studio zu geraten, wo sie gefesselt und ausgepeitscht werden würde. Deshalb schrieb sie auf seine WhatsApp-Einladung zum Abendessen einfach nur:

„Gern: Wo wohnst du denn?"

Gregors Wohnung befand sich im dritten Stock eines Altbaus in Hannovers Stadtteil Nordstadt – gar nicht weit weg von den Instituten der Universität, in denen sie regelmäßig zu tun hatte. Sollte sie irgendwann einmal auf die Idee kommen, bei Gregor zu übernachten, dann wäre das auf jeden Fall von Vorteil.

Übernachten? Was waren das denn für Gedanken, fragte sie sich, als sie von der Stadtbahn-Haltestelle zu der angegebenen Adresse ging. Erst mal sehen, wie sich das hier weiter entwickelte. Wer wusste schon, ob sich der Mann in seiner eigenen Höhle nicht doch ganz anders benahm als im Hotel, wo sie sich beide eher vorsichtig abgecheckt hatten. Möglicherweise würde er jetzt ganz anders die Sau rauslassen. Lia rechnete zwar nicht damit, aber es war besser, auf alles gefasst zu sein.

Auf ihr Bauchgefühl war jedoch Verlass, stellte sie fest, als Gregor ebenso charmant und zuvorkommend war wie im Restaurant eine Woche zuvor. Er bat sie an den gedeckten Küchentisch, bot ihr ein Glas Weißwein an (das sie vorsichtshalber mit Wasser verdünnte) und machte sich dann weiter am Herd zu schaffen.

„Du kannst kochen?“, fragte sie.

„Man sagt so“, entgegnete er. „Bisher hat mir zumindest noch niemand die Freundschaft aufgekündigt, nachdem er bei mir zum Abendessen war.“

„Was ist das alles?“

„Rumpsteak mit Bohnen und gebackenen Kartoffeln. Ich hoffe du magst so etwas?“

„Mit Sicherheit. Klingt ziemlich verlockend – kein Vergleich zur Uni-Mensa.“

„Kochst du gar nicht?“

„Doch klar. Letzten Monat zum Beispiel, als ein Professor meine absolut geniale Hausarbeit nur mit 3,3 bewertet hat. Da habe ich heftig gekocht – vor Wut. In der Küche mache ich das allerdings weniger. Zumal Küche ein sehr großes Wort wäre für die kleine Nische in meinem Wohnheim-Appartement.“

Gregor musste lachen über ihre Antwort.

„Na vielleicht lerne ich diese Nische ja irgendwann mal kennen“, sagte er.

Ja, vielleicht, dachte Lia.

Tatsächlich war das Abendessen großartig. Der Mann konnte wirklich kochen. Welche Vorzüge würde sie wohl sonst noch so bei ihm entdecken? Zunächst einmal kam sie nach dem Essen erneut in den Genuss seiner gefühlvollen Zunge, mit der er sie ähnlich hingebungsvoll verwöhnte wie beim Hoteldate – jedenfalls wie bei der zweiten Runde, bei der er sehr viel behutsamer gewesen war als zu Beginn.

Heute ließ er sich von Anfang an viel Zeit, war sehr sanft und leckte sie zu einem wundervollen Höhepunkt, der ganz still ihren Körper durchzuckte. Er ließ ihr ein wenig Abklingzeit und wiederholte sein kombiniertes Finger- und Zungenspiel – mit dem gleichen Ergebnis wie beim ersten Mal. Vielleicht abgesehen davon, dass Lias Orgasmus dieses Mal noch stärker war und sie dabei auch nicht ganz leise blieb. Als sie wieder zur Ruhe kam, tauchte er aus ihrem Schoß auf und sah sie mit leuchtenden Augen an.

„Ich liebe deinen Geschmack“, sagte er.

Das entlockte ihr ein Schmunzeln. Wie vielen Frauen hatte er diesen Satz wohl schon gesagt? Aber vielleicht hatte sie auch Vorurteile, und sie schmeckte nach seinem Empfinden tatsächlich besonders.

Gregor legte sich auf sie und sie spürte seinen Schwanz an ihrer Muschi. Das war jetzt wie bei der ersten Runde im Hotel, schoss es ihr durch den Kopf. Auch da hatte sein blanker Schwanz auf ihrer Muschi gelegen. Der Unterschied war nur, dass da noch ihr Slip zwischen ihnen gewesen war – jedenfalls so halbwegs. Jetzt waren sie beide nackt und er hatte noch kein Kondom übergezogen. Wollte er sie blank nehmen? Oder zumindest antesten, wie sie reagieren würde? Sie hatte den Eindruck.

„Hast du mal ein Kondom?", fragte sie, während sie sich in die Augen sahen.

Er veränderte weder seinen Blick noch seine Körperhaltung. Erst nach einer gefühlten Ewigkeit von mehreren Sekunden erwiderte er:

„Brauchen wir denn eins?"

Aha, er wollte es also tatsächlich blank machen. Sie allerdings nicht.

„Ich denke schon", entgegnete sie – auch wenn sie ihn jetzt gern gespürt hätte und nicht die geringste Lust hatte, so etwas mitten im Liebesspiel auszudiskutieren.

Kaum etwas war weniger erotisch als eine Diskussion mittendrin. Offenbar empfand er das ebenso. Plötzlich rollte er sich zur Seite, öffnete die Schublade seines Nachttisches und zauberte ein Kondom hervor. Mit den gemurmelten Worten „na schön" zog er es sich über den Schwanz. Anschließend war er umgehend wieder zwischen ihren Beinen. Und nun zögerte er nicht mehr, sondern war sofort in ihr und nahm sie mit schnellen, kräftigen Stößen.

Anders als bei der ersten Nummer im Hotel hielt er jetzt länger durch – lange genug für ihren dritten Orgasmus des Abends. Kurz darauf kam er in ihr. Er stieß lange nach, sie hatte den Eindruck, dass er dabei kaum ein Ende finden konnte. Schließlich aber sackte er auf ihr zusammen und sie spürte seinen schnellen Atem an ihrem Hals.

Er blieb eine ganze Weile so liegen, bevor er sich aus ihr zurückzog. Sein Schwanz war nur noch halbsteif, stellte sie fest. Und zu ihrem Entsetzen stellte sie noch etwas anderes fest: Er war blank. Verdammt – sie hatte vergessen, das Kondom beim Rausziehen festzuhalten. Und er hatte es ebenfalls nicht getan.

„Wo ist das Gummi?", fragte sie – obgleich sie es sich natürlich denken konnte.

Gregor schien ebenso überrascht zu sein wie sie. Falls das nicht der Fall war, dann spielte er das zumindest gut. Er tauchte zwischen ihre Beine, befingerte ihre Muschi und zog im nächsten Moment das Kondom aus ihr heraus. Es befand sich kaum Sperma darin.

„Da ist es", sagte er mit einem süß-sauren Gesichtsausdruck, der ihrem recht ähnlich war.

„Das finde ich jetzt nicht so toll", murmelte sie.

„Da muss ich dir leider recht geben. Wenn man so etwas benutzt, dann sollte es auch halten."

„Du musst ihn früher wieder rausziehen", entgegnete sie. „Bevor er schlaff wird. Und du musst das Gummi festhalten dabei."

„Wird gemacht, Madam!", sagte er, während er sich aufrichtete und wie ein Soldat salutierte.

„Ich meine das so!", erwiderte sie. „Bitte nimm mich ernst."

„Ich nehme dich sehr ernst", entgegnete er nun ohne jede Ironie.

Etwas später machten sie es erneut. Dieses Mal nahm er von sich aus ein Kondom, obgleich das nach dem Unfall in der ersten Runde ja nun eigentlich seinen Sinn verloren hatte. Für einen Augenblick erwog Lia sogar, ihm mit Verweis darauf das Gummi wieder aus der Hand zu nehmen und sich blank ficken zu lassen. Dass er das liebend gern getan hätte, stand wohl außer Frage. Eigentlich mochte sie es ja auch lieber ohne. Aber sie widerstand diesem Impuls. Das wäre ansonsten ein Signal gewesen, das sie ihm nicht so gern geben wollte: Er hätte so eine Aktion sicherlich als Bereitschaft interpretiert, es künftig immer ohne Kondom zu machen – wozu sie aber keineswegs bereit war. Darüber mussten sie noch einmal grundsätzlich reden. Das war nicht ganz unwichtig für ihr Miteinander.

Jetzt allerdings nicht, beschloss sie in der ruhigen Nach-Sex-Stimmung in seinem Arm. Jetzt war sie dafür zu müde. Ihr Blick fiel auf die Ziffern seines Digitalweckers. Ups, schon deutlich nach Mitternacht, stellte sie fest.

„Ich glaube, ich mache mich mal so langsam auf den Weg", sagte sie – obgleich sie am liebsten ganz einfach einschlafen würde.

„Warum das?"

„Weil es schon so spät ist und ich morgen in die Uni muss."

„Du könntest auch hier bleiben", entgegnete er. „Du bekommst morgen früh auch noch einen Kaffee. Du weißt doch: Ich kann kochen. Sogar Kaffee."

„Hm naja", murmelte sie. „Übernachten hatten wir eigentlich nicht vereinbart."

„Haben wir etwas vereinbart für diesen Abend? Ich dachte eher, wir hätten vereinbart alles möglichst unkompliziert und spontan zu machen."

„Auch wieder wahr", bestätigte sie – ganz leise und kaum noch vernehmbar.

Im nächsten Augenblick war sie eingeschlafen.

Lia hatte keine Ahnung, wie lange sie geschlafen hatte. Es war sicherlich mitten in der Nacht, auch wenn es draußen schon wieder hell zu werden begann. Im ersten Moment wusste sie gar nicht so recht, wo sie eigentlich war. Ach ja, in Gregors Bett. Und der Mann schien wach zu sein. Zumindest teilweise. Sie lag auf der Seite, er in der Löffelchen-Stellung hinter ihr, und sein steifer Schwanz drückte sich gegen ihren Po. Wie konnte der Mann nur mitten in der Nacht derart wach sein? Vielleicht hatte er erotisch geträumt und davon einen Ständer bekommen. Oder konnte sie das ausgelöst haben – vielleicht ganz einfach damit, dass er einen Blick auf ihren nackten Po hatte? Schließlich hatte sie sich nach dem Sex nichts angezogen. Und die dünne Decke bedeckte sie in der warmen Sommernacht auch nur spärlich.

Als sie ein undefinierbares „Mmmmmh" von sich gab und ein wenig ihr Becken bewegte, drückte er sich stärker an sie. So war das eigentlich nicht gemeint gewesen. Sie hatte eine ganz andere Botschaft vermitteln wollen – eher in der Art: Lass mich schlafen.

Aber das hatte er wohl anders verstanden. Oder anders verstehen wollen. Auf jeden Fall wurde sein Schwanz jetzt immer drängender und schob sich in

Richtung ihrer Muschi. Zugleich wanderte eine Hand zu ihren Brüsten. Er nahm eine davon in die Hand und massierte sie. Fast gleichzeitig spürte sie, wie seine Schwanzspitze ihre Muschi berührte. Sie öffnete ihre Beine. Nur ein wenig, aber es war genug, dass sein Schwanz nun auf ihren Schamlippen reiben konnte.

Offensichtlich wollte er mehr als einfach nur kuscheln. Wollte sie das auch? Da war sie sich nicht so sicher. Andererseits: Sie lagen gemeinsam im Bett, und die Situation war schon sehr erotisch. Sie mochte es gern, wenn sie von hinten genommen wurde. Als sie ihre Beine noch etwas mehr öffnete, war er plötzlich in ihr und begann, sie mit tiefen Stößen zu ficken. Na schön, dachte sie. Schließlich war er der Sugardaddy, der sie finanziell unterstützte. Da durfte er wohl auch Sex verlangen, wenn sie schon in seinem Bett lag.

Plötzlich allerdings war sie hellwach. Aber doch nicht blank, schoss es ihr durch den Kopf. Erst jetzt realisierte sie, dass er sicherlich kein Kondom übergezogen hatte. Oder doch? Vielleicht bevor sie richtig wach geworden war? Lia griff in ihren Schoß und tastete nach seinem Schwanz, der heftig in sie stieß. War da vielleicht doch der Ansatz eines Gummis zu ertasten? Nein, war er nicht. Sie machten es tatsächlich ohne. Mit diesem Gedanken spürte sie einen heftigen Herzschlag.

Sollte sie es abbrechen? Zumindest bevor er kam? Aber das kam ihr nun auch wieder albern vor – zumal sich mit dem Gummiverlust in der ersten Runde sein Sperma ohnehin schon in ihr befand.

Gregor stieß jetzt immer schneller zu. Wie ein Besessener fickte er sie, während er sie an der Hüfte festhielt.

Lia hielt einfach still und ließ es geschehen. Sie wusste zwar nicht so recht, was sie davon halten sollte, aber irgendwie war es ja auch geil – ein Gefühl, das sich noch verstärkte, als er schließlich in ihr kam.

„Soll ich ihn jetzt schnell rausziehen, bevor er schlaff wird?", fragte er mit einem leicht ironischen Unterton.

„Blödmann", entgegnete sie schmunzelnd.

Er hatte sie nicht zum Höhepunkt gebracht, aber geil war es dennoch gewesen. Sehr geil! Mit diesem Gedanken schlief sie ein – seinen Schwanz noch immer in sich.

„So hatte ich mir das eigentlich nicht gedacht", sagte sie, als sie am Morgen in seiner Küche saß und im Kaffee rührte.

„Du meinst, dass du zum Frühstück bleibst?"

„Ich meine, dass du mich blank fickst."

„Naja, dass das Gummi abrutscht, war ja eher ein Unfall."

„Aber nicht unsere Nummer mitten in der Nacht."

„Das muss ich zugeben. Ich glaube, da war ich gar nicht so richtig wach. Da war ich einfach nur geil."

„Habe ich bemerkt."

„Findest du das jetzt schlimm?"

„Weiß ich noch nicht."

„Aber du hättest mich stoppen können und hast es nicht getan."

„Das kann ich nicht abstreiten. Und ja: Ziemlich geil war das alles ja schon."

„Dann mach dir keine schweren Gedanken. Du nimmst die Pille und ich bin gesund."

„Das hoffe ich doch."

Kapitel 7:
Sommer am See

Lia wusste nicht, was sie von dieser Nacht halten sollte. Einerseits war es eine hoch erotische Nacht gewesen. Andererseits belastete sie die Sache mit dem Gummi jedoch. Oder genauer gesagt: die Sache ohne Gummi.

„Hast du es schon mal mit einem Sugardaddy ohne Kondom gemacht?“, fragte sie ihre erfahrene Freundin.

„Sehr selten, aber es kam schon vor“, entgegnete Saskia. „Viele Typen wollen es ohne. Normalerweise verweigere ich das. Nur wenn man sich besser kennt und es auf etwas Dauerhaftes hinausläuft, habe ich das schon zugelassen. Mit zwei Männern bisher.“

„Auch schon beim zweiten Sex-Date?“

„Nein, aber einmal beim dritten.“

„Hm.“

Dass viele Männer es blank machen wollten, war Lia auch schon bei diversen Chats aufgefallen. Wenn sie sich mit einem Mann warmgeschrieben hatte, kam immer mal wieder die Frage nach dem Kondom. Drei dieser Männer beendeten den Kontakt wieder, als Lia mitteilte, dass sie auf ein Gummi bestehe. Einer von ihnen hatte sie sogar umgehend blockiert.

Mit Gregor hatte sie diese Frage nicht im Chat geklärt – obgleich er ja offenbar zu den Männern gehörte, die eine Aversion gegen Safer Sex hatten. Mit ihm hatte sie das auf eine andere Weise geklärt. Aber hatten sie es denn geklärt? Sicher, sie hatte sich nicht gewehrt, aber genau genommen hatte er sie zum Blankfick überrumpelt. Andererseits hatte sie in der Runde zuvor selbst erwogen, von sich aus auf das Gummi zu verzichten. Wirklich Vorwürfe konnte sie ihm eigentlich nicht machen – was sie auch gar nicht vorhatte. Sie wusste nur nicht so recht, ob sie es jetzt künftig immer blank mit ihm machen wollte.

Tatsächlich nahmen sie kein Kondom, als sie zwei Wochen später erneut Sex hatten – wieder in seinem Schlafzimmer. Sie fragte nicht nach einem Gummi, sondern wartete ab, was er tun würde. Er griff nicht zu seiner Nachtischschublade, sondern steckte seinen Schwanz wie selbstverständlich einfach so in sie hinein. Sie ließ es geschehen. Schöner war es ja, wenn man es ohne machte. Und sowohl sie als auch Gregor betrachteten ihre Liaison ja nun wohl als eine langfristige Sache. Da konnte man auch auf Kondome verzichten. Sie hätte es nur vorgezogen, das gemeinsam zu klären und nicht davon überrumpelt zu werden.

Doch sie sagte nichts weiter dazu. Sie wollte den Mann nicht verärgern, mit dem sie guten Sex hatte und der ihr nun das Studium finanzierte – oder zumindest ganz erheblich mitfinanzierte. Zudem schätzte sie es sehr, dass sie über den finanziellen Aspekt ihrer Beziehung nicht mehr reden musste. Er hatte einen Dauerauftrag eingerichtet und damit gut. Diese Frage hatten sie abschließend geklärt, und sie würde ihm gegenüber dieses Thema vermutlich nie wieder anschneiden müssen. Das empfand sie als befreiend. Da konnte man dann wohl auch die Gummifrage als abschließend geklärt betrachten.

Im Juli hatten sie kein weiteres Treffen, Anfang August ging auf Lias Konto eine Zahlung in Höhe von 1000 Euro ein. Verwendungszweck: „Gruß aus der Nordstadt". Lia musste schmunzeln, als sie das las. Und ihr kam in den Sinn, dass sie im Juli drei Dates mit Gregor gehabt hatte – für insgesamt 1000 Euro. Also durchschnittlich 333 pro Date. Das war gar nicht so schlecht, befand sie. Eigentlich wollte sie nicht mehr pro Date rechnen, aber die Zahlen gingen ihr ganz von selbst durch den Kopf. Sie konnte sich nicht dagegen wehren.

Anfang August hatten sie zwei Treffen innerhalb einer Woche. Das zweite davon war ausgesprochen spontan. Lia hatte ihm inzwischen verraten, wo sich ihr Wohnheim befand. Nach mehreren gemeinsamen Nächten hätte sie es als albern empfunden, daraus weiter ein Geheimnis zu machen. Sie kam gerade aus der Bibliothek nach Hause, als eine WhatsApp von Gregor aufploppte:

„Ich bin bei dir in der Nähe. Hast du Zeit und Lust für einen kurzen Besuch? Ich würde gern sehen, wie du wohnst."

„Das kommt jetzt etwas unerwartet. Es ist weder geputzt noch aufgeräumt bei mir", entgegnete sie – was absolut den Tatsachen entsprach.

„Das macht nichts. Im Gegenteil. Dann ist es authentisch. Ich bin einfach nur neugierig. Nur ein Kaffee, dann bist du mich auch schon wieder los."

Authentisch, aha. Ein bisschen peinlich war es Lia ja doch, ihren Lover in ihr Wohnheim-Chaos zu lassen. Andererseits: Wenn er das unbedingt sehen wollte, dann sollte er. Ihn mit einer Absage verärgern, wollte sie sich lieber für einen Fall aufsparen, wenn es wirklich nicht ging. Hatte sie wenigstens noch zwei saubere Tassen im Regal?

Natürlich blieb es nicht beim Kaffee. Als sie etwas später mit nacktem Po auf ihrem Schreibtisch saß, Gregor mit heruntergelassener Hose zwischen ihren Beinen stand und sie fickte, hatte Lia ernsthaft Sorge, ob der Tisch das aushalten würde – was dann aber doch der Fall war. Natürlich hatte sie nicht das erste Mal Sex in ihrem Wohnheim-Appartement – aber das erste Mal auf dem Schreibtisch. Irgendwie hatte sich das so ergeben. Vielleicht war das eine Folge daraus, dass sie an dem heißen Tag einen sehr kurzen Rock trug. Männer waren ja manchmal sehr leicht zu erregen.

„Es lebe der Quickie", sagte er mit strahlenden Augen, nachdem er in ihr gekommen war und nun wieder seine Hose schloss.

„Das war zumindest mal etwas anderes", entgegnete sie, verließ den Schreibtisch und ließ ihren Blick durchs Zimmer schweifen.

Wo um alles in der Welt hatte der Mann ihren Slip gelassen? Ach da, neben dem Papierkorb. Lia zog ihn an, ahnte aber, dass sie ihn wohl bald wechseln musste. Sie spürte, wie sein Sperma wieder aus ihr herauslief. Offenbar hatte er eine ziemliche Menge in sie hineingespritzt. Naja, besser in den Slip, als wenn es ihr jetzt am Bein herunterlaufen würde.

„Gar nicht so schlecht so ein Studenten-Appartement“, stellte er fest. „Das ist zumindest komfortabler als die WG-Zimmer in meiner Studentenzeit.“

Offenbar sah er sich erst jetzt so richtig um. Neugierde war wohl doch nicht nur der einzige Grund seines Besuchs gewesen.

„Ja, ist okay“, bestätigte sie. „Ich wohne ganz gern hier. WG mag ich nicht so.“

„Nur dein Bett ist vielleicht ein bisschen eng, um da zu zweit zu übernachten.“

Sie hatte auch gar nicht die Absicht, ihn zu einer gemeinsamen Nacht in ihr Bett einzuladen. Dass sie in diesem Bett durchaus schon Übernachtungsbesuch gehabt hatte, musste sie ihm ja nicht auf die Nase binden. Das war ja auch vor seiner Zeit gewesen und ging ihn somit nichts an.

„Dein großes Bett ist jedenfalls besser geeignet“, entgegnete sie.

„Dann demnächst also wieder bei mir“, sagte er schmunzelnd.

„Auf jeden Fall“, bestätigte sie. „Allerdings bin ich ab übermorgen für knapp drei Wochen nicht in Hannover.“

Sein Blick verdunkelte sich umgehend. Offenbar hatte er bereits etwas geplant für die nächste Zeit.

„Warum nicht?“, fragte er.

„Weil ich mal wieder meine Eltern besuchen möchte. Und jetzt sind Semesterferien – also eine gute Zeit dafür.“

„Sagtest du nicht, du musst noch eine Hausarbeit schreiben in der vorlesungsfreien Zeit?“

„Ja, aber das kann ich auch bei meinen Eltern machen. Das Material dafür habe ich weitgehend zusammen."

„Wo wohnen denn deine Eltern?"

„Im Weserbergland. Aber bevor du weiterfragst: Dort möchte ich nicht besucht werden."

„Das hatte ich auch nicht vor", murmelte er.

Da war sie sich nicht so sicher. Aber immerhin hatte sie das nun klargestellt. Und das war auch gut so. Ihr Heimatort war auf jeden Fall tabu. Überlegte er jetzt womöglich, ob er für seine 1000 Euro mehr bekam als die zwei Nummern, die sie in den ersten Tagen des Monats erlebt hatten? Auszuschließen war das nicht, auch wenn solche Gedanken sicherlich nicht mehr in die Kategorie „unkompliziert" passten, die er als wichtig deklariert hatte.

Er wirkte etwas nachdenklich, als er sich nun tatsächlich wieder verabschiedete. Aber der Monat würde ja schließlich noch nicht zu Ende sein, wenn sie zurückkam – jedenfalls nicht ganz. Außerdem hatte er in seinem Angebot einer monatlichen Zahlung ausdrücklich offen gelassen, wie oft sie dann Sex haben würden. Falls er der Meinung sein sollte, dass er im August zu kurz kam, dann konnte sie das ja im September kompensieren. Irgendwie würde sie ihn schon entschädigen für ihre lange Abwesenheit.

Als Lia Ende August im Zug nach Hannover saß, zückte sie ihr Handy und schrieb Gregor eine Nachricht:

„Ab heute Nachmittag bin ich wieder in Hannover."

„Das finde ich gut“, schrieb er umgehend zurück. „Wann sehen wir uns?“

Lia war erleichtert. In den vergangenen drei Wochen hatte Funkstille geherrscht. Sie hatte sich nicht gemeldet und er auch nicht. Sie hatte sich mehrfach gefragt, ob er einfach nur ihre Ansage respektierte, wonach ihre Heimat tabu war, oder ob er womöglich verärgert war. Offenbar war Letzteres nicht der Fall. Ein bisschen Sorge hatte sie gehabt, den charmanten (und lukrativen) Sugardaddy gleich wieder zu verlieren. Gut, dass sie sich zumindest auf seinen Spontanbesuch (und den Spontanfick) in ihrem Wohnheim Anfang des Monats eingelassen hatte.

„Schlag etwas vor“, schrieb sie zurück. „Ich bin in den nächsten Tagen unverplant.“

„Samstag am Kiesteich?“

„Gern. Wo denn? Ricklinger Teiche?“

„Ich dachte eher an den Kirchhorster See. Es sei denn, du magst kein FKK.“

Natürlich mochte sie FKK – alles andere hätte sie bei einem Date mit Gregor auch gewundert. Aber das konnte man doch auch an den stadtnahen Ricklinger Teichen haben. Der Kirchhorster See hingegen lag ziemlich weit außerhalb der Stadt und ohne Auto nur mühsam zu erreichen.

„Ja okay“, schrieb sie zurück. „Holst du mich ab?“

„Na klar, sagen wir 14 Uhr?“

Natürlich trug Lia auch heute ein kurzes Kleid. Eher ein Kleidchen. Kurz und mit gutem Einblick ins Dekolletee. Heute hatte sie kein Problem damit, Gregor von Anfang an umfassende Einblicke zu geben – anders als bei ihrem ersten Date, wo sie allzu offenherzig als nuttig empfunden hätte. Aber inzwischen lagen die Dinge anders. Außerdem war dies ein heißer Sommertag und ein Ausflug zum Badesee. Da war dieses Strandkleid durchaus passend.

Da sah offenbar auch Gregor so, als sie sich vor ihrem Wohnheim trafen. Er blickte ihr mit freundlichem Lächeln entgegen, als sie auf ihn zukam. Seine leichte Missstimmung über ihre mehrwöchige Abwesenheit schien verflogen zu sein. Ein Glück.

„Schönes Kleid", sagte er.

„Danke", entgegnete sie. „Freut mich, dass es dir gefällt."

„Du gefällst mir."

Na also, er war nicht sauer. Ein knappes Kleid ohne BH darunter und schon war die Welt wieder in Ordnung. So einfach war das manchmal, dachte sie schmunzelnd, als sie zu ihm ins Auto stieg. An einem Ampelstopp kurz vor der Autobahnauffahrt legte er eine Hand auf Lias Bein – und ließ diese umgehend zwischen ihre Beine wandern. Als seine Finger ihre Muschi berührten, musste er grinsen:

„Du hast keinen Slip an", stellte er.

„Ich dachte, wir fahren zum FKK", entgegnete sie. „Wozu also unnötige Kleidungsstücke?"

„Auch wieder wahr", murmelte er, während er ihre Muschi befingerte – und erst damit aufhörte, als hinter ihm ein Auto zu hupen begann.

Gregor hatte das Umspringen der Ampel auf Grün übersehen. Er fuhr los, und kurz darauf waren sie auf der Autobahn. Er trat kräftig aufs Gas, Lia spürte, wie sie in den Sitz gedrückt wurde.

„Am liebsten würde ich dich jetzt sofort vernaschen“, sagte er und atmete tief durch.

„Sex bei Tempo 160?“, fragte sie schmunzelnd und schielte auf den Tacho.

Offenbar hatte er es eilig, mit ihr an den Baggersee zu kommen.

„Wäre mal eine Variante“, entgegnete er. „Wenn auch technisch etwas schwierig.“

„Wärst du denn schon in der Lage dazu?“, fragte sie und legte eine Hand in seinen Schoß.

„Mit dir bin ich dazu immer in der Lage!“

Die Beule, die sie in seiner dünnen Sommerhose ertastete, sprach für diese Aussage. Lia überlegte einen Augenblick. Sollte sie oder sollte sie nicht? Ach was solls, dachte sie und öffnete seine Hose. Sie griff in den Slip und legte seinen steifen Schwanz frei. Im nächsten Moment schnallte sie sich ab, beugte sich in seinen Schoß und nahm ihn in den Mund. Sie nahm wahr, wie das Motorgeräusch schwächer wurde. Offenbar nahm Gregor den Fuß vom Gas. Jetzt hatte er es wohl nicht mehr so eilig, den See zu erreichen.

Lia blies ihn mit Gefühl und hatte den Eindruck, dass sein Schwanz in ihrem Mund noch steifer wurde. Schön, dass sie so gut auf ihn wirkte. Während des Blasens nahm sie ein dumpfes Motorbrummen links neben dem Auto wahr. Offensichtlich wurden sie soeben von einem Lkw überholt. 160 fuhren sie nun wohl nicht mehr. Was ihr allerdings auch ganz lieb war. Der Fahrer konnte sich nun schließlich nicht mehr völlig auf den

Verkehr konzentrieren. Da war es schon besser, das Tempo zu reduzieren.

Was sie selbst allerdings nicht tat. Im Gegenteil: Sie blies intensiv und unterstützte das auch noch mit einer Hand. Was nicht ohne Wirkung blieb. Lia ahnte, dass es ihm bald kommen würde. So weit wollte sie es allerdings nicht treiben. Vielleicht war es ein bisschen gemein, es kurz vor seinem Höhepunkt zu beenden. Aber genau das tat sie und ließ seinen Schwanz aus ihrem Mund herausgleiten. Sie gab ihm ein Abschiedsküsschen auf die Eichel, doch plötzlich war seine Hand auf ihrem Kopf, die sie fest nach unten drückte.

„Blas weiter!", sagte er hastig, während sein Schwanz plötzlich wieder tief in ihrem Mund war.

Sie hatte kaum eine Chance, den Blowjob zu beenden. Sie hätte sich ihm mit aller Kraft entwinden müssen. Aber auf einen solchen Machtkampf wollte sie es nicht ankommen lassen. Schon gar nicht während der Fahrt auf der Autobahn. Also gehorchte sie.

Kurz darauf kam er in ihrem Mund – was sie eigentlich nicht so toll fand. Erst als er ganz zum Ende gekommen war und sein Zucken nachließ, lockerte sich sein Griff an ihrem Kopf und sie ließ seinen noch immer leicht pulsierenden Schwanz herausgleiten.

„Schluck es!", befahl er.

Never ever, dachte sie und griff zu den Taschentüchern, die auf der Mittelkonsole lagen. Sie zog eins davon aus dem Päckchen und vertraute Gregors Sperma dem Zellstoff an. Er schielte zur Seite und sah zu, was sie tat. So ganz gefiel ihm wohl nicht, dass sie seine Anordnung missachtet hatte.

„Schlucken magst du nicht?“, fragte er.

„Nein, das finde ich ekelhaft“, bestätigte sie. „Und in den Mund spritzen gehört auch nicht gerade zu meinen Vorlieben.“

Über Sperma im Mund hatten sie doch schon einmal gesprochen, überlegte sie. Hatte er ihre Abneigung dagegen vergessen oder ganz einfach überhört? Vielleicht auch überhören wollen. Na gut, dann war das jetzt hoffentlich klargestellt.

„Da hast du leider etwas mit meiner Ex-Frau gemeinsam“, sagte er.

„Ach so?“

„Die mochte auch kein Sperma im Mund. Schlucken kam für sie schon gar nicht infrage – was ich ja extrem geil gefunden hätte. Aber selbst für einen Blowjob musste sie sich manchmal regelrecht überwinden, hatte ich den Eindruck.“

„Die Vorlieben und Abneigungen sind eben unterschiedlich“, entgegnete Lia achselzuckend.

„Schön, dass du wenigstens gern bläst.“

„Damit habe ich kein Problem. Im Gegenteil, ich mag das. Aber es muss nicht unbedingt bis zum Ende sein.“

„Habe ich dich eben ein bisschen dazu genötigt?“, hakte er nach.

Nicht nur ein bisschen, dachte sie, sprach das aber nicht aus.

„War schon okay“, entgegnete sie stattdessen, obgleich sie es anders empfand.

„Mit meiner Ex-Frau war der Sex überhaupt nur so naja“, fuhr er fort.

„Habt ihr euch deshalb getrennt?"

„Nicht nur, aber es spielte sicher auch eine Rolle. Sie wollte am liebsten ..."

„Lass mal", unterbrach sie ihn. „Ich glaube, so viele Details aus deiner verflossenen Ehe möchte ich gar nicht wissen."

Er sah sie an, überlegte ein paar Sekunden und nickte schließlich.

„Wahrscheinlich hast du recht", entgegnete er. „Auf jeden Fall war das gerade ein Wahnsinns-Blowjob – im Auto während der Fahrt. Die Fantasie hatte ich schon lange."

„Ich auch", erwiderte sie.

Dass sie so etwas mit ihrem letzten Freund schon einmal getan hatte, verriet sie ihm nicht. Da allerdings hatte sie rechtzeitig aufgehört – ohne dass sie genötigt worden war, es bis zum Ende zu bringen. Aber letztlich war sie ja selbst schuld. Wenn sie ihm während der Fahrt einen blies, dann hätte sie sich natürlich denken können, wie das ausging. Welcher Mann nahm es schon einfach so hin, wenn eine Frau kurz vor dem Orgasmus aufhörte? Naja, ihr damaliger Freund hatte das akzeptiert. Aber Gregor war nun einmal nicht ihr ehemaliger Freund.

„Ich hatte mal eine Begegnung mit einem Sugarbabe, das wollte fürs Schlucken 50 Euro extra", erzählte er.

Aha, 50 Euro extra war wohl der übliche Tarif für Sonderleistungen. Bei ihrem ersten Sugardaddy hatte sie ebenfalls 50 Euro extra erhalten – allerdings unaufgefordert und zu ihrer eigenen Überraschung. Aber ebenfalls fürs Blasen bis zum Ende, wenn auch nicht mit schlucken. Doch solche Einzelheiten seiner anderen Babes wollte sie ebenso wenig wissen wie Details aus seinem ehemaligen Ehebett.

„Keine Sorge", entgegnete sie. „Ich verlange nichts extra."

„Davon gehe ich auch nicht aus", erwiderte er. „Das haben wir ja anders geregelt. Und das finde ich auch sehr schön. Über Geld im Zusammenhang mit Sex reden, mag ich nicht."

Warum tust du es dann, dachte sie. Für bestimmte sexuelle Praktiken bestimmte Summen zu verlangen, wäre ihr nie in den Sinn gekommen. So etwas machten Prostituierte. Und sie war keine Prostituierte! Natürlich wusste sie, dass die Übergänge fließend waren. Und genau daran hatte Gregor sie soeben erinnert. Schade. Ohne die Bemerkung über sein früheres Sugarbabe hätte sich das alles besser angefühlt. Sogar für sein Sperma in ihrem Mund hatte sie gerade noch so etwas wie den Anflug einer geilen Empfindung wahrgenommen. Aber diese Empfindung schluckte sie jetzt wieder herunter – im Gegensatz zu seinem Sperma.

Der Parkplatz am See war gut gefüllt, ebenso die große Liegewiese nicht weit davon entfernt. Gregor steuerte jedoch zielsicher einen kleinen Pfad an, der durch ein Wäldchen hindurch um den See herum führte. Auf der anderen Seite war deutlich weniger los. Hier war kein offizieller Badestrand, aber in dem hohen Gras, teilweise halb versteckt zwischen Sträuchern und Büschen, hatten sich ebenfalls einige Menschen niedergelassen. Hier war offensichtlich der FKK-Bereich. Lia entdeckt jedenfalls fast ausschließlich Nackte.

In einer Nische zwischen kleinen Sträuchern breiteten sie ihre Decke aus. Lia streifte ihr Kleidchen ab und legte sich in die Sonne. Im nächsten Moment lag Gregor dicht neben ihr und fädelte seine Finger in ihre Hand. Wie zwei Verliebte, dachte sie, als sie so händchenhaltend nebeneinander lagen. Das fühlte sich besser an als die Erfahrungsberichte aus seiner Sugardaddy-Karriere. So halbwegs gelang es ihr, dieses unerbetene Wissen zu verdrängen und einfach nur die warme Sonne auf der Haut zu genießen.

Etwas später schwammen sie auf den See hinaus und Lia nahm mit wohlwollendem Lächeln seine Blicke wahr, als sie anschließend tropfnass vor der Decke stand und sich in der Sonne trocknen ließ. Dass er sein Handy zückte und ungefragt einige Bilder von ihr machte, entlockte ihr ein Schmunzeln. Offenbar gefiel ihm, was er sah. Und das wiederum gefiel ihr.

„Du bist wunderschön", sagte er. „Ein absoluter Blickfang."

„Freut mich, dass ich dir gefalle", entgegnete sie.

„Nicht nur mir", erwiderte er und deutete mit dem Kopf in Richtung des Wäldchens.

Dort saß ein einzelner Mann und betrachtete sie ganz offen. Dezent war dessen Blick jedenfalls nicht. Gefiel ihr das auch? Eher weniger. Aber was solls, sie waren schließlich in einem FKK-Bereich. Da durfte sich niemand über fremde Blicke wundern. Lia setzte sich wieder auf die Decke und kuschelte sich an Gregor.

Zur anderen Seite befand sich eine kleine Gruppe von Menschen, in der viel Fröhlichkeit herrschte. Lia hatte schon vor dem Schwimmen immer wieder deutliches Lachen hinter diesen Büschen wahrgenommen. Jetzt war es dort sehr ruhig geworden. Dafür setzte sich Gregor auf und sah aufmerksam in die Richtung jener drei Paare.

„Schau mal", sagte er und deutete in die Richtung.

Auch Lia setzte sich auf. Viel erkennen konnte man wegen der Sträucher nicht. Nur hin und wieder tauchte mal ein Kopf, ein Arm oder ein Bein auf. Aber es war doch recht deutlich, dass sich diese sechs Menschen dort nicht einfach nur sonnten. Im Gegenteil: Sie schienen ziemlich aktiv zu sein.

„Treiben die es miteinander?", fragte Lia verblüfft.

„Es würde mich zumindest nicht wundern", bestätigte Gregor. „Zumindest scheinen sie ein bisschen zu sexeln. Dafür ist dieser See in einer bestimmten Szene bekannt."

„In einer bestimmten Szene? Von welcher Szene sprichst du?"

„Von der Swinger-Szene."

„Ach! Hast du da intimere Einblicke?"

„Nein, leider nicht. Aber ich habe darüber gelesen."

Swinger. Soso. War das der Grund, weshalb Gregor mit ihr ausgerechnet an diesen See wollte?

Eigentlich hatte Lia keine Neigung zum Voyeurismus. Dennoch konnte sie ihre Blicke von dem benachbarten Gebüsch nicht lösen. Gemeinsam mit Gregor starrte sie in die Richtung, auch wenn da nicht viel zu erkennen war. Ihr Kopfkino vervollständigte jedoch diverse Ausschnitte zu geilen Bildern. Offenbar ging es Gregor nicht anders. Sein Schwanz richtete sich steil auf.

Als sie eine weibliche Stimme wahrnahmen, die sich wie ein unterdrückter Orgasmusschrei anhörte, war Lia sich sicher, dass dort drüben so etwas wie eine Gruppensex-Party stattfand. Und das mehr oder weniger in der Öffentlichkeit. Wie geil war das denn! Als Gregor nun seinen Arm um Lia legte und sie sich wieder auf die Decke sinken ließen, war ihr das sehr recht. Sie konnten nun zwar gar nichts mehr sehen, aber dafür konnten sie mehr tun. Kurz darauf lag Gregor zwischen ihren Beinen und nahm sie mit schnellen Stößen. Gut, dass hier das Gras so hoch war. Dass jederzeit jemand an ihrem Gebüsch hätte vorbeigehen und ihnen zusehen können, kam Lia gar nicht in den Sinn. Sie war jetzt derart aufgeheizt, dass sie das auch gar nicht weiter gestört hätte. Sie war jetzt ganz bei ihrem Lover.

Erst als Gregor sie packte und sich mit ihr drehte, änderte sich ihre Wahrnehmung – wenn auch nur kurz. Lia richtete sich während des Ritts auf und präsentierte ihm ihre Brüste. Sie wusste, dass er diesen Blick mochte, wenn sie es in der Reiterstellung machten. Allerdings fiel Lia nun wieder der Solomann ein Stück entfernt in den Blick. Und dieser Mann betrachtete sie noch immer sehr aufmerksam. Für ein paar Sekunden nahm sie seine Beobachtung hin, dann ließ sie sich wieder ganz auf Gregor sinken und küsste ihn. Damit war sie wohl wieder in Deckung gegangen vor den fremden Blicken. Weitgehend jedenfalls.

„Der Typ da drüben sieht uns zu", flüsterte sie ihm nach dem Kuss ins Ohr.

„Stört dich das?"

„Ich weiß nicht. Eigentlich brauche ich keine Zuschauer. Aber irgendwie ist das auch geil."

„Sollen wir ihn einladen? Er würde bestimmt gern mitmachen."

Lia musste lachen über Gregors Scherz. Als der sie nun immer heftiger von unten stieß und sie ernst ansah, kam Lia in den Sinn, dass er womöglich gar keinen Scherz gemacht hatte. Kurz darauf wurde sie von einem Orgasmus geschüttelt. Den Schrei, der eigentlich aus ihr herauswollte, unterdrückte sie – anders als kurz darauf eine der Frauen nebenan. Sie war nicht übermäßig laut – aber dennoch vernehmbar. Bald darauf kam auch Gregor. Lia spürte, wie sein Sperma in sie hineinströmte. Sie blieb lange auf ihm liegen und genoss seine Nachzuckungen bis sich sein erschlaffender Schwanz irgendwann von selbst aus ihr verabschiedete. Erst jetzt rollte sie sich von ihm herunter und richtete sich auf.

Nebenan bei den drei Paaren war noch immer Leben auf den Decken. In der anderen Richtung saß der einzelne Mann und befriedigte sich selbst. Lia hätte es geprickt, ihm zuzuzwinkern. Aber sie unterließ es. Womöglich hätte er das als Einladung aufgefasst. Das Risiko wollte sie besser nicht eingehen. Das war nicht der Mann, den sie bei einem Dreier gern dabei haben würde. Gregor sah das womöglich anders.

„Was ist das denn für eine heiße Ecke, in die du mich hier gelockt hast?", fragte Lia und legte sich wieder neben ihren Sugardaddy.

„Sagte ich doch: ein Swinger-Treff."

„Und das hast du mir vorsichtshalber nicht gesagt, weil du nicht riskieren wolltest, dass ich dann womöglich gescheut hätte?"

„Du kennst mich schon ganz schön gut", entgegnete er schmunzelnd.

„Macht dich das an? Anderen Leuten beim Sex zuzusehen oder andere Leute zusehen lassen?"

„In bisschen schon."

„Und hast du so etwas schon mal selbst erlebt? Gruppensex, meine ich."

„Leider nicht. Du?"

„Ich?", fragte Lia mit gespieltem Entsetzen. „Ich bin ein unschuldiges Mädchen vom Lande. Ich kenne so etwas bestenfalls vom Hörensagen. Bestenfalls!"

„Dann hast du ja heute eine neue Erfahrung machen können."

„Na sagen wir eine neue Beobachtung. Eine Gruppensex-Erfahrung wäre wohl etwas anderes."

„Würdest du die gern mal machen?", hakte er nach.

Lia erkannte ein Funkeln in seinen Augen. Offenbar war seine Frage ernst gemeint.

„Na ich weiß nicht", entgegnete sie. „Ich finde es ja spannend, was da drüben gerade passiert. Aber ich glaube, mir reicht ein Sexpartner zur selben Zeit."

Zwischen den Büschen nebenan kehrte nun wieder Ruhe ein. Lia musste dennoch immer wieder in diese Richtung schielen. Als die sechs Menschen dort drüben ihr Deckenlager verließen und schwimmen gingen, fragte sich Lia unwillkürlich, wessen (wenn auch verhaltenen) Orgasmusschrei sie zuvor wahrgenommen hatte. Ob die gesamte Truppe wohl nur wegen der Sommerhitze schwimmen ging? Oder sollten da womöglich auch Körperflüssigkeiten beseitigt werden? Unwahrscheinlich war das nicht.

„Ich wüsste ja zu gern, wie weit das da drüben gegangen ist“, sagte Lia eher zu sich selbst. „Haben die nur gesexelt oder wirklich gevögelt?“

„Du kannst ja mal fragen“, entgegnete Gregor augenzwinkernd. „Vielleicht laden sie dich dann für die nächste Runde ein.“

„Oder uns, meinst du wohl.“

„Kluges Mädchen.“

„Das hättest du gern, oder?“

„Käme auf die Mitspieler an – vor allem auf die Mitspielerinnen. Aber ja: Grundsätzlich wäre ich nicht abgeneigt.“

„Und wie wäre das für dich, wenn ich es vor deinen Augen mit einem anderen Mann treiben würde?“

„Ich glaube, das würde mich ziemlich heiß machen.“

„Ernsthaft? Aber du hattest mir in unserer Kennenlern-Phase doch diese Frage geschickt, ob du mich mit jemandem teilen müsstest. Das klang eigentlich nicht so, als ob du das gut finden würdest.“

„Wenn du außer mir noch einen oder mehrere andere Lover hättest, dann wäre das tatsächlich nicht so toll. Oder wenn du mir bei einer Sexparty abhandenkommen würdest, dann wäre ich vermutlich ziemlich sauer. Aber wir zwei im Durcheinander mit anderen Paaren, gemeinsam oder zumindest in Sichtweite – das wäre etwas völlig anderes. Da würde ich es geil finden, wenn du es mit einem anderen treibst.“

Sexparty? Wovon träumte dieser Mann eigentlich?

„Ach ja, man nennt es swingen", gab sie zurück.

„Genau das", bestätigte er.

Lia wunderte sich, dass Gregor diese Nacht nicht mit ihr verbringen wollte. Damit hätte sie eigentlich gerechnet. Nach dem erotischen Nachmittag am FKK-See wäre das für ihr Empfinden die natürliche Fortsetzung gewesen, auf die sie viel Lust gehabt hätte. So langsam begann sie, sich an den Mann zu gewöhnen. Doch er hatte am Abend etwas anderes vor – was, sagte er nicht. Aber es ging sie ja auch nichts an.

Noch einmal Sex hatten sie dennoch. Lia bot ihm an, sie nach oben zu begleiten, als er sie wieder an ihrem Wohnheim absetzte. Kaum hatten sie die Zimmertür hinter sich geschlossen, streifte Lia ihr Kleidchen ab, setzte sich aufs Bett, öffnete ihre Beine und präsentierte ihm ihre Muschi. Sie wusste, dass ihn dieser Anblick nicht kalt lassen würde.

„Komm und fick mich", hörte sie sich sagen.

Dann ging alles sehr schnell. Kaum hatte auch Gregor sich ausgezogen, lag er auch schon zwischen ihren Beinen. Genau wie am Nachmittag am See, drehten sie sich irgendwann, und Lia richtete sich auf ihm auf. Der Unterschied zur Nummer zwischen den Büschen war lediglich, dass sie eine ganze Weile in dieser Position blieben und sie seine lustvollen Blicke auf ihre Brüste genoss. Als sie dann in die Hocke wechselte, hatte er zudem auch noch einen guten Blick auf ihre Muschi.

Leider kam er schneller als sie. Ein zweites Mal an diesem Tag strömte sein Sperma in sie hinein. Lia verharrte mit nur noch langsamen Bewegungen auf ihm, bis er seinen Orgasmus vollständig ausgekostet hatte.

„Jetzt ich“, sagte sie anschließend und stieg von seinem Schoß.

Sie setzte sich ihm gegenüber, öffnete die Beine und streichelte sich selbst. Eigentlich hatte sie erwartet, dass er sie dabei unterstützen würde – am liebsten mit seiner Zunge. Das machte er manchmal richtig gut. Aber er sah ihr lediglich zu. Dann eben nicht, dachte sie und machte weiter, bis auch sie so weit war. Unbefriedigt wollte sie jedenfalls nicht bleiben, nachdem sie sich den ganzen Nachmittag an diesem See derart aufgeheizt hatten.

„Ich muss dann mal los“, sagte er, als die letzten Zuckungen ihres Höhepunktes erst noch im Abklingen waren.

Schade, sie hätte es gern noch einmal mit ihm gemacht – sofern er noch einmal gekonnt hätte. Aber er hatte ja etwas anderes vor. Doch selbst ihr leidenschaftlicher Abschiedskuss, den sie ihm nackt und eng umschlungen an der Tür gab, löste bei ihm keine spontane Planänderung aus.

Na schön, dachte sie, nachdem er gegangen war. Sie hatte ihn für ihre wochenlange Abwesenheit mit einer heißen Nacht entschädigen wollen. Aber wenn er nicht wollte, dann konnte sie es auch nicht ändern. Anschließend machte sie es sich noch einmal selbst und hatte dabei die Bilder von den drei Paaren am See vor Augen. Und ihr Kopfkino zeigte ihr dabei weit mehr als das, was sie tatsächlich gesehen hatte.

Kapitel 8: Dominanz

In der folgenden Zeit entwickelte sich das Verhältnis mit Gregor so, wie Lia es von Anfang an erwartet hatte. Sie trafen sich alle ein bis zwei Wochen, mal für Abendessen plus Sex, mal nur für Sex, mal für einen Quickie oder auch mal wieder für eine ganze Nacht. Nach dieser Nacht ging Lia direkt in die Uni. Sie hatte es von seiner Wohnung aus nicht allzu weit, und hatte am Vorabend wohlweislich ihren Rucksack entsprechend gepackt – einschließlich eines frischen Slips. Einmal begleitete er sie auch zum Shoppen in die Innenstadt. Sie streiften durch verschiedene Boutiquen, wobei Gregor aber bald gewisse Ermüdungserscheinungen zeigte. Trotzdem hatte Lia am Ende ein neues Minikleid in ihrem Bestand – kein Kleidchen, sondern wirklich ein Kleid, das sie auch zu gesellschaftlich anspruchsvolleren Anlässen würde tragen können.

Sahen sie sich eine Weile nicht, herrschte mehr oder weniger Funkstille. Nur gelegentlich tauschten sie dann Smalltalk-WhatsApps, in denen sie sich einen schönen Tag wünschten oder nach dem Befinden erkundigten. Einmal reicherte Lia eine solche Nachricht auch mit einem Selfie an – einem Bild von ihrer soeben unter der Dusche frisch rasierten Muschi. Sie versah es mit den Worten: „Damit du mich nicht vergisst.“ Ein paar Minuten später fragte er nach einem Date, das am selben Abend stattfand. Männer waren manchmal doch ausgesprochen einfach gestrickt, dachte Lia schmunzelnd, als er während dieses Dates in sie stieß.

Es war Oktober, und das Semester hatte wieder begonnen, womit Lia nicht mehr ganz so spontan war wie in der vorlesungsfreien Zeit – und auch nicht ganz so spontan, wie Gregor das offenbar erwartete. Zweimal musste sie ihm einen Korb geben, als er nach einem kurzfristigen Treffen fragte. Dass ihm das nicht gefiel, war unverkennbar. Da er sich auch immer mal wieder um seine Kinder kümmern musste (in der Regel war dies an jedem zweiten Wochenende der Fall), war auch er nicht ganz so frei mit seiner Zeiteinteilung, wie er sich das wohl gewünscht hätte.

„Eigentlich erwarte ich, dass du dich mehr auf mich einstellst", sagte er, als sie ihn das nächste Mal besuchte.

„Das Semester hat angefangen. Da gibt es auch immer mal wieder eine Abendveranstaltung", entgegnete sie achselzuckend.

„Ist das so?", gab er mit einem seltsamen Unterton zurück.

„Wir müssen zumindest ein bisschen besser planen", sagte sie.

„Wir oder du? Dass bei mir jedes zweite Wochenende wegen meiner Kinder blockiert ist, weißt du doch."

Was sollte das denn jetzt? Musste sie etwa immer und jederzeit zur Verfügung stehen, wenn er rief? Oder was wollte er damit sagen? Sie belegte ihn mit einem fragenden Blick, erwiderte aber nichts.

„Ich würde sagen: Wer bezahlt, bestimmt auch die Regeln", fuhr er fort.

Aha, er bezahlte also. Natürlich tat er das, rein sachlich war das eine korrekte Aussage. Sie war ja froh, dass er das tat – auch wenn sie den Begriff „Unterstützung" lieber mochte als das Wörtchen „Bezahlung". Und vor allem: Warum musste er sie jetzt daran erinnern? Das war nun doch irgendwie ein Gespräch über Geld in Verbindung mit Sex – was er erklärtermaßen ja eigentlich nicht führen wollte. Sie auch nicht – weshalb sie nur stumm nickte. Immerhin vertieften sie das nicht weiter. Aber offensichtlich war diese Auffassung bei Sugardaddys verbreitet: Wer bezahlt, darf auch bestimmen. So ähnlich hatte das in ihrer Anfangszeit als SB auch mal jener SD ausgedrückt, der ihr unvermittelt in den Mund gespritzt hatte.

In dieser Nacht war Gregor sehr heftig. Als er sie doggy nahm, klatschte er mehrfach mit der flachen Hand auf ihren Po. Immerhin ergänzte er diese Aktion noch mit der Bemerkung:

„Du hast einfach einen geilen Arsch!"

Also betrachtete sie das als Kompliment, auch wenn ihr die nicht eben sanften Poklatscher missfielen. Doch sie nahm sie hin. Es gab Schlimmeres. Zu ihrem eigenen Erstaunen bekam sie bei der harten Nummer einen Orgasmus. Sie musste sich eingestehen, dass sie seine Dominanz erregte.

„Ich wusste doch, dass dir das gefallen würde", sagte er keuchend, nachdem auch er gekommen war.

Offenbar befriedigte es ihn zutiefst, dass sie kurz vor ihm in einer Stellung gekommen war, die für ihren Höhepunkt eigentlich nicht sonderlich geeignet war. Sie kommentierte seine Aussage nicht, sondern bemühte sich um ein liebevolles Lächeln, als sie sich schließlich aneinander kuschelten. Zumindest das Nach-Sex-Kuscheln mit Gregor gefiel ihr immer wieder. Da konnte sie seine gelegentlichen Dominanz-Anwandlungen wohl auch hinnehmen. Glücklicherweise konnte er ja auch ganz anders. Wobei sie grundsätzlich gar nichts dagegen hatte, wenn ein Mann ihr beim Sex zeigte, wo es langging. Es war alles nur eine Frage der Art und Weise.

Mitten in der Nacht wurde sie wach, weil sich sein steifer Schwanz gegen ihr Hinterteil drückte. Was auch immer Gregor vor einem Date mit ihr schlucken mochte: Das Zeug hatte eine durchschlagende Wirkung bei ihm – und die Wirkung hielt viele Stunden an. Das, was sie da an ihrem Po spürte, konnte härter kaum sein.

Er drückte sich nicht nur gegen sie, sein Schwanz rieb immer mehr zwischen ihren Pobacken. Das machte er nicht zum ersten Mal mitten in der Nacht. Vermutlich würde er bald zwischen ihre Oberschenkel gleiten und sie dann ficken. So eine spontane Nummer aus dem Schlaf heraus (ohne richtig wach zu sein) war ja irgendwie auch geil. Wach wurde sie allerdings zunehmend, je länger er an ihr rieb.

Plötzlich rieb er nicht mehr, sondern drückte seinen Schwanz direkt gegen ihr Poloch. Ups, falscher Eingang, dachte sie schmunzelnd. Allerdings stellte sie schnell fest, dass er sich wohl nicht einfach nur geirrt hatte. Sein Schwanz war ganz offensichtlich genau da, wo er ihn haben wollte. Als er seine Eichel nun auch noch mit viel Spucke anfeuchtete, dämmerte ihr, was er wollte.

Wollte sie das auch? Mit Analsex hatte sie bisher keine Erfahrung – und eigentlich war ihr das auch noch nie in den Sinn gekommen. Unwillkürlich kniff sie die Pobacken zusammen.

„Entspann dich", sagte er. „Es wird dir gefallen."

Da war sie sich nicht so sicher. Aber sie versuchte, sich darauf einzulassen. Als sie ihre Muskeln wieder lockerte, drang er in sie ein. Nicht sehr tief, nur ein ganz klein wenig, aber er hatte ihr Poloch mit seiner Schwanzspitze geöffnet. Lia war darauf gefasst, dass er nun ernsthaft zustoßen würde. Aber das tat er nicht. Er verharrte einfach in ihr – nicht sehr tief, aber doch in ihr. Eigentlich fühlte sich das gar nicht so schlecht an. Würde er noch tiefer eindringen?

Ja, würde er. Aber er machte es sehr behutsam, beinahe Millimeter für Millimeter. Lia hatte erwartet, dass es weh tun würde. Zu ihrer Überraschung war das nicht der Fall. Speichel als Gleitmittel war gar nicht schlecht. Und glücklicherweise hatte er auch keinen Riesenschwanz, sondern war eher durchschnittlich ausgestattet.

Jetzt tat sie immer mehr, wozu er sie aufgefordert hatte: Sie entspannte sich. Plötzlich stieß er fest zu und war tief in ihr. Aua, das tat jetzt doch weh. Nicht sehr und auch nur kurz. Aber für einen Moment war es ziemlich unangenehm gewesen. Als Gregor sie jetzt ernsthaft zu ficken begann, war es jedoch wieder okay. Mehr als okay: Lia musste sich eingestehen, dass sich das ziemlich geil anfühlte. Das hätte sie nicht erwartet, wenn sie vorher über diese Spielart gesprochen hätten. Vielleicht hatte es auch etwas zu tun mit dem Zauber des ersten Mals. Es fühlte sich so geil an, dass sie nun eine Hand in den Schoß wandern ließ und sich selbst streichelte, während er sie immer heftiger fickte.

Als es ihr kam, schrie sie ihren Orgasmus laut heraus. Daraufhin steigerte er sein Tempo noch. Es dauerte nicht lange, und er kam in ihr. Er stieß endlos nach, aber irgendwann fiel sein Schwanz immer mehr in sich zusammen und flutschte aus ihr heraus. Sofort spürte sie seine Finger am Poloch. Er spielte mit seinem Sperma, das nun offenbar herausquoll und verrieb es auf ihren Pobacken. Als er damit schließlich zum Ende kam, drehte sie sich zu ihm und sah ihn mit großen Augen an.

Sie konnte in der beginnenden Morgendämmerung sein Gesicht bereits halbwegs erkennen. Sie blieben eine Weile so liegen und sahen sich stumm in die Augen. Lia hatte das Gefühl, dass er in diesem Moment genau das tat, was auch sie immer wieder mit ihm machte: Er unternahm den stets zum Scheitern verurteilten Versuch des Gedankenlesens.

„Was war das denn?“, fragte sie schließlich.

„Mal etwas Neues“, entgegnete er in einem bemüht gelassenen Ton.

„Das kann man wohl sagen!“, bestätigte Lia.

„Hat es dir wehgetan?“

Immerhin fragte er danach. Lia hatte schon mehrfach gelesen, dass Analsex für eine Frau ziemlich schmerzhaft sein konnte. Insofern war das soeben ein überraschend positives Erlebnis gewesen.

„Nur ganz kurz und auch nicht sehr“, entgegnete sie.

„Hattest du es schon mal anal gemacht?“

„Nein. Du hast soeben mein Poloch entjungfert.“

Gregors Blick weitete sich. Er strahlte regelrecht. Lia wusste, dass sie ihm mit diesem Bekenntnis noch eine zusätzliche Freude gemacht hatte. Sie konnte zwar nicht Gedanken lesen. Aber seinen Blick deuten, war ja nicht so schwer. Außerdem liebte es vermutlich jeder Mann, der Erste zu sein. Zumindest bei gewissen Dingen.

Als Lia etwas später sein Bett verließ, um duschen zu gehen, schlief Gregor tief und fest. Sie war nach dem nächtlichen Analsex nicht wieder richtig eingeschlafen. Das alles war doch ziemlich aufregend gewesen, musste sie sich eingestehen, während das heiße Wasser über ihren Körper lief – trotz seines dominanten Verhaltens am Abend und während der Nacht. Oder vielleicht auch wegen seines dominanten Verhaltens? Auszuschließen war das nicht. Lia neigte dazu, sich im Zweifelsfall einem Mann unterzuordnen. Sie hätte sich nicht als devot bezeichnen mögen, aber in bestimmten Situationen war sie es vielleicht doch. Ein bisschen jedenfalls.

Plötzlich öffnete sich die Tür der Duschkabine und Gregor kam zu ihr.

„Guten Morgen“, sagte er liebevoll und küsste sie zärtlich.

Von dem dominanten Lover der vergangenen Nacht war jetzt nichts mehr zu spüren – zumindest nicht für den Moment. Sie konnte sich gut auf seinen spontanen Besuch unter der Dusche einlassen und erwiderte den

Kuss mit viel Sinnlichkeit. Sie spürte dabei, wie sich sein steifer Schwanz gegen sie drückte. Gregor gehörte ganz offensichtlich zu den Männern, die am Morgen immer eine Erektion bekamen. Das war ihr schon mehrfach aufgefallen. War das wohl bei allen Männern so? Sie hatte so etwas schon mehrfach erlebt, wenn sie mit einem Mann übernachtet hatte.

„Blas ihn mir", sagte er, als sich ihre Lippen wieder voneinander gelöst hatten.

Wurde er jetzt doch wieder zum dominanten Lover? Seine Worte klangen weniger nach einer Bitte als vielmehr wie ein Befehl. Aber gut, sie hatte nichts dagegen, dieser Aufforderung nachzukommen. Sie ging vor ihm in die Hocke und nahm seinen Schwanz in die Hand. Im letzten Moment zögerte sie. Dieses steife Stück Männlichkeit war vor ein, zwei Stunden noch in ihr gewesen – und zwar in ihrem Hintereingang. Ihn jetzt einfach so in den Mund zu nehmen, widerstrebte ihr nun doch – ungeachtet seiner Hände auf ihrem Kopf, die sie in die entsprechende Richtung drückten.

Vorerst rieb sie nur daran. Oder genauer gesagt: Sie wusch ihn. Gut, dass sie unter der Dusche waren und nicht im Bett. Sie war sich nicht so sicher, ob sie ihn da auch geblasen hätte. Nachdem sie nun jedoch das Gefühl hatte, dass dieser Schwanz sauber war, hatte sie auch keine Probleme damit, ihm seinen Wunsch zu erfüllen. Sie nahm ihn tief in den Mund und blies ihn mit viel Gefühl.

Allerdings nicht allzu lange. Bald zog er sie wieder nach oben, packte sie und drehte sie um. Er presste sie gegen die Duschwand, drückte sich gegen ihren Po und schob seinen Schwanz zwischen ihre Oberschenkel. Im nächsten Augenblick war er in ihr – dieses Mal in der Muschi, was ihr auch lieber war. Er fickte sie mit schnellen, harten Stößen, griff zu ihrem Hals und hielt sie mit der anderen Hand an der Hüfte fest, während sie sich mit den Händen an der nassen Duschwand irgendwie festzuhalten versuchte. Lia hatte praktisch keine Bewegungsfreiheit, während er sie nahm.

Seine Hand an ihrem Hals war ein seltsames Gefühl. Natürlich drückte er ihr nicht die Luft ab. Da wäre sie auch ausgestiegen – notfalls mit aller Gewalt. Aber seine Hand vermittelte ihr eine Botschaft, die unmissverständlich war. Eine Botschaft die sagte: Ich bin der Boss, und du bist wehrlos!

Es dauerte nicht lange, und er kam in ihr. Noch ein paar kurze, ruckartige Stöße, und er war fertig. Lia war weit davon entfernt gewesen, ebenfalls einen Orgasmus zu bekommen. Aber anders als beim Analsex vorhin hatte sie nun auch gar nicht das Bedürfnis, einen Höhepunkt zu erleben. Sie verharrten noch einen Augenblick, dann ließ er sie los und stieg aus der Dusche.

„Ich setze schon mal Kaffee auf", sagte er, während er sich abtrocknete.

„Ist gut", murmelte sie und griff zum Duschgel.

Kurz darauf war er verschwunden. Was war das denn, fragte sich Lia und blieb noch ein paar Minuten unter dem heißen Wasser.

Kapitel 9:
Das Angebot

Ende November bekam Lia eine Einladung zum Abendessen – nicht in seine Küche, sondern in ein relativ vornehmes und sicherlich nicht eben preiswertes Restaurant in der Innenstadt. Sie zog das kurze Abendkleid an, das sie bei dem gemeinsamen Einkaufsbummel im September erbeutet hatte. Da er dieses Kleid bezahlt hatte, empfand sie es als angemessen, es bei diesem schicken Abendessen mit ihm zu tragen. Dazu schöne Netzstrümpfe sowie passende Pumps, und Lia fühlte sich gesellschaftsfähig.

Gregor war ausgesprochen gut gelaunt. Gab es vielleicht etwas zu feiern?

„Ganz recht", bestätigte er, als sie ihm zwischen Vorspeise und Hauptgericht diese Frage stellte. „Ich habe einen Prozess gewonnen."

„Einen Prozess?", fragte sie. „Um was ging es denn?"

„Um meine Ex-Frau. Oder genauer gesagt: Um den Ehegattenunterhalt, den sie bisher noch immer von mir bekommen hatte. Das war nicht gerade wenig. Der Fluch eines Mannes, der ganz gut verdient."

„Und jetzt musst du nichts mehr zahlen?"

„Doch, für meine Kinder natürlich. Aber nicht für meine Ex-Frau", sagte er freudestrahlend und erhob sein Weinglas.

Sie stieß mit ihm an. Er freute sich offensichtlich sehr darüber. Vermutlich ging es ihm mehr ums Prinzip als ums Geld. Oder vielleicht auch um beides, wie sie im nächsten Moment erkannte.

„Das eröffnet mir jetzt gewisse finanzielle Möglichkeiten", fuhr er fort.

Das ist doch schön für dich, dachte sie, sagte aber nichts weiter dazu. Sie wartete ab. Ganz offensichtlich hatte er noch mehr zu erzählen. Wollte er die monatliche Unterstützung für sie erhöhen? Das hätte ja was. Obgleich sie die 1000 Euro im Monat schon als ganz ordentlich empfand.

„Ich habe mir etwas überlegt", sagte er, griff zu seinem Weinglas, trank aber nicht. „Was hälst du davon, wenn ich dir eine kleine Wohnung finanziere? Nichts luxuriöses, aber doch ein bisschen größer und schöner als deine Studentenbude. Ein Freund von mir besitzt ein Mietshaus – gar nicht weit weg von meiner Wohnung. Da wird demnächst etwas frei. Zwei Zimmer, Küche, Bad, 54 Quadratmeter."

„Und das würdest du mir bezahlen wollen? On Top zu der monatlichen Überweisung?"

„Na sagen wir: Die würde ich im Gegenzug ein bisschen reduzieren. Vielleicht auf 800. Aber unter dem Strich machst du damit ein deutliches Plus, wenn du dafür dein Wohnheim kündigst und dort dann keine Miete mehr bezahlen musst. Zudem wohnst du dann schöner."

Lia kam ins Grübeln. Eine komplette Wohnung bezahlt bekommen – das war schon ein verlockendes Angebot. Insgesamt würden sich seine Ausgaben für sie erheblich erhöhen. Offenbar war er mit ihren Gegenleistungen recht zufrieden. Konnte er ja wohl auch sein. Sie machte schließlich so einiges mit. Bei dem Gedanken kamen ihr der Analsex sowie die ziemlich harte Nummer unter der Dusche zwei Wochen zuvor wieder in den Sinn. Allerdings würde sie sich bei einem solchen Arrangement sehr abhängig machen von ihm – weit mehr als derzeit. Wollte sie das?

„Du musst das nicht gleich entscheiden", fuhr er fort, als er ihre Nachdenklichkeit registrierte. „Die Wohnung ist erst ab Februar frei, und mein Freund hat versprochen, sie in den kommenden Wochen noch nicht auf dem Markt anzubieten."

Offenbar hatte er sich das alles schon sehr genau überlegt. Schön war auf jeden Fall, dass er ihr Bedenkzeit gab – und das nicht nur ein paar Tage. Das war gut. Manchmal hatte Lia ernsthafte Schwierigkeiten, Entscheidungen zu treffen. Und diese hier war alles andere als einfach: einerseits verlockend, andererseits würde er sie anschließend mehr oder weniger in der Hand haben. Ihr erster spontaner Gedanke war: nein, auf keinen Fall. Derart abhängig machen würde sie sich nicht. Wenn sie darüber nachdachte, sah die Sache hingegen anders aus. Ein Stück weit abhängig von Gregor war sie ja ohnehin schon. Und er ging mit der Wohnung ebenfalls eine Verpflichtung ein, die er zumindest nicht von heute auf morgen aufkündigen konnte – und ja wohl auch nicht aufkündigen wollte. Sonst würde er dieses Angebot nicht machen. Der Gedanke, mit seiner Unterstützung ihr Studium zu Ende zu bringen, fühlte sich gar nicht so schlecht an. Und dann auch noch mit einer größeren Wohnung? Hm.

Dem Abendessen folgte eine sinnliche Nacht in seinem Bett. Lia erlebte Gregor dieses Mal wieder als zärtlichen Liebhaber – ohne Griff an ihren Hals oder Fick in den Hintereingang. Wobei sie gegen Letzteres vielleicht gar nichts einzuwenden gehabt hätte. Eine neue Vorliebe würde das für sie sicherlich nicht werden, aber sie hatte es als aufregende Erfahrung empfunden und anschließend sogar darüber nachgedacht, sich einen Analplug zuzulegen.

Auf jeden Fall konnte sie sich in dieser Nacht der Zärtlichkeit weit besser fallen lassen als zwei Wochen zuvor. Vor allem Gregors Küsse, die sie überall auf ihrem Körper spürte, empfand sie als erregend – auch am Hals. Küsse dort waren etwas völlig anderes als sein fester Griff während der harten Nummer unter der Dusche. Und dass er sie in dieser Nacht mehr als nur einmal zum Orgasmus leckte, war einfach nur geil. Sie revanchierte sich damit, dass auch sie ihn bis zum Ende blies – das Sperma dann allerdings umgehend ausspuckte. Es war sein dritter Orgasmus in dieser Nacht, und die Menge hielt sich folglich in Grenzen. Lia ließ seinen Saft dezent in der Bettwäsche verschwinden – was er allerdings mitbekam und mit einem wortlosen Achselzucken kommentierte.

Gregor fragte bei den nächsten Treffen erst einmal nicht nach, wie sie zu seinem überraschenden Wohnungsangebot stand. In der Zeit bis Weihnachten sahen sie sich mehrfach, und Gregor zeigte erneut ein mehrschichtiges Gesicht: Manchmal war er zärtlich, dann wieder ausgesprochen hart beim Sex. Zuweilen wechselte das mehrfach während einer Nacht. Auch ihr Poloch wurde erneut einbezogen, was dieses Mal etwas schmerzhafter war als beim ersten Mal, weil er sich weniger Zeit ließ. Lia nahm es hin, und er bemerkte ihr Missempfinden wohl nicht.

In den Weihnachtsferien hatten sie Pause. Gregor war für eine ganze Weile Vollzeitvater, weil seine Ex-Frau mit ihrem neuen Freund in den Urlaub wollte. Das war Lia ganz recht, schließlich wollte auch sie über die Feiertage zu ihren Eltern. Bei einer Silvesterparty mit ihrer alten Clique kam sie mit einem Mann ihres Alters ins Knutschen. Als der mehr wollte, blockte sie ihn jedoch ab – ohne so recht zu wissen, warum eigentlich. Hatte sie Gregor Monogamie versprochen? Eigentlich nicht, jedenfalls nicht ausdrücklich – auch wenn sie wusste, dass er das erwartete. Aber eine Verpflichtung dazu empfand sie nicht. Trotzdem hatte sie bei der beginnenden Silvester-Fummelei das Gefühl, dass ernsthafter Sex nicht infrage kam. So ging sie nach der Party allein nach Hause – auch wenn sie gar nicht so ungern in ein anderes Bett geschlüpft wäre.

Es wäre dem Jungen gegenüber aber nicht fair gewesen. Der hätte möglicherweise etwas Ernsthaftes im Sinn gehabt. Und dazu war Lia derzeit nicht bereit. Und auch nicht in der Lage – jedenfalls nicht, wenn sie die Finanzierung ihres Studiums nicht gefährden wollte. Ein Leben als Sugarbabe hatte gewisse Nebenwirkungen. Oder war es womöglich denkbar, eine ganz normale Beziehung zu führen und dennoch ein Sugarbabe zu sein?

Allerdings verspürte Lia gar kein großes Bedürfnis nach einer normalen Beziehung. Ihr letzter Freund war ziemlich eifersüchtig gewesen; auf so etwas hatte sie nicht noch einmal Lust. Die Sache mit Gregor war wesentlich entspannter. Sie hatten eine Vereinbarung, er finanzierte einen erheblichen Teil ihres Lebens, sie hatten guten Sex, typische Beziehungsprobleme gab es nicht. Eigentlich ideal. Und ältere Männer hatten ohnehin einen gewissen Vorteil, wie sie inzwischen festgestellt hatte: Die wussten im Bett einfach besser, was sie taten. Nur dass Gregor beim Sex immer mal wieder sehr dominant wurde, war für Lia eine neue Erfahrung. Doch selbst die war spannend.

„Was macht für dich den größeren Reiz aus?", fragte ihre Zimmernachbarin, als sie Anfang Januar mit ihr über die Erfahrungen mit Gregor sowie die seltsame Silvesternacht sprach: „Das Geld oder der Sex mit einem älteren Mann?"

Lia musste einen Moment darüber nachdenken. Diese Frage hatte sie sich noch gar nicht gestellt.

„Naja", entgegnete sie schließlich. „Angefangen habe ich dieses ganze Sugardating allein aus finanziellen Gründen. Du weißt ja, wie klamm ich in der Zeit immer war. Aber irgendwie ist es auch geil mit Gregor."

„Und verglichen mit deinem letzten Freund? Diesem, wie hieß er doch gleich …?", hakte Saskia nach.

„Gar kein Vergleich! Der kam immer ziemlich schnell und hat mich nur manchmal zum Orgasmus gebracht. Gregor ist viel einfühlsamer und bemüht sich immer wieder um meine Lust. Der drückt einfach die richtigen Knöpfe. Nicht immer, aber oft. Das ist schon irre, wie der mich manchmal befriedigt."

„Siehst du", stellte Saskia fest. „Ich sags ja: Ältere Männer sind besser im Bett. Mich reizen sie jedenfalls. Sonst würde ich das mit dem Sugardating auch nicht machen. Das Geld gibt mir irgendwie einen zusätzlichen Kick – abgesehen davon, dass ich es natürlich ganz einfach brauche. Aber ich finde das alles auch ziemlich geil."

Lia kam um die Erkenntnis nicht umhin, dass es bei ihr ebenso war.

Bei ihrem ersten Treffen im Januar verloren sie nicht viel Zeit. Kaum war Lia in Gregors Wohnung, riss er ihr regelrecht die Kleider vom Leib. Nur eine Minute später saß sie nackt auf seinem Küchentisch, er stand zwischen ihren Beinen und nahm sie mit harten Stößen. Offensichtlich hatte er sie vermisst, stellte sie fest. Und wenn sie ehrlich zu sich selbst war: Sie hatte ihn ebenfalls vermisst. Noch nie zuvor hatte sie ein Mann derart oft zum Orgasmus gebracht, wie Gregor das immer wieder tat.

Auch bei diesem Küchentisch-Quickie kam sie zum Höhepunkt bevor er so weit war. Als es ihm kam, überraschte er sie damit, dass er seinen Schwanz im letzten Moment herauszog und es mit der Hand zu Ende brachte. Sein Sperma klatschte auf ihre Muschi und ihren Bauch – wie in einem Pornofilm, dachte sie. Normalerweise kam er in ihr, was sie stets genießen konnte. Aber sie empfand auch diese Variante als spannend.

Zumal es sehr viel Sperma war, das er auf ihr hinterließ. Offenbar war er länger abstinent gewesen. Naja, sie ja auch.

Als sie ihre Nummer beendeten, wollte Lia zu einem Taschentuch greifen und sich von seinem Sperma befreien. Er hielt ihre Hand fest, sah sie ernst an und schüttelte den Kopf.

„Nein!", ordnete er an. „Lass es, wo es ist."

Lia fügte sich. Das Abendessen verbachten sie nackt am Esstisch, das Sperma auf ihrer Haut trocknete rasch ein. Gut, dass es in der Küche warm genug war für diese Kleiderordnung. Als ihr das auffiel, fragte sie sich, ob er das FKK-Abendessen schon vorab geplant und die Heizung entsprechend hochgedreht hatte.

Später im Bett ließen sie sich mehr Zeit als auf dem Küchentisch. Gregor war ausgesprochen zärtlich. Er schenkte ihr sogar eine ausgiebige Ölmassage. Wobei sie sich später fragte, ob diese Massage womöglich vor allem der Vorbereitung von erneutem Analsex diente. Als sie es im Dezember anal gemacht hatten, war es etwas schmerzhaft gewesen. Jetzt flutschte es besser. Öl war doch recht hilfreich für diese Variante, stellte sie fest.

„Schön, dass du es auch anal magst", sagte er später, als sie ausgepowert und sehr befriedigt nebeneinander lagen.

Sie konnte nicht widersprechen: Es hatte seinen Reiz. Vielleicht sollte sie sich tatsächlich mal einen Analplug zulegen. Wie würde es sich wohl anfühlen, so etwas im Po zu haben und zugleich seinen Schwanz in der Muschi zu spüren?

„Hast du schon mal einen Analplug benutzt?", fragte er.

Lia sah ihn verblüfft an. Konnte der Mann vielleicht doch Gedanken lesen?

„Nein", sagte sie. „Aber ich könnte mir das gut vorstellen."

„Dachte ich mir doch", erwiderte er schmunzelnd, lehnte sich zur Seite und öffnete die Schublade seines Nachttisches.

„Dann habe ich etwas für dich", fuhr er fort und überreichte ihr ein kleines Päckchen. „Ein verspätetes Weihnachtsgeschenk."

Lia öffnete das Päckchen und war jetzt nicht sonderlich erstaunt, dass sie im nächsten Moment einen kleinen, glatten Gegenstand aus Edelstahl in der Hand hielt: einen Analplug. Nun musste auch sie schmunzeln. Damit war zumindest die Frage geklärt, ob sie sich so etwas zulegen wollte oder nicht.

Gemeinsam betrachteten sie das Spielzeug, sie gab Gregor einen Kuss und bedankte sich für das schöne Geschenk.

„Ich muss mal eben ins Bad", sagte er zu ihrer Überraschung und verließ das Bett.

Eigentlich hatte sie erwartet, dass sie ihr Geschenk umgehend ausprobieren sollte. Aber gut, wenn der Mann musste, dann musste er. Kurz darauf hörte sie jedoch auch das Rauschen der Dusche. Aha, dachte sie. Er bereitete sich für eine erneute Runde vor und säuberte nach dem Analsex seinen Schwanz. Schön, dass er an so etwas dachte. Er kannte ja ihre Einstellung zu solchen Dingen. Tatsächlich dauerte es dann aber eine ganze Weile, bis er wieder einsatzbereit war. Selbst mit Hilfe der modernen Pharmazie benötigte der Mann für eine dritte Runde eine längere Pause – und ihre sinnlichen Lippen an seinem Schwanz.

Dann allerdings griff er zu dem neuen Spielzeug, rieb es mit reichlich Gleitgel ein und setzte den Plug an ihr Poloch. Lia hatte sich vor ihn gekniet und er spielte an ihrem Hintereingang. Sie erwartete, dass er mit dem Analplug vorsichtig und nach und nach in sie eindringen würde. Aber er setzte ihn an und führte ihn umgehend mühelos ein. Naja, sie hatten es ja auch schon anal gemacht an diesem Abend – da war es wohl nicht weiter verwunderlich, dass es so leicht ging.

Gregor legte sich auf den Rücken und zog Lia auf seinen Schoß. Sein Schwanz verschwand tief in ihrer Muschi. Sie begann, ganz langsam auf ihm zu reiten. Es war ein eigentümliches Gefühl, sowohl normal zu ficken als auch anal stimuliert zu werden. Lia hatte das Gefühl, ausgesprochen eng zu sein. Irgendwie übte dieser Analplug einen Druck aus, der sie noch mehr spüren ließ, als das normalerweise der Fall war. Als sie ihr Tempo immer mehr steigerte, hörte sie auf, über die Feinheiten dieser besonderen Variante nachzudenken. Es war einfach nur geil – und es bescherte ihr einen Orgasmus, der heftiger kaum sein konnte.

Lia ließ sich nur eine kurze Abklingzeit und nahm ihren Ritt auf ihm wieder auf. Erneut kam es ihr, bevor er so weit war. Dann allerdings packte er fest ihre Pobacken und übernahm die Führung. Kurz darauf kam er in ihr. Als sie beide wieder zur Ruhe kamen, sahen sie sich mit großen Augen an.

„Wow!“, sagte sie.

„Wow!“, stimmte er ihr zu.

„Was für ein wundervolles Weihnachtsgeschenk“, flüsterte sie und küsste ihn zärtlich.

Tief in der Nacht hatten sie noch einmal Sex. Ohne Spielzeuge und einfach nur in der Missio. Aber Lia fand es schön, dass er noch einmal zu ihr kam und sie in der Stellung nahm, in der sie sich am stärksten als Frau fühlte. Und sie war beeindruckt, wie oft ein Mann jenseits der 50 in einer Nacht konnte. Dass er dieses Mal offenbar ernsthafte Schwierigkeiten hatte, zum Orgasmus zu kommen, entlockte ihr ein Schmunzeln. Aber immerhin brachte er sie noch einmal zum Höhepunkt. Auch das empfand sie als beeindruckend.

Beim Frühstück an diesem Morgen war Gregor bester Stimmung. Offensichtlich war die Nacht ganz nach seinem Geschmack verlaufen. Dass Analplug, Massageöl und Gleitgel bereitgelegen hatten, wunderte Lia nicht im Geringsten. Der Mann war planvoll und wusste, was er wollte.

„Hast du dir die Sache mit der Wohnung schon überlegt?“, fragte er beim zweiten Kaffee eher beiläufig.

„Offen gestanden: Ich bin mir unsicher“, entgegnete sie.

„Wo liegt das Problem?“

„Möchtest du eine ehrliche Antwort?“

„Natürlich, was sonst?“

„Einerseits ist es sehr verlockend. Andererseits habe ich aber Angst, mich derart in die Abhängigkeit von dir zu begeben.“

Gregor nickte: „Ja, das kann ich nachvollziehen. Es ist ja nur ein Angebot. Du kannst es annehmen oder auch nicht. Ich werde es nicht als Zurückweisung empfinden, wenn du lieber in deinem Wohnheim bleiben möchtest."

„Die Wohnung ist ab Februar frei, sagtest du?"

„Nein, wohl doch erst ab März. Mein Freund möchte bis spätestens Ende Februar eine Zu- oder Absage von mir."

„Gut, bis Ende Februar sage ich dir Bescheid."

„Vielleicht kann ich dich damit locken, dass ich meine monatliche Überweisung lasse, wie sie ist?"

„Und die Wohnung einfach nur on top?"

„Und die Wohnung einfach nur on top", bestätigte er.

Es wäre vermutlich ganz schön blöd, so etwas abzulehnen, überlegte Lia, als sie etwas später auf dem Heimweg war. Was Gregor ihr anbot, war eine erhebliche Zusatzleistung. Dafür allerdings wollte er dann auch eine gewisse Zusatzleistung von ihr, wie Lia bald feststellen sollte.

Kapitel 10:
Ein Abend zu viert

„Zieh schöne Dessous an", las sie zwei Wochen später in einer WhatsApp von ihm.

Lia war für Samstag mit Gregor verabredet, sie würde erneut zu ihm gehen.

„Gefallen dir die Sachen nicht, die ich bisher so getragen habe?", fragte sie zurück und versah die Nachricht mit einem Zwinkersmiley.

„Das wollte ich damit nicht sagen. Aber wir haben etwas Besonderes vor."

„Was haben wir denn vor?"

„Wir bekommen Besuch."

„Besuch? Und dafür brauche ich besondere Dessous?"

„Hast du schon mal Sex zu viert gehabt?"

„Wie bitte?"

„Na du weißt schon: zwei Männer, zwei Frauen, ein fröhliches Durcheinander. So wie diese kleine Truppe im Sommer am Baggersee."

Natürlich wusste sie, was er damit meinte. Doch obgleich Gregor schon mehr als einmal von dieser Fantasie gesprochen hatte, kam das für Lia jetzt etwas überraschend. Wenn ihm das so sehr am Herzen lag, dann wollte sie sich einem solchen Abenteuer nicht verweigern. Aber sie hätte es vorgezogen, wenn sie über die Sache persönlich gesprochen hätten und er sie auch gefragt hätte, ob sie dazu überhaupt bereit war. So etwas lediglich per WhatsApp mitgeteilt zu bekommen, entsprach nicht unbedingt Gregors Einfühlsamkeit, die Lia vor Kurzem noch Saskia gegenüber gerühmt hatte. In diesem Moment fühlte sie sich überfahren.

„Äh …“, schrieb sie und versah die sparsame Nachricht mit einem achselzuckenden Smiley.

„Du wirst doch wohl nicht etwa kneifen?“, kam zurück.

„Ich weiß nicht so recht“, gab sie zu.

„Angst vor neuen Erfahrungen?“

Das ja nun auch nicht. Sie hatte mit Gregor schon mehrere neue Erfahrungen gemacht – und bisher war es stets geil gewesen. Naja, vielleicht abgesehen von seinem festen Griff an ihrem Hals unter der Dusche. Das hätte sie nicht erleben müssen. Aber ansonsten …

„Natürlich nicht“, schrieb sie zurück.

„Na dann am Samstag um 18 Uhr bei mir. Die Gäste kommen um 19 Uhr.“

„Okay“, stimmte sie schließlich nach ein paar Bedenkminuten zu.

Was wurde das denn jetzt? Wollte er wirklich, dass sie mit einem anderen fickte? Er hatte ja schon einmal durchblicken lassen, dass er es geil finden würde, ihr mit einem anderen zuzusehen. Hatte er eine Neigung zum Cuckold? So hätte sie ihn bisher eigentlich nicht eingeschätzt. Aber es würde ja nicht nur ein anderer Mann da sein, sondern auch noch eine andere Frau. Er hatte von Sex zu viert gesprochen. Vermutlich ging es ihm eher darum, selbst eine andere zu ficken – Gruppensex mit Partnertausch eben. Anders konnte man seine Formulierung „fröhliches Durcheinander“ ja wohl kaum verstehen.

Wie gewünscht, zog sie sich betont sexy an: ein kurzes Kleid, das viel Dekolletee erkennen ließ, darunter ein sehr dünner, bügelloser BH (der durch das Kleid hindurch gar nicht unbedingt erkennen ließ, ob sie ein solches Kleidungsstück überhaupt trug), zudem schwarze Netzstrümpfe und ein Nichts von einem Stringtanga, der zudem so durchsichtig war, dass man ihre glattrasierte Muschi gut erkennen konnte – wer in welcher Situation das auch immer an diesem Abend zu sehen bekommen sollte. Was für ein Paar mochte Gregor wohl für dieses Abenteuer aufgetan haben?

„Die beiden heißen Vanessa und Dirk. Sie sind ebenfalls eine Sugar-Beziehung“, erzählte Gregor, kurz bevor die angekündigten Gäste eintrafen.

„Ist Dirk ein Freund von dir?“, wollte Lia wissen.

„Nein, so würde ich das nicht ausdrücken. Ich habe ihn nur einmal getroffen um die Dinge für heute Abend zu besprechen – und natürlich auch, um zu sehen, ob er mir sympathisch ist. Ansonsten würde ich dich ihm nicht überlassen.“

Überlassen. Aha. Und die Frage, ob sie überlassen werden wollte, spielte für ihn keine Rolle? Offenbar nicht.

„Wie hast du ihn kennengelernt?“, wollte Lia wissen.

„In einem Sugardaddy-Forum.“

„Aber da kann ein Mann doch ausschließlich Frauen anschreiben – und umgekehrt.“

„Ich meinte ein anderes Forum. Das ist eher eine Diskussions-Plattform. Da geht es weniger ums Dating.

Da sind auch überwiegend Männer, die sich über ihre Erfahrungen mit ihren Sugarbabes austauschen."

Ach ja, in einem solchen Diskussions-Forum hatte sie sich auch selbst schon umgetan – zu Anfang, als sie wissen wollten, wo andere Menschen in der Szene die Grenze zwischen Sugar-Dating und Prostitution zogen. War er vielleicht in demselben Forum unterwegs? Egal, das mussten sie jetzt nicht thematisieren.

„Soso", entgegnete sie stattdessen. „Da will ich mal lieber nicht fragen, was du da so alles über mich und uns erzählst."

„Keine Sorge, nichts womit dich irgendjemand erkennen könnte."

Na immerhin.

„Und Vanessa?", hakte Lia nach. „Hast du die auch schon getroffen?"

„Nein, die kenne ich ebenso wenig wie Dirk dich kennt. Also nur von Fotos und Erzählungen."

„Du hast Dirk Fotos von mir gezeigt?"

„Ja klar."

„Auch Nacktbilder?"

„Natürlich. Er hat mir so etwas von seiner Vanessa ja auch gezeigt. Schließlich will man wissen, woran man ist."

„Zumindest Mann, hm?"

Gregor stutzte bei der Bemerkung. Ging ihm jetzt womöglich ein Licht auf? Lia hoffte es.

„Natürlich kannst du die Sache jederzeit abbrechen, falls Dirk dir vollkommen unsympathisch sein sollte", sagte er – wenn auch in einem etwas zu kühlen Ton, wie Lia es empfand.

Sie zuckte lediglich mit den Achseln. Man würde sehen. Vielleicht sollte sie es künftig nicht einfach so hinnehmen, wenn er Nacktbilder von ihr machte, wie er das beim Ausflug an den FKK-See im Sommer und auch schon in seinem Schlafzimmer getan hatte. Sie hatte nie darüber nachgedacht, aber irgendwie war sie ganz selbstverständlich davon ausgegangen, dass diese Bilder niemand außer ihm selbst zu sehen bekam. Das war offensichtlich ein Irrtum gewesen. Sollte sie das jetzt problematisieren? Besser nicht. Er war ohnehin schon leicht verschnupft über ihre skeptischen Anmerkungen. Das wollte sie nicht noch verstärken. Er hatte sich diesen Abend zu viert ausgedacht, und sie würde ihrem Sugardaddy seinen Wunsch erfüllen – jedenfalls soweit die Sache nicht über bestimmte Grenzen hinausgehen würde. Wo sie die ziehen wollte, konnte sie allerdings selbst nicht so genau sagen.

Tatsächlich war Dirk nicht unsympathisch. Lia fiel auf, dass die beiden Männer sich bei der Begrüßung verschwörerisch zuzwinkerten. Nun ja, sie hatten diesen Abend schließlich auch geplant. Die ganze Sache war ihr gemeinsames Werk. Inwieweit Vanessa vorab einbezogen war, vermochte Lia nicht einzuschätzen.

Überhaupt war die junge Frau schwer zu durchschauen. Sie lächelte viel und sagte wenig, während sie beim Abendessen an Gregors Küchentisch saßen und sich um einen Smalltalk bemühten, der zumindest anfangs das Prädikat „besonders zäh“ verdiente. Immerhin erfuhr Lia, dass Vanessa mit ihren 21 Jahren noch etwas jünger war als sie selbst. Sie war seit einigen Monaten Dirks festes Sugarbabe und erhielt eine regelmäßige monatliche Unterstützung von ihm. Lia hätte die Höhe interessiert, aber das blieb im Dunkeln. Sie wollte auch nicht direkt nachfragen; das hätte die Illusion eines Abends unter normalen Freunden oder zumindest normalen Swinger-Paaren doch arg gestört. Vanessa war Verkäuferin in einem Supermarkt, zählte also auch nicht gerade zu den Großverdienern der Gesellschaft.

Anders als offenbar Dirk. Der verriet zwar nicht, womit er sein Geld verdiente, aber ganz offensichtlich hatte er reichlich davon. Jedenfalls kam Lia dieser Gedanke, als er von seiner Segeljacht erzählte, mit der er im vergangenen Herbst einen Segeltörn durchs Mittelmeer unternommen hatte – gemeinsam mit Vanessa. An deren Blick erkannte Lia, wie sehr ihr dieser Ausflug gefallen hatte.

Dirk war vermutlich in einem ähnlichen Alter wie Gregor, vielleicht auch ein paar Jahre älter. Auf jeden Fall ebenfalls jenseits der 50, wie Lia ganz stark vermutete. Er war etwas kleiner als Gregor und besaß auch nicht dessen Figur (die man bei Gregor irgendwo zwischen recht passabel und sportlich einordnen konnte). Dirk war nicht korpulent oder gar dick, ein wenig untersetzt war er aber doch. Dass der Mann sich ein Sugarbabe gesucht hatte, das noch ein bisschen kleiner war als Lia mit ihren 1,65 Metern, wunderte Lia keineswegs. Kleine Männer suchten meist noch kleinere Frauen.

Immerhin brachte Dirk die Runde mehrfach mit geistreichen Bemerkungen zum Lachen – jedenfalls als mit zunehmendem Sekt- und Weinverbrauch die Stimmung deutlich gelöster wurde und der Smalltalk seine Zähigkeit verlor. Der Mann hatte Charme – das war Lia im Zweifelsfall wichtiger als Muskeln und Waschbrettbauch. Naja, den besaß auch Gregor nicht. Aber er hielt sich zweifellos besser in Form als Dirk.

War das eigentlich normal, dass sie hier an diesem Tisch saß und die beiden Männer miteinander verglich? Vermutlich ja. Sicherlich tat Vanessa das gleiche – und die beiden Männer mit Blick auf die Frauen ebenfalls.

Lia registrierte sehr genau, wie Gregors Blicke immer wieder zu Vanessa wanderten. Da sie wusste, dass ihr Sugardaddy eine Vorliebe hatte für Frauen mit großer Oberweite, war Lia durchaus stolz, dass sie an der Stelle sichtlich mehr zu bieten hatte als die andere Frau. Abgesehen davon hatte die kleine, drahtige Vanessa aber eine tolle Figur, die in ihrem engen Minikleid gut zur Geltung kam. Dass Dirks Blicke immer wieder sie selbst trafen (vor allem ihr Dekolletee), wunderte Lia nicht im Geringsten. Auch wenn er schon Nacktbilder von ihr gesehen hatte, fragte sich der Mann nun sicherlich, wie sie wohl oben ohne aussah. Live war eben doch etwas anderes, als Fotos zu betrachten. Und er fragte sich vermutlich auch, wie er an diese vollen Brüste herankommen konnte.

Ja, wie eigentlich? Sollte jetzt nach dem Ende des Abendessens einfach ein Schalter umgelegt werden und die beiden Paare in getauschter Konstellation ins Schlaf- beziehungsweise Gästezimmer der Wohnung wechseln? Andererseits hatte Gregor von einem „fröhlichen Durcheinander“ gesprochen. War das nur ein Spruch gewesen, oder war das der Plan? Gab es überhaupt so etwas wie einen Plan? Lia war gespannt.

„Lasst uns ins Wohnzimmer gehen", sagte Gregor, als auch der Nachtisch beendet war.

Aha, also nicht getauschte Partner in getrennten Zimmern.

„Du tanzt auch gern?", fragte Gregor an Vanessa gewandt, während er die Musik einschaltete.

„Hm ja, manchmal schon", entgegnete sie.

„Dann hast du etwas mit Lia gemeinsam", fuhr Gregor fort.

Was der Mann eigentlich gar nicht so recht beurteilen konnte, schoss es Lia durch den Kopf. Sie hatte in ihrem Sugarbabe-Profil das Hobby Tanzen erwähnt, und Gregor beim ersten Date erzählt, dass sie das ganz gern mochte. Das wars dann aber auch. Mit Gregor hatte sie nie getanzt. Sollte das jetzt ein Tanzabend werden? So als Intro für gemeinsamen Sex?

Nein sollte es nicht. Jedenfalls nicht im klassischen Sinn, wie Lia im nächsten Augenblick feststellte.

„Dann tanzt für uns, Ladies", forderte Dirk die Frauen auf – während sich die Männer ins Sofa, beziehungsweise einen der Sessel fallen ließen.

Lia kam der Spruch „die Puppen tanzen lassen" in den Sinn. So ganz unpassend war der sicherlich nicht für das, was die Männer soeben von den Frauen verlangten. Aber gut. Sie würde ihnen den kleinen Gefallen tun. Offenbar wollten die beiden Sugardaddys ihre Babes noch einmal in Augenschein nehmen – und das etwas intensiver, als es beim Abendessen möglich gewesen war.

Die beiden Frauen begannen, sich zu der langsamen Musik, die von tiefen Beats geprägt war, zu bewegen. Lia konnte sich gut in den Rhythmus fallenlassen. Vanessa offenbar noch mehr. Jedenfalls stellte Lia fest, dass die andere Frau irgendwann begann, ihr Kleid zu öffnen und die Träger langsam von den Schultern rutschen zu lassen. Ach so war das mit dem Tanzen gemeint? Machte Vanessa das spontan? Oder hatte Dirk das vorab mit ihr so besprochen? Auf jeden Fall wirkte es sehr natürlich, gerade so, als gäbe es nichts daran zu zweifeln, dass sie sich jetzt ausziehen musste. Vielleicht empfand sie das ja auch so.

Genau wie die Männer sah Lia fasziniert zu, wie Vanessa sich ganz allmählich aus ihrem Minikleid pellte. Es war so, als würde es Zentimeter für Zentimeter ein Stück tiefer rutschen. Irgendwann kam der BH zum Vorschein, etwas später ein gepiercter Bauchnabel, dann ein T-String, irgendwann ließ Vanessa das Kleid ganz einfach zu Boden sinken, stieg aus und tanzte nur noch in Slip, BH, Netzstrümpfen und Pumps weiter. Das war so ungefähr der Moment, in dem Lia klar wurde, dass von ihr sicherlich die gleiche Aktion erwartet wurde. Als Vanessa nun auch noch Hand an Lias Kleid legte und den Reißverschluss öffnete, gab es daran keinen Zweifel mehr. Vor allem dafür, dass Vanessa während des Abendessens sehr zurückhaltend gewesen war, wurde sie nun ausgesprochen aktiv. Sie wusste wohl sehr genau, was ihr Sugardaddy von ihr erwartete – und war gewillt, ihm seine Wünsche zu erfüllen.

Vermutlich war Lia deutlich schneller aus ihrem Minikleid, als das bei Vanessa der Fall gewesen war. Irgendwie hatte sie das Gefühl, mit der anderen Frau umgehend gleichziehen zu müssen. Für den weiteren Verlauf ließen sich nun beide Frauen mehr Zeit. Hin und wieder umarmten sie sich kurz und tanzten gemeinsam weiter, bevor sie sich wieder voneinander lösten. Dass Vanessa dabei ihre Hände auf Lias Po legte und diesen zärtlich streichelte, war im ersten Moment irritierend, aber Lia musste sich eingestehen, dass ihr das irgendwie auch gefiel. Sie erwiderte die sanften Liebkosungen.

Schließlich öffnete Vanessa Lias BH, und Lia tat umgehend das gleiche bei der anderen Frau. Beide hielten sie ihre Oberteile jedoch noch mit den Armen fest, während sie sich weiter zur Musik bewegten. Erst nach und nach ließ Lia ihren BH tiefer rutschen und schließlich zu Boden fallen. Fast im gleichen Moment warf Vanessa ihren BH zu Gregor.

Ja, das war natürlich auch eine Möglichkeit, dachte Lia – auf jeden Fall weit provozierender als das Teil einfach fallen zu lassen. Als die Frauen sich etwas später von ihren Slips befreiten, tat Lia es Vanessa gleich: Ihr Slip landete bei Dirk, der ihn auffing und sich vor das Gesicht drückte. Auch Gregor nahm sichtlich erfreut Vanessas Slip entgegen.

Die Männer tasteten die Frauen mit ihren Blicken ab. Zentimeter für Zentimeter, hatte Lia das Gefühl. Offenbar gefiel ihnen die Strip-Show, die sie ihnen geboten hatten. Dirks Blick richtete sich vor allem auf Lias vollen Busen, aber auch immer wieder auf ihre Muschi.

Vanessas Brüste waren klein, aber schön geformt und offenbar sehr fest. Die Frau präsentierte ihren schlanken Körper mit mehr Selbstbewusstsein, als man das nach ihrer kommunikativen Zurückhaltung beim Abendessen hätte erwarten können. Anders als Lia war Vanessa nicht vollkommen glatt rasiert, sondern trug einen kleinen Landestreifen. Seit sie ihren Slip abgestreift hatte, wanderten Gregors Blicke zunehmend zu dieser Stelle, wie Lia schmunzelnd registrierte. Vermutlich war er heiß darauf, diese Körperregion nicht nur mit den Augen zu erforschen.

Aber noch tanzten die Frauen – irgendwann auch ohne Pumps und beide nur noch in ihren Netzstrümpfen. Sollten sie die auch ausziehen? Offenbar nicht, stellte Lia fest, als Vanessa sich nun auf die Sessellehne zu Gregor setzte. Aha, das Bäumchen-wechsel-Spiel sollte beginnen. Als Lia Dirk ansah, blickte sie in zwei sehr große Augen. Sie folgte der einladenden Geste, die er mit dem Arm machte. Im nächsten Augenblick saß sie auf seinem Schoß und küsste ihn.

Dirks Hände waren jetzt überall: In Lias Nacken, auf den Schultern, den Brüsten, zwischen ihren Beinen. Lia öffnete dabei nach und nach sein Hemd und legte die behaarte Brust frei. Sie ließ sich Zeit damit, auch wenn sie spürte, dass der Mann zunehmend ungeduldig wurde. Irgendwann machte er eine Kopfbewegung zur Seite, Lia sah in die Richtung und stellte fest, dass Vanessa und Gregor schon weiter waren. Deutlich weiter: Gregor trug zwar noch sein Hemd, aber es stand offen, und es war das einzige Kleidungsstück, das er noch am

Körper trug. Vor dem Sessel, in dem er saß, kniete Vanessa und blies seinen Schwanz.

Lias und Gregors Blicke trafen sich. Obgleich ihr Sugardaddy in diesem Moment fremd geblasen wurde, schien seine Aufmerksamkeit mehr bei seinem eigenen Sugarbabe zu liegen. Für einen Augenblick irritierte Lia das. Aber nur für diesen Augenblick. Es war ja auch ganz beruhigend, dass Gregor wissen wollte, was mit ihr passierte. Hatte er das Bedürfnis, auf sie aufzupassen? Oder war er einfach nur ein Voyeur?

Im nächsten Moment wurde dieser Blickkontakt wieder unterbrochen. Dirk packte Lia, drückte sie neben sich auf das Sofa und stand auf. Er zog sich aus, rasch und geschäftsmäßig und ohne irgendwelche sinnliche Bewegungen. Als er nackt war, kniete er sich zwischen Lias Beine. Eine gefühlte Sekunde später spürte sie seine Zunge zwischen ihren Schamlippen. Zweifellos: Der Mann hatte es nicht mehr aushalten können. Der Gedanke ließ Lia schmunzeln.

Dirk leckte gierig; er wirkte beinahe wie von Sinnen. Gregor machte so etwas meist sehr viel einfühlsamer. Trotzdem konnte Lia sich gut darauf einlassen, auch wenn sie wusste, dass der Mann sie auf diese Weise sicherlich nicht befriedigen würde. Aber das musste auch nicht unbedingt sein. Der erotische Abend begann ja gerade erst.

Immerhin bemühte sich Dirk um sie. Er steckte ihr einen Finger tief in die Muschi und leckte intensiv ihren Kitzler. Lia spürte ihn, es fühlte sich auch nicht schlecht an. Aber irgendwie hatte er nicht den richtigen Zungenschlag. Jedenfalls nicht für sie; er war einfach zu heftig.

Mehrfach geriet Lia in Versuchung, ihn zu bremsen, unterließ dies aber. Nach einer Weile beendete er seine Liebkosungen in ihrem Schoß und erhob sich.

Er stand nun vor dem Sofa – und somit direkt vor ihr. Sie griff nach seinem Schwanz, der zwar nicht völlig im Ruhezustand war, aber richtig steif war er auch noch nicht. Entschlossen nahm sie ihn in den Mund und blies ihn – woraufhin mehr und mehr Leben in seine Männlichkeit kam. Na also, dachte Lia. Sie brauchte eine ganze Weile, aber schließlich wurde er dann doch ernsthaft steif. Sie entließ ihn aus ihrem Mund, sah nach oben und blickte in ein zufriedenes Lächeln.

Dirk kniete sich erneut zwischen ihre Beine, nahm ihren Kopf in beide Hände und küsste sie auf den Mund. Zugleich spürte sie, wie sich sein Schwanz in ihren Schoß drängte. Aha, dachte sie. Der Mann wollte ficken. Als sie ihren Kuss beendet hatten, streckte Lia eine Hand zu dem Beistelltisch neben dem Sofa aus und griff sich ein Kondom aus dem bereitstehenden Schälchen. Sie hielt es lächelnd zwischen sich und Dirk – in der Erwartung, dass er es ihr abnehmen und seinen Schwanz verpacken würde.

Tatsächlich nahm er es, warf es aber zurück in das Schälchen. Irritiert sah sie ihn an. Dirk machte eine Kopfbewegung zur Seite, mit der er auf Vanessa und Gregor deutete.

„Die beiden machen es doch auch ohne“, sagte er.

Erst jetzt realisierte Lia, dass ihr Sugardaddy und die andere Frau auf dem Teppich lagen. Sie saß auf ihm, Lia konnte Gregors Schwanz zwischen Vanessas Pobacken gut erkennen. Er kam zum Vorschein, verschwand wieder, kam erneut zum Vorschein und war sofort wieder tief in ihr verschwunden. Sie machten es in einem ruhigen Rhythmus, Lia konnte trotz schwacher Beleuchtung alles gut erkennen. Was sie nicht entdecken konnte, war ein Kondom. Irritiert wandte sie sich wieder Dirk zu und fragte sich, ob sie das auch mitmachen wollte. Doch in diesem Moment stieß Dirk bereits zu.

Lia war überrascht, protestierte aber nicht, als er sie mit schnellen, harten Stößen und ohne Gummi nahm. Er hielt dabei ihre Oberschenkel fest und heftete seinen Blick an ihre schaukelnden Brüste. Mehrfach griff er danach, packte sie dann aber wieder mit beiden Händen und hielt sie fest. Lias Blick pendelte dabei immer wieder zwischen ihrem Lover und dem Paar auf dem Teppich. Als Vanessa und Gregor die Position wechselten und er sie nun von hinten nahm, konnte Lia noch einmal deutlich erkennen, dass die beiden es ohne Kondom machten. Hatte Gregor seine Gespielin ebenso dazu überrumpelt, wie Dirk das mit ihr getan hatte? Dass Gregor keine Kondome mochte, hatte ja auch Lia nach ihrem Kennenlernen sehr schnell festgestellt. Andererseits hatte er dieses Schälchen mit Kondomen auf dem Tischchen bereitgestellt. Irgendwie passte das alles nicht so recht zusammen.

Schließlich gelang es Lia dann aber doch so halbwegs, den Kopf abzuschalten und sich in den Fick mit Dirk fallenzulassen. Geil war das alles ja. Irgendwie jedenfalls.

Als Dirk nun eine Hand in Lias Schoß legte und sie zusätzlich streichelte, kam in ihr ein leichtes Zittern auf, das sich allmählich verstärkte. Sie schloss die Augen und spürte nur noch den Mann – seinen Schwanz, seinen Finger, seinen Atem. Schließlich kam es ihr. Es war ein ruhiger Orgasmus, der sie ganz still durchzuckte. Aber sie spürte ihn im gesamten Körper, von Kopf bis Fuß.

Als der Höhepunkt allmählich abebbte, sah sie Dirk an und blickte in zwei strahlende Augen. Der Mann war offensichtlich sehr zufrieden damit, ihr einen Orgasmus beschert zu haben. Er stieß noch mehrfach kräftig in sie, dann aber zog er sich plötzlich aus ihr zurück und stand auf.

„Dreh dich um!", forderte er sie auf. „Zeig mir deinen geilen Arsch!"

Lia gehorchte, kniete sich auf das Sofa und hielt sich an der Rückenlehne des frei im Raum stehenden Möbelstücks fest. Sofort war er hinter ihr und drang erneut in sie ein. Seine Stöße waren jetzt noch hefiger als zuvor. Was machten eigentlich die anderen beiden?

Lia sah sich um und sah, wie Vanessa und Gregor sich soeben vom Teppich erhoben und zum Sofa kamen. Vanessa schmiegte sich an Dirk, Gregor stellte sich vor Lia und präsentierte ihr seinen halb eingefallenen Schwanz. Als er zu ihrem Kopf griff, beugte sie sich zu ihm und nahm ihn in den Mund. Er schmeckte nach Sperma und der anderen Frau. Eigentlich wusste der Mann doch ganz genau, dass sie diesen Geschmack nicht mochte. Dennoch hatte er sie zum Blasen genötigt, nachdem er wohl kurz zuvor gekommen war – vermutlich in Vanessas Muschi. Lia erfüllte ihm dennoch den Wunsch, dehnte das aber nicht allzu sehr aus.

Als sie spürte, wie Dirk sich verkrampfte und in ihr kam, empfand sie das als gute Gelegenheit, ihr Blasen zu beenden und sich nach ihrem Stecher umzusehen. Zu ihrem Erstaunen, zog sich Dirk sehr schnell aus ihr zurück und stieß nicht noch endlos nach, wie Gregor das meist tat, und wie Lia das auch von anderen Männern kannte.

Dirk drückte seinen verschmierten Schwanz auf ihren Po, im nächsten Augenblick jedoch kniete Vanessa vor ihm und nahm ihn in den Mund. Sie blies ihn ausgiebig und voller Hingabe. Und als sie ihn schließlich wieder an die Luft entließ, leckte sie ihn auch noch sorgfältig ab. Lia stutzte. So ungefähr hatte sich das wohl auch Gregor gedacht. Na egal.

„Geile Sache“, sagte Dirk noch immer leicht außer Atem, als sie nun alle vier auf dem Teppich saßen.

Gregor nickte zustimmend, Vanessa lächelte auf die gleiche zurückhaltende Weise, wie sie es während des Abendessens meist getan hatte. Nur Lia wirkte wohl ein wenig nachdenklich. Aber vielleicht sahen die anderen ihr das gar nicht an. Sie hoffte es.

„Habt ihr so etwas schon öfter gemacht?“, fragte Lia.

„Du meinst Sex zu viert?“, entgegnete Dirk.

„Ja, das meinte ich.“

„Erst einmal. Ich finde das ziemlich geil. Aber man muss auch jemand passendes dafür finden. Das ist nicht ganz einfach.“

„Es gibt doch Clubs für so etwas.“

„Ja, schon, aber nein: Das geht leider nicht“, sagte Dirk und schüttelte den Kopf.

Lia lag die Frage auf der Zunge, warum das nicht ging. Aber sie konnte es sich auch so denken. Entweder war der Mann verheiratet, oder er stand irgendwie in der Öffentlichkeit oder auch beides. Auf jeden Fall konnte er es sich vermutlich nicht leisten, in einem Swingerclub gesehen zu werden. Seine Antwort deutete jedenfalls in diese Richtung.

Lia sah Vanessa an. Sie hoffte, dass auch sie etwas dazu sagen würde, erhielt aber lediglich das undefinierbare Lächeln, das für diese Frau offenbar typisch war. Auch Gregor sagte nichts weiter dazu, und die Gespräche gingen wieder in einen nichtssagenden Smalltalk über. Die Sache mit den weggelassenen Gummis wollte Lia jetzt nicht thematisieren. Aber mit Gregor musste sie später darüber dann doch einmal sprechen. Eigentlich ging das nicht, was hier soeben passiert war. Dennoch hatte sie das alles mitgemacht …

Lia und Gregor saßen bei dieser Nach-Sex-Smalltalk-Runde auf dem Teppich nebeneinander, den Rücken ans Sofa gelehnt. Die anderen beiden saßen ihnen gegenüber, die eigentlichen Paare hatten sich somit wieder zusammengefunden. Dass Gregor seinen Arm um sie gelegt hatte, empfand Lia als sehr schön. Sie fühlte sich nach dem Partnertausch geborgen und beschützt. In diesem Moment empfand sie viel Nähe zu Gregor.

Dass Dirk ihr immer wieder in den Schoß sah, störte Lia keineswegs. Im Gegenteil: Es prickte sie, dem Mann den offenen Blick auf ihre Muschi zu geben – jene Muschi, die er vorhin besamt hatte, und die jetzt sicherlich feucht glänzte. Vermutlich würde sie ihn damit zu einer zweiten Runde animieren – von der sie ganz stark vermutete, dass es die demnächst geben werde. Sofern der Mann denn noch einmal konnte. Er hatte ja schon beim ersten Mal Erektionsschwierigkeiten gezeigt.

Irgendwann flüsterte Dirk seinem Sugarbabe etwas ins Ohr. Sie lächelte und nickte. Im nächsten Augenblick krabbelte sie auf Lia und Gregor zu. Aha, dachte Lia. Die zweite Runde wird nun wohl eröffnet. Sicherlich hatte Dirk Vanessa soeben aufgefordert, Gregor zu blasen. Müsste sie im Gegenzug dann auch auf die andere Seite des Teppichs krabbeln?

Doch sie hatte sich geirrt. Zwar hatte Dirk seinem Sugarbabe eine Anweisung erteilt. Aber sie krabbelte nicht zwischen Gregors Beine, sondern zwischen die von Lia. Vanessa vergrub ihren Kopf in Lias Schoß, küsste ihre Schamlippen, ließ spielerisch ihre Zunge darüber gleiten und begann schließlich, sie zärtlich zu lecken.

Lia war überrascht, konnte die Liebkosungen der anderen Frau aber dennoch annehmen. Sie ließ sich ganz in Gregors Arm sinken, schloss die Augen und genoss Vanessas Zärtlichkeiten. Kurz darauf saß nicht nur Gregor, sondern auch Dirk neben ihr. Sie war nun von beiden Männern eingerahmt, und wurde von einer weiblichen Zunge und weiblichen Fingern verwöhnt. Beide Männer streichelten ihren Körper, beide küssten die Nippel ihrer Brüste, Dirk saugte sich regelrecht fest daran, während Gregor schließlich ihre Lippen küsste. Lia war das Zentrum des Geschehens, und dieses Geschehen war unglaublich aufregend. Sie spürte ihr Herz pochen. Sie hatte Sex mit drei Menschen zugleich, und alle drei konzentrierten sich vollkommen auf sie. Vanessa brauchte nicht lange, Lia zu einem Höhepunkt zu lecken, den sie laut hinausschrie.

Vanessa tauchte aus Lias Schoß auf und sah sie an. Dass die beiden Frauen sich daraufhin küssten, war nun auch für Lia ganz selbstverständlich – auch wenn sie eine Bi-Neigung bisher stets verneint hätte. Der Kuss dauerte lange, war zärtlich und voller Sinnlichkeit. Als Vanessa Lia mit sich zog, ließ Lia sich gern auf den Teppich fallen und umarmte und küsste die andere Frau. Kurz darauf fanden sie sich in der 69 wieder. Vanessa lag oben und ließ ihre Zunge erneut zwischen Lias Schamlippen gleiten. Lia zögerte einen Augenblick, aber dann tat sie das gleiche in dem weiblichen Schoß über ihr. Beide Frauen teilten nicht lange danach den Männern ihre Höhepunkte mit, ohne dass diese ins Geschehen eingegriffen hätten.

Als sich die Frauen wieder voneinander lösten, bemerkte Lia sowohl bei Gregor als auch bei Dirk einen eindrucksvollen Ständer. Offensichtlich hatte diese Show der Frauen weit stärker auf sie gewirkt als der Strip vorhin. Dirk neigte wohl doch nicht zu Erektionsproblemen.

Nun tat Vanessa das, was Lia vorhin schon erwartet hatte: Sie krabbelte zu Gregor und nahm seinen Schwanz in den Mund. Das war jetzt wohl dran, dachte Lia. Sie hätte gern die überraschend aufregenden Zärtlichkeiten mit Vanessa noch weiter ausgedehnt. Aber schließlich konnten sie ihre Sugardaddys ja nicht völlig links liegenlassen. Im nächsten Moment hatte auch Lia ihre Lippen fest um Dirks Schwanz geschlossen. Immerhin schmeckte der nun nicht mehr nach Sperma.

Vanessa hatte vorhin offensichtlich ganze Arbeit geleistet, als sie ihn saubergeleckt hatte.

Als sie ihr Blasen wieder beendete, sah sie, wie Vanessa sich soeben auf Gregors Schoß setzte. Die zwei machten es in der gleichen Stellung wie vorhin. Vielleicht hatte Vanessa dafür eine Vorliebe. Dirk hingegen mochte es offenbar lieber von hinten. Dazu hatte er sie vorhin aufgefordert. Also kniete sich Lia nun neben das fickende Paar und präsentierte Dirk erneut ihren Po – nicht ohne zuvor aus nächster Nähe einen Blick auf Vanessas Hinterteil zu werfen. Es sah schon geil aus, wie Gregors Schwanz in ihrer Muschi steckte und sie auf ihm ritt.

Das nahm wohl auch Dirk so wahr. Er kniete sich hinter Lia, steckte ihr aber nicht wie erwartet seinen Schwanz hinein. Stattdessen befingerte er sie mit einer Hand – mit dem Mittelfinger an der Muschi und mit dem Daumen zugleich am Poloch. Er würde sie doch wohl nicht etwa anal nehmen wollen?

Ja und nein, stellte Lia fest: Ja, er wollte anal – aber nein, er wollte nicht sie. Im nächsten Augenblick kniete er hinter Vanessa, schmierte seinen Schwanz mit Speichel ein, rieb an Vanessas Hintereingang, drang vorsichtig ein, zog sich wieder zurück, drang etwas tiefer ein und war schließlich ganz in ihr. Während Gregor Vanessa von unten in die Muschi stieß, fickte Dirk die Frau von hinten in den Po. Sandwich nannte man das wohl, dachte Lia, die diese Spielart nicht erwartet hatte. Als Dirk seine Hand von Lia zurückzog und sich ganz auf sein Sugarbabe konzentrierte, hockte sich Lia daneben und sah einfach nur zu. Einerseits sah es faszinierend aus, was sich da vor ihren Augen abspielte. Andererseits war sie aber auch froh, dass sie nun nicht mehr Mittelpunkt des Geschehens war.

Die Männer schwangen sich auf einen halbwegs gemeinsamen Rhythmus ein. Vanessa hielt einfach still und nahm die Stöße der beiden entgegen – so still eine Frau eben halten konnte, die zugleich von zwei Männern gefickt wurde. Sie atmete heftig und gab dabei undefinierbare Laute von sich, die ihre Lust erkennen ließen.

„Ja, ja, ja, ja, ja", war mehrfach von Vanessa zu hören, wobei das letzte Ja in dieser Reihe stets etwas schriller war und eine deutlich höhere Tonlage hatte als die Jas davor.

Als Vanessa einmal kurz nach hinten sah, blickte Lia in große Augen. Offenbar ließ sich diese Frau voll und ganz in das hineinfallen, was soeben mit ihr passierte. Lia fragte sich, ob sie selbst das wohl ebenso konnte – war sich da aber nicht so sicher. Oder spielte Vanessa ihre Erregung vielleicht nur? Falls ja, dann machte sie das ziemlich gut.

In Vanessa Körper kam nun wieder mehr eigene Bewegung. Man hatte den Eindruck, dass es ihr nicht ausreichte, zwischen den beiden Männern mehr oder weniger fixiert zu sein. Ihre Bewegungen erinnerten entfernt an ein Zappeln, aber viel Bewegungsfreiheit hatte sie nicht. Dafür hatten die Männer sie einfach zu fest im Griff.

Dirk streckte seine Hand zu Lia aus und zog sie näher an sich heran. Offenbar wollte er ihren Körper spüren, während er Vanessa fickte. Aber er wollte wohl auch, dass Lia alles sehr genau mit ansah. Sie hätte allerdings auch so den Blick nicht abwenden können. Im Gegenteil: Sie konnte nicht widerstehen, bei alldem auch noch Vanessas schöne Pobacken zu streicheln – ein kleiner zärtlicher Gegenpol zu dem heftigen Fick, den die Frau zwischen den zwei Männern erlebte.

Gregor kam als erster. Lia bemerkte, wie er sich verkrampfte, mehrfach nachstieß und schließlich innehielt – seinen Schwanz tief in Vanessas Muschi. Als auch Dirk so weit war, zog er seinen Schwanz im letzten Augenblick heraus und spritzte sein Sperma auf Vanessas Po – und ein wenig auch in Lias Gesicht. Sie war überrascht, welchen Druck dieser Mann jenseits der 50 bei seinem zweiten Orgasmus des Abends noch hatte.

Eigentlich fand Lia es nicht so toll, angespritzt zu werden. Naja, ins Gesicht war nicht schön, aber besser als in den Mund, befand sie. Zurückgezuckt war sie aber trotzdem. Im nächsten Augenblick jedoch packte Dirk ihren Kopf und drückte Lia in Richtung seines Schwanzes.

„Leck ihn sauber!“, forderte er sie auf.

Das überraschte sie nun allerdings doch. Sie griff zu Dirks Schwanz, rieb aber nur daran. Sie kam ihm nahe, aber blasen mochte sie ihn nicht. Sperma im Mund war einfach nicht ihr Fall. Und schon gar nicht wollte sie es vom Schwanz eines Mannes lecken, der soeben im Hintereingang einer anderen Frau gesteckt hatte. No way! Es gab Grenzen – und hier stieß sie sehr deutlich an eine solche. Sie war hier schließlich nicht im Dreh eines Pornofilms, wo sie alles auszuführen hatte, was ihr vorgeschrieben wurde – auch wenn sie beinahe den Eindruck hatte, dass Dirk so ein Drehbuch im Kopf hatte.

„Blasen!“, sagte der Mann ungeduldig. „Nicht nur wichsen!“

Lia hob den Kopf, sah ihn sehr ernst an und schüttelte den Kopf.

Sie sah ihm an, dass ihm das nicht gefiel, aber er sagte nichts weiter dazu. Es war auch nicht wirklich der passende Augenblick für eine Diskussion. Er ließ sie los und gab nur ein leicht verärgertes „Ach“ von sich. Er drückte seinen Schwanz in Vanessas Pofalte und verrieb dort so lange seinen Saft, bis der Schwanz mehr und mehr in sich zusammenfiel.

Außer Atem und sichtlich erschöpft ließ sich Dirk gegen das Sofa fallen. Vanessa drehte sich zu ihm um, stieg von Gregors Schwanz und kuschelte sich in den Arm ihres Sugardaddys. Lia krabbelte zu Gregor, und gemeinsam setzten sie sich dem anderen Paar gegenüber – genau wie vor Beginn der zweiten Runde.

„Das nächste Mal“, sagte Dirk noch immer etwas außer Atem und sah Lia in die Augen, „machen wir genau das auch mit dir.“

Lia runzelte die Stirn.

„Oder hast du etwas dagegen?“, hakte Dirk nach.

Lia zögerte eine Sekunde mit ihrer Antwort – und stellte überrascht fest, dass die Frage gar nicht an sie gerichtet war.

„Nein“, sagte Gregor. „Nichts dagegen. Ganz und gar nicht!“

Lia sah ihren Sugardaddy erstaunt an – was der aber wohl gar nicht weiter realisierte. Hallo, dachte Lia. Werde ich vielleicht auch mal gefragt, wenn es um mein Hinterteil geht? Offensichtlich nicht.

„Aber ich fürchte, für heute wars das", fuhr Dirk fort und spielte achselzuckend mit seinem nunmehr vollends eingefallenen Schwanz.

Ein Glück, dachte Lia und setzte wieder ein neutrales Lächeln auf.

Bald darauf verabschiedeten sich die Gäste. Vor allem Dirk schien es plötzlich erstaunlich eilig zu haben. Vielleicht schloss sich sein Zeitfenster, und er musste nach Haus zu Frau und Kind. Wer wusste das schon. Viele Sugardaddys waren verheiratet. Es war gerade mal Mitternacht. Eigentlich nicht übermäßig spät für einen solchen Abend. Dirk griff zum Abschied noch kurz und fest an Lias blanken Po, und sagte:

„Bis bald".

Im nächsten Augenblick fiel die Wohnungstür auch schon hinter den beiden Besuchern ins Schloss. Bis bald? Da war sich Lia nicht so sicher.

„Meine Güte, war das ein geiler Abend", sagte Gregor, als sie etwas später in seinem Bett lagen.

Lia nickte, wenn auch bestenfalls halbherzig.

„Ich weiß nur nicht so recht, was ich davon halten soll, dass wir es auch beim Partnertausch alle blank gemacht haben", entgegnete sie.

„Naja, hat sich so ergeben", murmelte er. „Du hast bei Dirk ja auch nicht auf ein Kondom bestanden."

„Aber du hast mit Vanessa damit angefangen."

„Ja, das stimmt", räumte er ein. „Wobei: eigentlich eher sie mit mir."

„Wie bitte?"

„Sie saß plötzlich auf mir. Ehe ich mich versah, hatte sie meinen Schwanz auch schon in sich hineingleiten lassen. Genau genommen, hat sie mich zum Blankfick überrumpelt."

„Jaja, schon klar", entgegnete Lia mit einem spöttischen Unterton. „So sind sie, die Frauen. Kennt man ja."

„Glaubst du mir nicht?"

Lia zuckte mit den Schultern. Sie wusste nicht, was sie glauben sollte.

„Dirk hat sich nicht einmal danach erkundigt, ob und wie ich verhüte. Das hast du Vanessa vermutlich auch nicht gefragt, oder?"

„Nein, aber dass ihr beide die Pille nehmt, hatten Dirk und ich im Vorfeld schon abgeklärt."

Aha, dachte Lia. Sie wollte dieses Thema jetzt aber nicht weiter vertiefen. Allerdings lag ihr noch etwas anderes auf der Seele.

„Ich fand es etwas befremdlich, dass du mit Dirk beschlossen hast, dass ich das nächste Mal im Sandwich gefickt werde", sagte sie.

„Wäre doch geil, findest du nicht?"

„Ich meine nur: Ihr habt das einfach so beschlossen ohne mich zu fragen, ob ich das möchte. Und das, obwohl ich dabei war. Ich sollte vielleicht besser nicht fragen, was ihr zwei noch so alles ausgeheckt habt, als Vanessa und ich nicht anwesend waren."

„Nein, solltest du nicht", bestätigte Gregor und grinste breit.

Dass sie es in dieser Nacht noch einmal machten und Gregor sie dabei anal nahm, wunderte Lia keineswegs. Den normalen Fick mit ihm konnte sie normalerweise sehr genießen. Anal hatte sich zu ihrer Überraschung ebenfalls zu einer reizvollen Variante entwickelt. Nicht aber in dieser Nacht. Da empfand sie Gregors Schwanz in ihrem Hintereingang einfach nur als unangenehm. Sie war froh, als er fertig war.

Weder Dirk noch Gregor hatten vermutlich mitbekommen, dass Lia Vanessa bei der Abschiedsumarmung einen kleinen Zettel zugesteckt hatte. Vanessa machte Gebrauch von der Telefonnummer, die darauf stand. Ein paar Tage später trafen sich die beiden Frauen auf ein Bier in einer Studentenkneipe. Wenn ihre Sugardaddys Vereinbarungen ohne sie trafen, dann konnten sie ja wohl ebenfalls mal ein Date ohne die Männer machen.

„Nein, das stimmt schon“, bestätigte Vanessa, als Lia ihr Gregors Version vom Zustandekommen des ersten Blankficks an jenem Abend erzählte.

„Ernsthaft? Du hast ihn dazu verführt und nicht er dich?“, hakte Lia nach.

„Ja, das war so.“

„Hast du eine Aversion gegen Kondome?“

„Gar nicht. Eigentlich finde ich es auch besser, sie zu benutzen. Vor allem bei so einer Sache mit Partnertausch und so. Aber … “

„Aber?“

„Aber Dirk hatte mich vorher entsprechend gebrieft", murmelte Vanessa und lächelte verlegen.

„Gebrieft? Wie jetzt?"

„Naja, er hat mir gesagt, ich soll es mit Gregor ohne Gummi machen. Weil er es auch mit dir unbedingt ohne machen wollte. Die Nacktbilder, die die Männer sich bei ihrem Vorab-Treffen gezeigt haben, hatten Dirk wohl ziemlich angefixt."

„Wie bitte? Du solltest gummifrei mit Gregor einleiten, damit Dirk mich besser zum Blankfick überrumpeln konnte?"

„Ja genau. Hat ja auch funktioniert."

„Das hat es", murmelte Lia einigermaßen fassungslos. „Habt ihr das schon mal so gemacht?"

„Ja. Dirk steht auf Gruppensex und sucht in diesem Diskussionsforum für Sugardaddys immer nach entsprechenden Kontakten. So etwas hat aber vorher erst einmal stattgefunden."

„Ich meinte: Ob du da den Mann auch zum Blankfick verführt hast, damit Dirk das auch mit der anderen Frau machen konnte."

„Ja, auch das. Männer kann man leicht dazu verführen. Das Vorurteil hat dein Gregor absolut bestätigt."

„Von dir aus hättest du das nicht gemacht? Wenn Dirk dich nicht dazu aufgefordert hätte?"

„Nein, ganz sicher nicht."

„Machst du alles, was Dirk dir sagt?"

„Zumindest ziemlich viel", bestätigte Vanessa. „Wer bezahlt, darf auch die Musik bestimmen, sagt er immer. Und 2000 Euro im Monat sind ein gutes Argument. Dafür kann er schon etwas verlangen. Jedenfalls sieht er das so – und ganz falsch ist das sicher auch nicht. Außerdem ist er ja auch ganz nett."

„Du bekommst 2000 von ihm? Wow!"

„Was bekommst du denn von Gregor?"

„1000 Euro. Aber er hat mir jetzt angeboten, darüber hinaus eine kleine Wohnung zu finanzieren."

„Dann dürftest du auch auf 2000 kommen – jedenfalls bist du dann nicht mehr allzu weit davon entfernt, wenn es eine entsprechende Wohnung ist."

„Sie ist nicht so sehr groß. Aber trotzdem, das stimmt schon", bestätigte Lia. „Geld ist allerdings nicht alles bei der Sache."

„Nein, Sympathie muss auch da sein. Und der Sex muss stimmen. Jedenfalls so halbwegs."

„Stehst du denn auf anal?", fragte Lia.

„Nicht sonderlich, aber ich habe auch nichts dagegen, wenn Dirk das immer mal wieder will."

„Ich hatte den Eindruck, dass du im Sandwich richtig abgegangen bist."

„Den Eindruck hattest du? Das ist gut. Ein bisschen etwas bieten muss ich meinem Sugardaddy ja schließlich."

Aha, dachte Lia. Die Ekstase im Sandwich war wohl doch eher gespielt.

„Es ist ja auch nicht so, dass ich keinen Spaß am Sex hätte", fuhr Vanessa fort. „Im Gegenteil. Außerdem hatte ich schon immer eine Vorliebe für ältere Männer."

„Und für andere Frauen?"

„Ja, das auch. Die hatte ich auch schon immer. Und offen gestanden: Der Teil unseres Abends zu viert hat mir am besten gefallen. Da hätte Dirk mich gar nicht groß auffordern müssen."

Lia musste lächeln. Schön, dass Vanessa das so empfand.

„Ich fand das auch sehr aufregend", bestätigte Lia.

„War das Neuland für dich?", fragte Vanessa. „Oder hattest du auch schon immer eine Bi-Neigung?"

„Das war totales Neuland. Ich hatte vorher noch nie Sex mit einer Frau."

„Hat es dir denn gefallen?"

„Du hast mir gefallen! Und ja: unser Sex auch. Es stimmt wohl, was man immer mal wieder liest: Frauen lecken anders. Du jedenfalls."

Vanessa lächelte – auf eine ganz andere Art als an jenem Abend zu viert. Dieses Lächeln gefiel Lia weitaus besser, und sie wusste auch warum: Es war weich, es war warm. Und vor allem: Es war echt.

Dass die beiden Frauen an diesem Abend gemeinsam im Bett landeten, ergab sich ganz von selbst. Lia hatte in dieser Nacht das Gefühl, sich endlich einmal wieder voll und ganz fallen lassen zu können und nur das tun zu müssen, wozu sie Lust hatte. Da waren keine überzogenen Erwartungen, kein Sperma in ihrem Mund oder Gesicht, kein Schwanz, der in ihren Hintereingang wollte – und schon gar nicht ein Sandwich oder ein männlicher Griff an ihrem Hals. Es war einfach nur eine Nacht mit viel Zärtlichkeit und mehreren Höhepunkten. Lia genoss das Haut-an-Haut-Gefühl mit Vanessa sehr.

Seltsamerweise hatte sie jedoch das Gefühl, Gregor zu hintergehen. Als ob zwei Frauen für ein sinnliches Miteinander eine männliche Erlaubnis bräuchten. So ein Blödsinn, sagte sie sich, als sie darüber nachdachte. Ganz freimachen von diesem Gefühl konnte sie sich dennoch nicht.

Die Sache mit dem Blankfick ließ Lia keine Ruhe. Dass sie das mit Gregor machte, war eine Sache. Das war inzwischen ja durchaus ein beziehungsähnliches Verhältnis und ging damit für ihr Empfinden schon in Ordnung. Bei Partnertausch und Gruppensex lagen die Dinge jedoch anders. Tickten wohl alle Sugardaddys so? Oder überhaupt alle Männer?

Erneut loggte sie sich in jenem Diskussionsforum für Sugardaddys ein. Sie fand es ganz schön, dass sich hier Menschen ernsthaft austauschten und die Männer das Forum nicht nur als Jagdrevier nutzten. Sie hatte sich schon zu Beginn ihrer Zeit als Sugarbabe hier einen Account zugelegt, als sie über den schmalen Grat zwischen Sugardating und Prostitution recherchiert hatte. Bei der Anmeldung hatte sie sich wohlweislich einen anderen Usernamen gegeben als in dem Kontaktforum, in dem sie Gregor kennengelernt hatte. Inzwischen wusste sie, dass auch Gregor sich auf solchen Diskussions-Plattformen herumtrieb. Sein Kontakt mit Dirk war auf diese Weise zustande gekommen. Da fand sie es ganz schön, dass er sie nicht erkennen konnte, sollte auch er in diesem Forum eingeloggt sein. Insgeheim schaute sie immer mal wieder, ob sie ihn womöglich in einem Beitrag erkennen würde.

Es ging auf dieser Plattform um diverse Themen: Geld (wie viel und wann und wie überreichen), Treffpunkte (geeignete Hotels, ist jemand besuchbar oder nicht), Altersunterschiede, Fotos im Profil (ja, nein, welche), Diskretion (für alle offenbar ein Muss). Und es ging auch um die Kondomfrage.

Die meisten Meinungsäußerungen dazu waren: kurzfristige Sexdates immer mit Gummi, langfristige Beziehung gern ohne. So hätte Lia diese Frage ebenfalls beantwortet. Es gab allerdings auch einige Männer, die mehr oder weniger immer ohne Kondom poppen wollten. Einer sagte, das sei zwar wie Russisch Roulette, aber ein gewisses Risiko gehöre eben dazu, wenn man Spaß wolle. Zudem sei es für einen Mann rein statistisch nicht sehr wahrscheinlich, sich bei einer jungen Frau eine Krankheit zu holen. Das größere Risiko beim Blankfick sei eher die unerwünschte (oder vom Sugarbabe heimtückisch herbeigeführte) Schwangerschaft. Das werde auf Dauer extrem teuer. Also besser nicht darauf verlassen, wenn eine Frau sagt, sie nehme die Pille.

Schwanger, dachte Lia. Das hätte ihr gerade noch gefehlt. Aber sie war keine Frau, die die Pille vergaß. In der Hinsicht war sie weniger nervös. Gab es wohl tatsächlich Frauen, die sich bewusst von einem reichen Sugardaddy schwängern ließen, um ausgesorgt zu haben? Denkbar war das sicherlich. Aber das war nicht ihr Thema.

So richtig schlau wurde Lia in diesem Forum nicht. Die Meinungen waren ebenso vielfältig wie die Anzahl der Profile. Wie im richtigen Leben eben. Lia war erstaunt, wie viele Männer in diesem Forum beteuerten, es ausschließlich mit Gummi zu machen. Ihre eigenen Erfahrungen gingen in eine andere Richtung. In ihrer Anfangszeit als Sugarbabe hatte sie diverse virtuelle Kontakte gehabt – und nicht wenige Männer hatten die Kondomfrage weit großzügiger beantwortet (um es freundlich auszudrücken). Dirk gehörte sicherlich in diese Kategorie. Gregor wohl auch - wenn vielleicht auch nicht so krass wie Dirk. Naja, wenn sie ehrlich zu sich selbst war: Ohne Gummi war schon schöner. Aber dazu brauchte es Vertrauen - zumindest so viel Vertrauen, wie sie zu Gregor aufgebaut hatte.

In wieweit dieses Vertrauen durch den Abend zu viert erschüttert war, wusste Lia noch nicht. Etwas angeknackst war es sicherlich. Auch die männlichen Gespräche über die Köpfe der Frauen hinweg gaben ihr zu denken. Womöglich würde sich Gregors Wer-bezahlt-bestimmt-auch-die-Musik-Haltung noch verstärken, sollte Lia sein Wohnungsangebot annehmen. Andererseits drückte sich darin natürlich auch sein Wille zu einer dauerhaften Beziehung aus – sofern man das alles als Beziehung bezeichnen konnte.

Kapitel 11: Einweihung

Die Wohnung lag im zweiten Stock eines 1960er-Jahre Hauses in Hannovers Nordstadt – und somit ganz in der Nähe des Uni-Zentralgebäudes. Zugleich war das Haus auch nicht allzu weit von Gregors Wohnung entfernt. Obgleich das Gebäude von außen einen unscheinbaren Eindruck machte, hatte die teilmöblierte Wohnung einen gewissen Charme. Vor allem erschienen die zwei Zimmer, Küche, Bad, Flur mit ihren 54 Quadratmetern im Vergleich zu Lias kleinem Studentenappartement geradezu riesig. Zudem gab es einen Balkon. Lia liebte Balkone. Mit etwas Fantasie (und Gregors finanzieller Unterstützung) würde sie sich in dieser Wohnung ein gemütliches Zuhause schaffen können.

Und Fantasie hatte Lia reichlich, als sie an diesem sonnigen Nachmittag mit Gregor (und ohne den Vermieter) die Wohnung besichtigte. Die vorhandene Sitzecke mit dem kleinen Sofa konnte man sogar lassen, wie sie war. Die gefiel ihr gut. Auch ein Schreibtisch war vorhanden, kein sehr großer, aber der im Wohnheim war auch nicht größer. Einen Kleiderschrank gab es ebenfalls, jedoch kein Bett. Aber das ließ sich ja beschaffen. Ansonsten würde sie hier umgehend einziehen können – von einem möblierten Appartement in eine teilmöblierte Wohnung. Eigentlich nicht sonderlich aufwendig.

„Und?", fragte Gregor, nachdem sie die Räume mehrfach abgelaufen waren und ihre leuchtenden Augen wohl nicht zu übersehen waren.

„Hätte schon was", entgegnete Lia und bemühte sich zugleich, möglichst gelassen zu wirken – was ihr allerdings nicht so recht gelingen wollte.

Tatsächlich sagte eine Stimme in ihr sehr deutlich: Ja, ja, ja – will ich!!! Eine zweite Stimme, die vor zu viel Abhängigkeit von ihrem Sugardaddy warnte, war noch immer zu vernehmen, wurde aber deutlich leiser, je länger sie durch die Wohnung wanderten.

„Theoretisch kannst du hier morgen einziehen", sagte Gregor. „Wie du siehst: Die Wohnung ist frei, in einem guten Zustand und sogar teilweise möbliert."

„Wann könnte ich denn den Mietvertrag mit deinem Freund machen?"

„Jederzeit. Ich habe ihm bereits gesagt, dass du die Wohnung nimmst und ich die Miete bezahlen werde."

„Du hast schon zugesagt? Wann hast du das denn gemacht?"

„Vor einer Woche, am Montag, um genau zu sein."

„Das hast du mir ja noch gar nicht gesagt."

„Ich sage es dir jetzt."

Letzten Montag, überlegte Lia. Also zwei Tage nach dem Vierer mit Vanessa und Dirk. Hatte er vor der Zusage erst noch abgewartet, ob sie seine Erwartungen beim Gruppensex erfüllen würde? Falls dem so sein sollte, dann war er offenbar zufrieden mit ihr und jenem Abend. Konnte er ja wohl auch sein. Sie hatte wirklich viel mitgemacht – und er war in den Genuss gekommen, eine weitere junge Frau zu ficken. Das alles war ihm nun offenbar diese Wohnung wert. Sicherlich hatte er die Erwartung, dass es weitere außergewöhnliche Abende in der Art geben würde.

Wollte sie das auch? Wenn sie hier einzog, dann würde sie sich einem solchen Ansinnen wohl nicht verschließen können. Er bezahlte, also konnte er auch die Musik bestellen. Vanessas Sugardaddy Dirk sprach so etwas offen aus. Gregor formulierte das subtiler, aber auch er ließ diesen Zusammenhang immer mal wieder durchblicken. Ernsthaft widersprechen konnte Lia dieser Sicht der Dinge natürlich nicht, wenn sie sich denn auf so etwas einließ. Nur über die Sache mit den Kondomen beim Fremdfick (vor allem: ohne die Kondome) mussten sie noch einmal ernsthaft reden. Das ging einfach nicht.

„Aber ich habe doch noch gar nicht gesagt, dass ich die Wohnung will", entgegnete Lia und spielte die Zögerliche.

„Bist du etwa noch immer unentschlossen?", fragte er und runzelte die Stirn.

„Eigentlich nicht", murmele sie, auch wenn sie sich jetzt doch etwas überfahren fühlte.

Er hatte ohne Rücksprache zugesagt. Na gut, daran war sie im Zweifelsfall nicht gebunden. Aber letztlich wollte sie diese Wohnung. Das schätzte er schon ganz richtig ein.

„Wenn du möchtest, kann auch ich den Mietvertrag unterschreiben", sagte er. „Ich werde ja ohnehin die Miete überweisen."

Das wäre natürlich auch eine Möglichkeit, überlegte sie. Falls es zum Knall zwischen ihr und Gregor kommen sollte, dann konnte sie von heute auf morgen ausziehen, ohne irgendwelche Kündigungsfristen, Mietkautionen oder sonst irgendetwas beachten zu müssen. Allerdings könnte er sie in diesem Fall auch von heute auf morgen vor die Tür setzen. Er hätte sie damit mehr oder weniger in der Hand. Wie ihr gesamtes Arrangement mit Gregor war auch die Sache mit dieser Wohnung ein Einerseits-Andererseits. Das Einerseits fühlte sich allerdings ziemlich verlockend an.

Sogar eine Einbauküche gab es hier. Wunderbar, dachte sie, als sie erneut in dem Raum standen und Lia den Dunstabzug in den Blick nahm. War der Filter wohl nach dem Auszug des letzten Mieters ausgewechselt worden, fragte sie sich und beugte sich etwas unter die Haube. Sauber sah das alles aus.

In diesem Moment spürte sie, wie Gregor sich von hinten an sie schmiegte. Beinahe reflexartig drückte sie ihm ihren Po entgegen. Daraufhin spürte sie seine Hände an ihren Bürsten. Er griff fest zu und sie spürte fickartige Bewegungen an ihrem Hinterteil.

„Dein Pech, dass ich heute Jeans trage und keinen Rock", sagte sie schmunzelnd.

„Wen stört das denn?", entgegnete er.

Fast gleichzeitig waren seine Hände am Verschluss ihrer Hose. Er öffnete sie und schob sie zusammen mit dem Slip nach unten. Umgehend hatte er auch seinen Schwanz freigelegt und drückte sich erneut an sie. Er war sehr hart.

Sieh mal einer an, dachte sie. Hatte er vor der Besichtigung eine blaue Pille eingeworfen und eine Verführung geplant? Oder kam das jetzt so spontan, weil sich ihr Po in den Jeans gut abzeichnete? Was auch immer: Der Mann wollte sie ficken: hier und jetzt und in dieser Küche.

Sein Schwanz drückte sich zwischen ihre Oberschenkel, kam aber nicht so recht ans Ziel. Lia befeuchtete die Finger einer Hand mit Speichel, griff sich zwischen die Beine und dirigierte seine Schwanzspitze zu ihren Schamlippen. Er stieß zu, erst vorsichtig, dann kräftiger, und schließlich war er ganz in ihr. Anfangs stützte sich Lia noch an der Arbeitsplatte ab, schließlich ließ sie ihren Oberkörper ganz darauf sinken und nahm seine Stöße entgegen.

Sie legte den Kopf schräg, dabei fiel ihr die Unterseite des Dunstabzugs noch einmal in den Blick. Aus dieser Perspektive sah man, dass das Ding eher oberflächlich gesäubert worden war. Da musste sie auf jeden Fall noch einmal etwas gründlicher ran, sobald sie hier eingezogen war.

Sie spürte Gregors Hände an ihren Hüften. Er griff kräftig zu und hielt sie fest, während er in sie stieß. Lia wandte den Kopf zur anderen Seite. Unter dem Hängeschrank dort würde sie auch noch putzen müssen. War das womöglich Schimmel? Sie konnte es nicht genau erkennen, obgleich sie von hier einen guten Blick auf die Stelle hatte. Wenn sie das genauer erkennen wollte, dann müsste Gregor allerdings mal mit seinen Bewegungen innehalten. Im Moment war ihre Wahrnehmung der Schrank-Unterseite etwas verwackelt. Vielleicht sollte sie ihn bitten, mal kurz stillzuhalten, damit sie das besser erkennen konnte? Naja, vielleicht besser doch nicht. Lieber nach der Nummer näher rangehen, als den Mann inmitten seiner Lust jetzt irritieren. Er war ja wohl auch bald so weit.

Als Gregor sich kurz darauf verkrampfte, wusste Lia, dass sie recht behalten hatte. Sie konnte ihn mittlerweile doch recht gut einschätzen. Sein Schwanz explodierte in ihr, sie spürte, wie sein Sperma in sie hineinströmte. Er stieß noch lange nach – so lange, bis sich sein schrumpfender Schwanz ganz von selbst aus ihr verabschiedete. Lia musste lächeln und verharrte noch einen Augenblick in ihrer Position. Sie betrachtete noch einmal den vermeintlichen Schimmelfleck – nun mit einem ganz ruhig auf der Arbeitsfläche liegenden Kopf. Nein, es war wohl doch kein Schimmel, stellte sie erleichtert fest.

Als sie sich wieder aufrichtete, hatte Gregor seine Hose bereits wieder geschlossen. Auch Lia zog sich an, wobei er sie nicht aus den Augen ließ.

„Es lebe der Quickie", sagte er und sah sie mit strahlenden Augen an.

Schön, dass der Mann so leicht zufriedenzustellen war.

Kurz bevor sie gingen, sah sich Lia noch einmal um. Ja, sie wollte diese Wohnung. Wo sie sie doch nun schon eingeweiht hatten.

„Gib mir die Nummer von deinem Freund. Ich rufe ihn an und mache den Mietvertrag mit ihm", sagte sie.

Gregor nickte sichtlich zufrieden.

Am Freitag der folgenden Woche brachte Lia ihre Sachen in die neue Wohnung. Dafür reichte eine Fahrt mit dem alten Golf eines Kommilitonen – auch wenn der dafür die Rückbank umklappen musste, um alles ins Auto bekommen. Es hatte doch Vorteile, wenn man von einer möblierten Wohnung in eine andere möblierte Wohnung zog. Man reiste mit leichtem Gepäck. Lia hatte das Gefühl, dass man das als Studentin ohnehin tun sollte. Dass der Umzug vom Studentenwohnheim in eine 54-Quadratmeter-Wohnung nicht so ganz zu diesem Lebensgefühl passte, blendete sie erfolgreich aus.

Ihre Freundin und bisherige Zimmernachbarin Saskia begleitete diesen Umzug mit einem lachenden und einem weinenden Auge. Einerseits freute sie sich für Lia, dass sie einen derart großzügigen Sugardaddy gefunden hatte, mit dem sie sich sichtlich wohlfühlte. Andererseits war sie auch traurig, ihre liebgewonnene Nachbarin zu verlieren. Zudem gab Saskia ihr auch ein paar mahnende Worte mit auf den Weg:

„Dir ist schon klar, dass du dich jetzt ziemlich abhängig machst von diesem Mann?"

„Ja, natürlich. Aber das ist mir lieber, als ständig wechselnde Sugardaddys zu bedienen. Und es ist ja schließlich keine Lebensentscheidung, sondern nur ein Übergang bis zum Master. Was dann kommt, wird man dann sehen."

Saskia nickte und Lia fragte sich, ob sich die Freundin vor allem sorgte, oder ob sie womöglich auch ein wenig neidisch war auf das Arrangement. Einen sympathischen und relativ attraktiven Sugardaddy zu finden, der einem jeden Monat 1000 Euro überwies und zudem eine Wohnung finanzierte – das war schon irgendwie ein Sechser im Lotto. Jedenfalls empfand Lia das so. Nie wieder würde sie sich als Bedienung in einem Bistro dumm anmachen oder an den Hintern fassen lassen müssen.

Den Samstag verbrachten Lia und Gregor gemeinsam mit Einkaufen – vor allem in einem großen skandinavischen Möbelhaus am südlichen Stadtrand von Hannover. Gregor zeigte sich ausgesprochen großzügig, er hatte durch den Prozess gegen seine Ex-Frau offenbar einen erheblichen finanziellen Spielraum gewonnen. Lia war es recht – auch wenn sie beim Blick auf das Display an der Kasse den Anflug eines schlechten Gewissens spürte. Irgendwie hatte sie das Gefühl, Geld zu verbrauchen, das eigentlich der Mutter von Gregors Kindern zustand. Aber sie schob den Gedanken umgehend wieder beiseite. Schließlich hatte der Mann ja nicht ihretwegen diesen Prozess geführt. Wenn er sein Geld nicht für sie ausgab, dann würde er damit nun höchstwahrscheinlich das Leben eines anderen Sugarbabes finanzieren.

Gregor war richtig aufgekratzt bei dieser Einkaufstour. Er freute sich wie ein Kind, das zu Weihnachten das gewünschte Spielzeug bekommen hatte. Diese Wohnung mit seinem Sugarbabe darin hatte wohl eine vergleichbare Wirkung auf ihn. Irgendwie war sie ja auch sein Spielzeug – mit dieser Wohnung bei ihm in der Nähe noch mehr als zuvor. Alte Männer und ihre Spielzeuge – das war wohl ein Thema für sich. Manche gaben ihr Geld für schwere Motorräder oder alte Autos aus (wie ein Onkel von Lia), andere für junge Frauen – wie Gregor und Dirk.

Lia hatte gelesen, dass es so einige Sugardaddys gab, die ihren Babes Wohnungen finanzierten. Das angebliche Leben im Luxus, das in diversen Artikeln zu diesem Thema beschrieben wurde, hielt sie jedoch für eine Legende. Die neue Wohnung in Uninähe war schön und zweifelsohne ein Plus an Lebensqualität wie auch finanziellem Spielraum, aber Luxus war das sicherlich nicht. Gregor war wohl auch kein Millionär – auch wenn er sicherlich ziemlich gut verdiente. Besser jedenfalls, als sie sich auch als angehende Akademikerin jemals erträumen konnte.

Dass sie nach diesem Möbelkauf das neue Bett umgehend einweihen mussten, lag auf der Hand. Es wurde eine sexreiche Nacht, und einmal geriet Lia in Versuchung, Gregor bis zum Ende zu blasen. Das mochte sie zwar eigentlich nicht, aber als besonderes Dankeschön für die Wohnung und das neue 2x2-Meter-Bett wäre das eigentlich angemessen gewesen. Sie wusste, wie sehr er das liebte. Und sollte sie dann auch noch schlucken, würde sie ihn zweifellos glücklich machen. Im allerletzten Moment konnte sie sich dann aber doch nicht dazu überwinden. Sie drückte seinen Schwanz von ihrem Mund auf die Brüste und brachte es mit der Hand zu Ende. Obgleich Gregor vermutlich ein wenig enttäuscht war, starrte er ihren spermaverschmierten Busen lange und mit großen Augen an.

„Meine Güte, sieht das geil aus!", sagte er schließlich und umarmte sie.

Na also, dachte Lia. Enttäuscht schien er nicht zu sein – auch wenn sie sein Sperma nicht geschluckt hatte.

Angeblich wurden Träume Wirklichkeit, die man in der ersten Nacht in einer neuen Wohnung träumte. Lia versuchte sich beim Aufwachen zu erinnern, was sie geträumt hatte. Es gelang ihr nicht. Sie wusste nur noch, dass es ziemlich wirres und chaotisches Zeug gewesen war. Naja, der Mythos vom Traum der ersten Nacht war eben ein Mythos und sonst nichts weiter. Oder?

Chaos würde sie in nächster Zeit jedenfalls nicht gebrauchen können. Sie hatte noch ein Semester bis zum Bachelor vor sich, fünf bis zum Master. Für diese fünf Semester wäre es schon ganz gut, wenn ihr Leben halbwegs geregelt und mit stabilen Finanzen verlief. Das eine würde vermutlich vom anderen abhängen – jedenfalls so lange Gregor ihr zugetan war. Sie würde dafür sorgen, dass sich das nicht änderte. Notfalls auch mit schlucken. Aber wirklich nur notfalls.

Kapitel 12: Zwei mal drei

In den folgenden Wochen sahen sie sich öfter, als sie es ursprünglich vereinbart hatten. Mindestens einmal, manchmal auch zweimal in einer Woche hatten sie Sex – und immer in Lias neuer Wohnung. Zu sich nach Hause lud er sie nun nicht mehr ein. Nur in den Tagen, in denen sie ihre monatliche Auszeit hatte, gab es kein Treffen. Theoretisch hätte man sich da ja auch einfach mal nur zum Abendessen in einem netten Restaurant treffen oder ins Kino gehen können. Aber er machte keinen Vorschlag in dieser Richtung und sie auch nicht. Ein Treffen mit Gregor war immer ein Treffen mit Sex.

Manchmal blieb er über Nacht, manchmal kam er nur für einen Quickie vorbei, niemals aber ohne sein Sperma irgendwo auf oder in ihr hinterlassen zu haben. Und stets wirkte er anschließend sehr zufrieden. Zumindest hatte Lia diesen Eindruck. Falls nicht, dann spielte er das zumindest ziemlich gut. Allerdings: Warum sollte er? Gregor war ein Mann mit großem Sexbedürfnis, und Lia wusste, dass sie gut war im Bett. Vor allem, wenn sie oben war und auf ihm ritt, schien er das sehr zu genießen – trotz seiner Neigung zur Dominanz. Immer wieder sagte er, wie geil ihre „sensationelle" Oberweite sei – und seine Augen verrieten, dass er das auch so meinte. Die Bezeichnung „sensationell" empfand Lia zwar als übertrieben, aber ihr war durchaus bewusst, dass Mutter Natur sie an dieser Stelle gut bedacht hatte.

Das Thema Gruppensex sprach er zunächst nicht noch einmal an, sodass Lia hoffte, die Sache mit Vanessa und Dirk würde ein einmaliges Abenteuer bleiben. Doch sie sollte sich irren.

„Hast du schon mal Sex zu dritt gehabt?", fragte er sie an diesem Sonntagmorgen nach einer kurzen, aber heftigen Aufwachnummer.

„Sogar zu viert", entgegnete sie.

Daraufhin tauschten sie ein verschwörerisches Schmunzeln. Der Abend mit Vanessa und Dirk lag nun sechs Wochen zurück. Abgesehen von der Sache mit den weggelassenen Gummis war er für Lia ganz okay gewesen, für Gregor geradezu spektakulär, wie sie wusste. Sie ließ ihn in dem Glauben, dass sie das ähnlich bewertete – auch wenn er eigentlich hätte erkennen müssen, dass sie die Sache anders sah. Aber manchmal sahen Menschen eben nur das, was sie sehen wollten.

„Ich meinte jetzt aber wirklich nur zu dritt", hakte er nach.

„Du und Dirk und ich dann im Sandwich?", fragte sie und versuchte, nicht nervös zu wirken.

Seit jenem Abend zu viert stand das irgendwie als Fantasie im Raum – eine Fantasie, von der sie hoffte, dass die niemals Realität werden würde. Und nachdem sie eine ganze Weile nicht mehr über dieses Thema gesprochen hatten, war es ihr auch zunehmend gelungen, diese beängstigende Fantasie aus ihren Gedanken zu verdrängen.

„Nein, daran dachte ich jetzt weniger“, entgegnete er.

Ein Glück.

„Ich dachte eher an einen Abend mit einer weiteren Frau“, fuhr er fort.

Das klang schon besser. Mehr als das: Seit Lia mit Vanessa erlebt hatte, dass auch ein weiblicher Körper einen gewissen Reiz haben konnte, empfand sie diese Fantasie als ausgesprochen reizvoll. Sollte sie vielleicht Saskia fragen, ob sie so etwas mitmachen würde? Wenn Gregor sie entsprechend bezahlte, dann wäre die Freundin vermutlich bereit dazu. Andererseits: Saskia war eine Freundin. Hatte man Sex mit Freunden? Eigentlich nicht. So etwas konnte ungeahnte Nebenwirkungen haben – auch wenn Saskia ebenfalls ein Sugarbabe war.

„Ich wüsste da auch schon jemanden“, ergänzte Gregor – womit er bei Lia allerdings ein Stirnrunzeln auslöste.

„Du wüsstest da schon jemanden? Hast du dir einen Harem an Sugarbabes aufgebaut?“, entgegnete sie erstaunt.

„Nein“, lachte er. „So reich bin ich nun auch wieder nicht. Aber mit Sugarbabe liegst du schon ganz richtig.“

„Das heißt?“

„Das heißt Vanessa“, sagte Gregor.

„Vanessa? Denkst du denn, es wäre Dirk recht, wenn sein Sugarbabe ohne ihn Sex mit uns haben würde?“

„Ja, das ist ihm recht. Er und ich haben das schon besprochen. Vanessa kommt für einen Abend allein zu uns, und im Gegenzug verbringst du eine Nacht mit den beiden. So kommen Dirk und ich beide zu unserem Dreier mit zwei süßen Babes. Und ihr zwei könnt ja schließlich auch ein wenig miteinander anfangen, wie man an dem Abend zu viert sehen konnte."

Lia musste tief durchatmen. Aha, es ging um zwei Nächte oder zumindest Abende. Und Gregor hatte wieder einmal alles vereinbart, ohne es vorher mit ihr zu besprechen. Das war keine Beziehung auf Augenhöhe. Naja, das war es ja ohnehin nicht. Gregor wusste ganz genau, dass er es war, der die Musik bestellen konnte. Und er bestellte.

Vanessa hatte offensichtlich keine Probleme damit, sich als zweite Frau für diese beiden FFM-Abenteuer zur Verfügung zu stellen, die Gregor und Dirk ausgemacht hatten.

„Hat er dich auch vor vollendete Tatsachen gestellt?", fragte Lia, als Vanessa an diesem Abend zu ihr kam – etwas früher als Gregor.

Dass auch dieser Abend in Lias neuer Wohnung stattfinden sollte, hatte niemand infrage gestellt – auch wenn das Abenteuer anderthalb Monate zuvor bei Gregor stattgefunden hatte. Aber Lia hatte nun das größere Bett. Und es war wohl auch ganz einfach so, dass Gregor diese Wohnung als sein Liebesnest betrachtete – mit Lia als ständig zur Verfügung stehender Gespielin darin. Hin und wieder konnten dann weitere Mitspieler dazu gebeten werden. Diese Sicht der Dinge behagte ihr zwar nicht, aber sie musste erkennen, dass sie mit dieser

Einschätzung wohl sehr nah an seiner Gedankenwelt war. So viel zum Thema *ihre* neue Wohnung.

„Das macht er doch immer", entgegnete Vanessa achselzuckend. „Dirk beschließt die Dinge, und ich bin dabei. Widerspruch zwecklos. Meistens ist es ja aber auch ganz spannend, was er sich ausdenkt."

„So wie unser Abend zu viert?", hakte Lia nach.

„So wie unser Abend zu viert", bestätigte Vanessa und fügte lächelnd hinzu: „Ohne den hätten ja auch wir zwei uns nie kennengelernt. Und das wäre doch schade."

Dem konnte Lia nicht widersprechen. Die Frau-Frau-Erotik, die sie an jenem Abend kennengelernt hatte, war eine Erfahrung, die sie nicht missen wollte.

Dass Vanessa an diesem Abend etwas früher eingetroffen war als verabredet, war Lia ganz recht. Auf die Weise konnte sie erst einmal wieder allein mit Vanessa warm werden. Dass die beiden Frauen seit jenem Abend zu viert auch eine Nacht zu zweit miteinander verbracht hatten, wussten beide Männer nicht. Und dabei wollten es die Frauen auch belassen. Man musste die Männer ja nicht unnötig irritieren.

„Nun denn", sagte Lia, als es erneut klingelte. „Möge das Abenteuer beginnen."

Sie drückte auf den Türsummer und beide Frauen sahen sich mit einem verhaltenen Lächeln an. Gregor freute sich sichtlich, als er die Wohnung betrat und feststellte, dass auch Vanessa schon anwesend war. Er umarmte Lia, küsste sie intensiv – und machte anschließend das Gleiche mit Vanessa. Gerade so, als würden sich die beiden schon ewig kennen, dachte Lia. Aber für Vanessa schien das okay zu sein. Sie ließ sich bereitwillig auf die intensive Begrüßung ein.

Kurz darauf fanden sie sich im Schlafzimmer wieder, das Lia wohlweislich gut geheizt hatte und das lediglich von einer LED-Lichterkette sanft beleuchtet wurde. Lia hatte eigentlich gedacht, sie würden erst etwas trinken, um zu dritt warm zu werden. Aber Gregor wollte offensichtlich keine Zeit verlieren. Nahm er überhaupt wahr, dass sie unten ohne war, als er ihr das Kleid abstreifte? Oder dass Vanessa keinen BH trug, als ihre Bluse zu Boden fiel? Auf jeden Fall war er sehr zielstrebig, seine beiden Gespielinnen von ihrer Kleidung zu befreien.

Als sich die beiden Frauen nackt aufs Bett fallen ließen, zog auch Gregor sich aus – wobei er die Frauen nicht aus den Augen ließ. Ob ihm wohl auffiel, dass Vanessa heute glatt rasiert war? Bei ihrem Vierer hatte sie noch einen Landestreifen getragen. Heute hatte der Mann die Wahl zwischen zwei vollkommen blanken Muschis. Lia wusste, dass ihm das gefallen würde. Als sie vor Kurzem gemeinsam einen Pornofilm gesehen hatten, hatte er davon geschwärmt, dass so etwas doch viel schöner aussah als Haare im Intimbereich – in welcher Form auch immer. Lia hatte Vanessa über diese Vorliebe ihres Sugardaddys informiert – und die hatte bei ihrer Vorbereitung auf diesen Abend entsprechend reagiert.

Erfreulicherweise war auch er heute wieder komplett rasiert, stellte sie fest, als sein steifer Schwanz beim Abstreifen seines Slips hervorsprang. Meist machte

Gregor sich auch für Lia ganz glatt, allerdings nicht immer. Vor allem dann, wenn er spontan für einen Quickie vorbeikam, war er zuweilen etwas stoppelig.

Als er sich komplett ausgezogen hatte, blieb er für einen Augenblick vor dem Fußende des Bettes stehen und betrachtete die nackten Frauen, die beide ihre Beine geöffnet hatten und ihm tiefe Einblicke gewährten. Überlegte er jetzt, welche er zuerst vernaschen wollte? Lia hätte es sehr gewundert, wenn seine Wahl auf sie gefallen wäre. Sie konnte er ja schließlich immer haben – die gemeinsame Gästin nicht. Tatsächlich vergrub Gregor seinen Kopf im nächsten Augenblick zwischen Vanessas Beinen. Lia konnte sich gut vorstellen, was er dort tat. Schließlich wusste sie sehr genau, wie sinnlich sein Zungenspiel zwischen feuchten Schamlippen sein konnte.

Vanessa und Lia sahen sich an. Dass sie sich im nächsten Augenblick küssten, ergab sich ganz von selbst. So wie sie in diesem Moment nebeneinanderlagen, Haut an Haut und die Köpfe einander zugewandt, konnte das gar nicht anders sein. Lia spürte ihr Herz pochen – weit stärker als kurz zuvor bei Gregors hastiger Entkleidungsaktion. Es waren weibliche Lippen, die sich feucht und zärtlich auf ihren eigenen Mund legten, es war eine weibliche Zunge, die mit ihrer eigenen Zunge einen sinnlichen Tanz tanzte. Und es waren weibliche Hände, die sich auf ihre Brüste legten und sanft ihre Nippel streichelten. Ein weiblicher Körper fühlte sich einfach völlig anders an als der eines Mannes. Wie hatte sie so etwas in den vergangenen Jahren nur übersehen können? Unfassbar! Aber nun hatte sie die Gelegenheit, in der Hinsicht etwas nachzuholen.

Nun spürte Lia auch noch Vanessas Finger an ihrer Muschi. Da ging sie forscher und heftiger vor als gerade eben noch am Busen. Ach nein, sie hatte ihre Finger ja noch immer an Lias Bürsten. Richtig, das waren Gregors Finger. Der war ja auch noch da.

Lia schaute einen Moment nach unten und stellte fest, dass Gregor noch immer Vanessa leckte – nun aber zugleich auch eine Hand in Lias Schoß hatte. Daraufhin wandte sie sich wieder der weiblichen Gespielin zu und küsste sie erneut – wieder lange, zärtlich, sinnlich und ohne jegliches Gefühl für Raum und Zeit. Gab es irgendetwas anderes in dieser Welt oder diesem Bett? Es war Lia vollkommen egal.

Erst als Gregor plötzlich neben ihren Köpfen kniete und seinen Schwanz dazwischen schob, wurde Lia die Anwesenheit ihres Sugardaddys wieder bewusst. Der Schwanz drängelte sich in den Kuss der Frauen, unterbrach die sinnliche Spannung zwischen ihren Lippen und Zungen, pochte auf Einlass und war offensichtlich nicht bereit, den Fluss der lesbischen Energie noch länger frei fließen zu lassen – jedenfalls nicht ohne seine Beteiligung.

Als sich Gregors Schwanz nun in Vanessas Mund schob, war Lia geradezu entrüstet. Wie konnte es dieser Mann nur wagen, das Spiel der Frauen derart abrupt zu unterbrechen? Aber natürlich sagte sie nichts, sondern sah einfach nur zu, wie Gregor Vanessa in den Mund fickte. Irgendwann beteiligte Lia sich daran sogar, indem sie zu diesem Schwanz griff und mit ihren Fingern den Raum für ihn verengte. Was Gregor wohl ausgesprochen recht war. Jedenfalls erhöhte er sein Tempo noch, seine wachsende Erregung war ihm deutlich anzumerken.

Lia hatte den Eindruck, dass es ihm bald kommen würde. Offenbar wollte er das auch, aber es schien ihm ungeachtet alles Erregung nicht so recht zu gelingen. Lag das vielleicht an seiner etwas unbequemen Haltung? Oder an dem eher ungewohnten Blowjob durch Vanessa? Jede Frau blies schließlich anders, wie Gregor schon mehrfach erwähnte hatte – stets in Zusammenhang mit einem Kompliment, wie wundervoll Lia so etwas machte. Sollte sie vielleicht übernehmen?

Doch bevor sie darüber nachdenken konnte, zog Gregor seinen Schwanz aus Vanessas Mund, legte selbst Hand an und spritzte sein Sperma kurz darauf über die Gesichter beider Frauen. Lia zuckte etwas zurück, Vanessa nicht.

Gregor ließ sich hastig atmend nach hinten fallen, Vanessa griff zu Lias Kopf und küsste sie. Es war viel Sperma in ihren Gesichtern, aber glücklicherweise war nichts auf den Lippen gelandet, sodass sich Lia auf diesen Kuss gut einlassen konnte. Bald aber lösten sich ihre Lippen wieder voneinander, Lia richtet sich auf und drehte sich. Sie legte sich in der 69 auf Vanessa und vergrub den Kopf im Schoß der anderen Frau. Der Duft, den Lia wahrnahm, war betörend und verstärkte ihre Erregung noch. Sie konnte gar nicht anders, als ihre Zunge über diese glatten und feuchten Schamlippen streichen zu lassen und tief einzutauchen. Vanessa schmeckte leicht süßlich und irgendwie nussig. Lia konnte nicht genug bekommen von diesem Geschmack. Zugleich spürte sie auch die Zunge ihrer Gespielin zwischen den eigenen Schamlippen. Sie leckte intensiv, aber zärtlich. Ob ihre eigene Muschi wohl ähnlich schmeckte wie die von Vanessa?

Lia spürte bald, dass sich ein Höhepunkt in ihr ankündigte. Leider wurde dieses wundervolle sich anbahnende Zittern aber gestört, als sich Gregors Schwanz gegen ihre Muschi drückte. Offensichtlich wollte der Mann sie ficken. Doch nachdem er gerade erst gekommen war, war er dafür ganz einfach noch nicht wieder steif genug. Er versuchte es dennoch, gab aber irgendwann auf und beteiligte sich nicht weiter am Spiel der Frauen. Jedenfalls bekam Lia erst einmal nichts mehr von ihm mit. Auch seine Hände waren nun nicht mehr bei ihr. Vielleicht streichelte er nur Vanessa. Oder auch nicht. Egal.

Lia spürte nur noch die Zunge und Finger der anderen Frau. Bald baute sich auch das kurz zuvor gestörte Zittern erneut in ihr auf. Lia wurde von einem heftigen Orgasmus geschüttelt, der kaum ein Ende nehmen wollte. Vanessa ließ ihre Zunge sanft zwischen Lias Schamlippen ruhen, gerade so eben mit so viel Druck, dass Lia diese Zunge noch wahrnehmen konnte. Aber das war vollkommen ausreichend, den Höhepunkt bis in die letzten Spitzen auskosten zu können. Mehr Druck wäre zu viel Druck gewesen. Vanessa wusste genau, was sie tat.

Als der Orgasmus schließlich abgeebbt war, nahm Lia ihr Lecken in Vanessas Muschi wieder auf. Sie hatte keine Ahnung, ob ihre Gespielin ihren Orgasmus ähnlich intensiv erlebte wie sie selbst. Aber sie brauchte nicht lange, ihr diesen zu bescheren. Und Vanessa war sehr laut dabei.

Lia drehte sich um und umarmte Vanessa. Die Frauen küssten sich, und erst mit einer gewissen Verzögerung nahm Lia Gregors Körper wahr, der sich von hinten an sie schmiegte.

Ach ja, Gregor.

Eher etwas unwillig drehte sie sich zu ihm, küsste ihn (mehr oder weniger pflichtbewusst), wandte sich dann aber umgehend wieder Vanessa zu und küsste sie erneut – mit wesentlich mehr Hingabe als zuvor ihren Sugardaddy. Dass der sich dann erneut in den Kuss der Frauen drängte, um auch Vanessa zu küssen, nahm Lia schweigend hin. Aber es gefiel ihr nicht sonderlich.

Sie blieben eine Weile erschöpft nebeneinander liegen, Lia in der Mitte. Sie wandte sich Vanessa zu. Die strahlte sie an. Sie drehte ihren Kopf zu Gregor. Dessen Gesichtsausdruck konnte sie schwer deuten. Es lag ein Funkeln in seinen Augen, keine Frage. Aber da war noch etwas anderes. Irgendetwas, das Lia nicht zu deuten vermochte. War das Enttäuschung? Ach quatsch, das konnte nicht sein. Immerhin ging hier doch soeben sein Herzenswunsch vom Sex mit zwei Frauen in Erfüllung.

„Hat eigentlich niemand Hunger?“, fragte Gregor schließlich in die Stille.

Ach so, der Mann wollte etwas essen. Manchmal lösten sich die Rätsel doch ganz von selbst auf.

„Pizzabringdienst?“, fragte Lia.

„Unbedingt", entgegnete Gregor.

„Gern", sagte Vanessa.

Lia zückte ihr Handy, gemeinsam checkten sie die Speisekarte eines Dienstes und Lia bestellte drei Pizzen. In der Wartezeit tranken sie nun endlich jenen Rotwein, den Lia eigentlich für das Warm-up bereitgestellt hatte. Sie redeten wenig und lediglich über belanglose Dinge. Als der Pizzabote schließlich klingelte, ging Lia in den Flur und drückte auf den Türsummer. Die Zeit, die der Bote für die zwei Etagen brauchte, nutzte sie, um sich in ein großes Badetuch zu wickeln. Gregor kam zur Wohnungstür, ebenfalls in ein Handtuch gewickelt, aber mit seiner Geldbörse in der Hand.

„Ich mache das", sagte er.

Lia nickte. Das entsprach ja auch ihrer Rollenverteilung. Für das Finanzielle war der Sugardaddy zuständig.

„Einmal Pizza Tonno, einmal die Funghi und einmal Hawaii", sagte der Pizzabote und überreichte Lia die drei Kartons.

Gregor warf einen Blick auf die Rechnung und nahm das Geld aus der Börse. Lia bemerkte den erstaunten Blick des Pizzaboten. Die sparsamen Outfits der beiden Menschen in der Wohnung ließen wohl kaum einen Zweifel über die Aktivitäten zu, bei denen dieses Paar soeben lediglich eine Pause einlegte. Aber er hatte drei Pizzen geliefert, nicht zwei. Vermutlich dachte er genau über diese Diskrepanz nach, dachte Lia schmunzelnd. Dann allerdings nahm sie aus den Augenwinkeln Vanessa wahr, die vom Schlafzimmer ins Bad huschte. Und sie hatte sich nicht die Mühe gemacht, sich in ein

Handtuch zu wickeln. Die Augen des Pizzaboten wurden groß, sehr groß. Als Lia die Wohnungstür langsam wieder schloss, stand er wie angewurzelt und mit offenem Mund da, das Geld in der Hand. Er hatte nicht einmal nachgezählt. Aber das war auch nicht nötig. Gregor hatte ihm ein großzügiges Trinkgeld gegeben. Und sehr wahrscheinlich nahm er nun auch noch etwas für sein Kopfkino mit.

Erwartungsgemäß gab es nach der Pizza eine zweite Runde. Erneut nahm Lia den Geschmack von Vanessas Muschi als betörend wahr. Dieser Geschmack raubte ihr fast die Sinne, während sie zwischen den Beinen der Frau kniete. Der Unterschied zur ersten Runde bestand allerdings darin, dass Lia zugleich auch Gregors Schwanz in sich spürte. Er nahm sie von hinten und stieß fest zu. Als sie den Eindruck hatte, dass er fast so weit war, zog er sich aus ihr zurück und verschwand aus ihrem Blickwinkel. Er tauchte auch nicht bei Vanessa auf, offenbar machte er eine Pause und sah den Frauen lediglich zu. Lia war es recht.

Sie konzentrierte sich nun vollkommen auf Vanessa und brachte sie bald zu einem weiteren Höhepunkt. Als der wohl noch nicht ganz abgeklungen war, verdrängte Gregor Lia jedoch aus Vanessas Schoß und nahm den Platz dort ein. Lia konnte gut erkennen, wie sein steifer Schwanz tief in der Muschi der anderen Frau verschwand. Gregor nahm sie mit ebenso heftigen Stößen, wie er kurz zuvor Lia gefickt hatte. Das hielt er allerdings nicht lange durch und kam bald in Vanessa. Er stieß noch mehrfach nach, zog sich dann aus ihr zurück und ließ sich ermattet neben die Frauen aufs Bett fallen.

Unmittelbar darauf beugte sich Vanessa in Lias Schoß und leckte auch sie zu einem Orgasmus. Als die Frauen sich anschließend umarmten und küssten, nahm Lia kaum wahr, dass auch Gregor sich an Vanessa schmiegte. Die Frauen waren sehr beieinander.

„Oh, es ist schon zwölf", sagte Vanessa plötzlich nach einem Blick auf den Wecker und sprang aus dem Bett. „Ich muss los."

„Du musst los?", fragte Gregor erstaunt. „Ich dachte, du bleibst über Nacht."

„Tut mir leid", entgegnete Vanessa. „Aber ich muss morgen früh arbeiten."

„Dirk sagte, es sei okay, wenn du über Nacht bleibst."

„Das mag ja sein, dass er das gesagt hat. Aber so gut kennt er meinen Dienstplan nun auch wieder nicht."

„Aber morgen ist doch Samstag."

„Ja, und um 7.00 Uhr sitze ich im Supermarkt an der Kasse."

Kurz darauf war Vanessa verschwunden. Lia und Gregor gingen wieder ins Bett.

„Und?", fragte sie. „Hat der Abend deine Erwartungen erfüllt?"

Gregor sah sie an und schien nachzudenken. Lia erkannte erneut diesen seltsamen Gesichtsausdruck in seinem Blick, den er vorhin nach der ersten Runde schon hatte erkennen lassen. War das vielleicht doch nicht nur Hunger gewesen?

„Offen gestanden: nein!“, sagte er schließlich.

„Nein?“, echote Lia erstaunt. „Weil Vanessa nicht über Nacht geblieben ist?“

„Das auch. Aber etwas anderes hat mich mehr gestört.“

„Nämlich?“

„Der Umstand, dass ihr zwei mich fast gar nicht beachtet habt.“

„Wie bitte? Du hast uns beide gefickt, du hast uns sogar beiden ins Gesicht gespritzt. Und wir haben dich nicht beachtet?“

„Ich wundere mich beinahe, dass du das überhaupt alles wahrgenommen hast.“

Lia sah ihn ungläubig an und schüttelte fassungslos den Kopf. Doch zugleich dachte sie: au Scheiße! Ganz unrecht hatte er mit seiner Wahrnehmung wohl nicht. Natürlich hatte sie mitbekommen, dass er sie von hinten genommen hatte. Es wäre absurd zu denken, eine Frau bemerke so etwas gar nicht. Aber irgendwie war das für sie lediglich Beiwerk gewesen – Beiwerk zu ihrem eigentlichen Sex. Und das war der Sex mit der anderen Frau.

„Du wolltest doch, dass Vanessa und ich auch etwas miteinander anfangen“, sagte Lia und bemühte sich um einen leicht ironischen Klang in ihre Stimme.

„Ganz genau“, murmelte Gregor. „Auch! Aber nicht fast ausschließlich. So hatte ich mir das alles nicht gedacht.“

Oh je! Der Pascha fühlte sich missachtet. Gab es etwas Schlimmeres für einen Mann? Vielleicht war es besser, das alles nicht weiter zu kommentieren und seine weiteren Ausführungen lediglich mit einem verständnisvollen Kopfnicken entgegenzunehmen. Tatsächlich verlief der Rest ihrer Nacht sehr wortkarg. Was sie allerdings nicht daran hinderte, es noch einmal miteinander zu tun. Tief in der Nacht spürte Lia seinen Schwanz an ihrem Hinterteil. Er rieb an ihr und drückte sich immer mehr zwischen ihre Pobacken. Kurz darauf war er in ihr – allerdings nicht in ihrer Muschi. Er nahm sie schnell und hart – beinahe so, als wolle er sie bestrafen. Zumindest kam Lia dieser Gedanke, als Gregor schließlich in ihrem Hintereingang kam. Auch eine Art, den Pascha wieder auf den Thron zu setzen, dachte sie, während sie seinen pochenden und allmählich wieder schrumpfenden Schwanz in sich spürte.

Sie sprachen am anderen Morgen nicht weiter über den Abend. Gregor verabschiedete sich ziemlich umgehend nach einem Kaffee. Das Frühstück, für das sie eingekauft hatte, fand nicht statt. Obgleich sie in der Nacht noch einmal Sex gehabt hatten, schien sich seine Stimmung nicht sonderlich gebessert zu haben. Auch dass sie ihn nackt verabschiedete, konnte seinen ernsten Gesichtsausdruck nicht aufhellen.

Lia griff zu ihrem Handy und schickte Vanessa eine WhatsApp:

„Wie geht's dir? Ich hoffe, du hast dich wohlgefühlt mit uns?"

Gegen Mittag kam eine Antwort:

„Ich habe mich wohlgefühlt mit DIR."

Das zauberte Lia ein Lächeln ins Gesicht. Allerdings konnte man diese Aussage auch als Bestätigung für Gregors Sicht der Dinge werten, die wohl nicht ganz falsch war. Vielleicht sollte sich Lia wieder einmal allein mit Vanessa treffen. Männer konnten im Bett zuweilen ja auch störend sein.

Die Aussicht auf das zweite Dreier-Abenteuer behagte Lia ganz und gar nicht. Sie mochte Vanessa, aber sie mochte Vanessas Sugardaddy nur sehr begrenzt. Beim Sex zu viert hatte sie Dirk als egoistisch und wenig einfühlsam erlebt. Möglicherweise würde sich diese Seite des Mannes eher noch verstärkt zeigen, wenn er Lia haben konnte, ohne dass Gregor dabei war – sie also gewissermaßen schutzlos war. Sollte sie sich dem zweiten Teil dieser Sache lieber verweigern? Immerhin hatten die Männer das alles einseitig beschlossen – ohne ihre Babes zu fragen. Auch wenn die Männer es waren, die die Musik bestellen durften – einen gewissen Anspruch auf Abstimmung und Zustimmung durften die Frauen ja wohl haben. Immerhin sollten sie Teil der bestellten Musik sein. Dass Vanessa sich widerspruchslos allem fügte, was ihr Sugardaddy anordnete, musste ja nicht heißen, dass auch Lia das ebenso hielt.

Auch dass Gregor Dirk zugesagt hatte, Teil 2 ebenfalls in Lias neuer Wohnung stattfinden zu lassen, irritierte sie. Vor allem deshalb, weil er auch das vereinbart hatte, ohne es zuvor mit ihr zu besprechen. Sicher, Gregor bezahlte die Miete für Lias Wohnung. Aber trotzdem war es doch schließlich ihre Wohnung. Oder etwa nicht? Doch, sagte sie sich. Sie hatte den Mietvertrag unterschrieben, also war es auch ihre Wohnung. Falls Gregor allerdings die Mietzahlung einstellen sollte, hätte sie ein ernsthaftes Problem. Die Wohnung war fast doppelt so teuer wie ihr ehemaliges Studentenappartement. Und das war mittlerweile gekündigt. Also protestierte Lia nicht weiter, als Gregor ihr seine Absprache mit Dirk mitteilte. Allerdings bat sie darum, solche Dinge künftig doch als erstes mit ihr zu besprechen. Gregor quittierte das mit einem knappen „Ist gut". Dass das für sein Sugarbabe ein ernsthaftes Anliegen war, realisierte er wohl nicht so recht.

Als Vanessa und Dirk an diesem Abend bei ihr klingelten, öffnete Lia die Tür und hieß ihre beiden Gäste mit einem freundlichen Lächeln willkommen. Tatsächlich verlief der Abend ungefähr so, wie Lia es erwartet hatte: Dirk nahm sich, was er wollte und akzeptierte nicht, dass sich die Frauen auf ein ausgedehntes Spiel miteinander einließen. Gregor hatte sich im Nachhinein zwar darüber beschwert, dass Lia und Vanessa ihn zeitweise ausgeblendet hatten, aber während des Abends hatte er das hingenommen – wenn auch offenbar innerlich murrend. Nicht so Dirk. Er mischte sich schnell und nachdrücklich ein, wenn die Frauen sich allzu sehr miteinander beschäftigten und ihn dabei auszublenden versuchten.

Als er Lia ficken wollte, zauberte sie mit einem schnellen Griff ein Kondom vom Nachttisch und hielt es Dirk vor die Nase. Er nahm es und warf es mit einem kurzen Lacher ungeöffnet zur Seite. Für einen Augenblick wollte sie protestieren oder sich komplett verweigern, dann aber nahm sie es doch hin, dass er es erneut blank mit ihr machte.

Lia hatte das Thema Gummi beim Fremdsex nach dem Vierer eigentlich mit Gregor besprechen wollen, hatte das (möglicherweise konfliktäre) Gespräch dann aber doch gescheut. Irgendwie war es ja auch sinnlos, nach dem blanken Partnertausch einige Wochen zuvor nun plötzlich wieder auf ein Kondom zu bestehen. Auch Gregor hatte es ein paar Tage zuvor mit Vanessa ohne Gummi gemacht. Sollten jedoch irgendwann noch weitere Mitspieler hinzu kommen, würde sie mit Gregor darüber reden, beschloss Lia, während sie Dirks Stöße in sich spürte. Wirklich fallenlassen konnte sie sich in diese Nummer nicht.

Als Lia am Ende vor ihm kniete und von ihm noch einmal in den Mund gefickt wurde, hielt er ihren Kopf fest – so fest, dass sie gar keine Chance hatte, seinen Schwanz im letzten Moment wieder an die Luft zu entlassen.

„Schluck es!“, herrschte er sie an, als sein Sperma in ihren Mund floss.

Da er zugleich aber den Griff an ihrem Kopf lockerte, missachtete sie diese Aufforderung. Wäre er nicht derart grob und fordernd gewesen, hätte sie es vielleicht mit einem sinnlichen Blick aus ihrem Mund fließen und über die Brüste laufen lassen. Lia wusste, dass viele Männer eine solche Show liebten. Aber danach stand ihr nicht der Sinn. Sie spuckte es ihm ganz einfach auf die Füße. Als sie im nächsten Moment Vanessa ansah, erkannte sie Entsetzen in deren Blick.

Umgehend übernahm Vanessa den Schwanz, aus dem noch immer ein wenig Sperma quoll. Sie nahm ihn in den Mund und leckte ihn sorgfältig sauber. Als sie wieder die Lippen öffnete, war er fast schon komplett eingefallen.

„Ich hatte gesagt, du sollst es schlucken!", brummte Dirk und sah Lia böse an.

„Das zählt nicht zu meinen Vorlieben", entgegnete sie.

„Gregor hat gesagt, du machst so etwas."

„Ach so, hat er das?"

Für ein paar Sekunden sahen sie sich ernst an. Falls Dirk erwartet hatte, dass sie seinem Blick ausweichen würde, wurde er enttäuscht.

„Wenn du auch beim Sandwich solche Zicken machst, dann kann unser nächster Vierer ja lustig werden", murmelte er schließlich.

Lia reagierte darauf mit einem Achselzucken. Schließlich wandte Dirk sich ab, griff zu seinem Slip und sagte an Vanessa gewandt:

„Wir gehen!"

Das war jetzt zwar ziemlich abrupt, aber Lia war es recht. Nur für Vanessa tat es ihr leid. Deren Blick wirkte sehr betroffen. Lia reagierte mit einem Achselzucken. Letztlich war das nicht ihr Problem.

Als die Wohnungstür hinter den Gästen ins Schloss gefallen war, atmete Lia tief durch und schüttelte den Kopf. Sie hatte einen Verlauf in der Art erwartet, und ihre Befürchtungen hatten sich erfüllt. Das würde sie nicht noch einmal mitmachen. Jedenfalls nicht mit Dirk. Auch wenn Gregor sie aus der Wohnung werfen sollte. Das war es dann doch nicht wert, beschloss sie, als sie kurz darauf unter der Dusche stand. Sie duschte lange, sehr lange. Und sie spülte dabei immer wieder ihren Mund aus.

„Dirk war ein wenig enttäuscht von eurem Dreier", sagte Gregor, als er Lia am folgenden Abend besuchte.

„Er war enttäuscht? Ernsthaft? Ich hatte eher den Eindruck, er war stinksauer", entgegnete sie.

„So krass hat er es nicht ausgedrückt, als wir vorhin telefoniert haben. Aber der Abend verlief wohl nicht so ganz nach seinen Erwartungen."

„Er hat uns beide gefickt, er hat mir in den Mund gespritzt, ich habe lediglich verweigert, es zu schlucken. Und das darf ich ja wohl."

„Sicher darfst du das. Aber du solltest ihn nicht allzu sehr enttäuschen, wenn wir das mit den beiden fortsetzen wollen."

„Wollen wir das?", fragte Lia.

„Ich denke doch", entgegnete Gregor und wirkte überrascht. „Oder etwa nicht?"

Jetzt starrte Lia ein paar Sekunden schweigend in den Raum, bevor sie aussprach, was sie längst für sich beschlossen hatte:

„Nein, ich mag Dirk nicht. Er ist mir zu grob."

Gregor runzelte die Stirn.

„Naja, das müssen wir ja nicht unbedingt jetzt klären."

„Doch, müssen wir. Ich weiß ja nicht, was du Dirk alles versprochen hast. Aber ich fühle mich nicht daran gebunden, deine Versprechungen gegenüber anderen Menschen zu halten. Ich bin *dein* Sugarbabe – aber das beinhaltet nicht, dass du mich einfach so weiterreichen kannst. Schon gar nicht an Männer, die ich nicht mag. Ich werde nicht noch einmal Sex mit Dirk haben!"

Gregor nickte nachdenklich und stand auf. Er wanderte ein paar Schritte durch das Wohnzimmer und sah sich alles genau an. Er ließ einen Finger über die Lehne von Lias Lesesessel wandern, strich über die Kante ihres Schreibtisches und blieb schließlich am Fenster stehen, von wo aus er noch einmal seinen Blick durch den Raum wandern ließ.

„Wirklich eine schöne Wohnung", sagte er schließlich. „Wie gesagt: Wir müssen das alles nicht heute klären. Ich muss dann auch mal wieder los. Bis bald."

Mit diesen Worten verließ er das Wohnzimmer, nahm seine Jacke vom Haken im Flur und war im nächsten Moment auch schon verschwunden. Lia saß noch immer im Sofa, als sie das Klappen der Wohnungstür hörte. Es war das erste Mal, dass er wieder ging, ohne dass sie Sex gehabt hatten. Dafür hatte er noch einmal klargestellt, wer hier die Musik bezahlte. Musste sie sich Gedanken machen, wie sie die letzten fünf Semester ihres Studiums auch ohne Gregor finanzieren konnte?

Kapitel 13: Party

Für ein paar Tage herrschte Funkstille. Dann kam eine WhatsApp von Gregor, mit der Lia am allerwenigsten gerechnet hätte:

„Möchtest du eine Woche mit mir in die Sonne fliegen?“, fragte er.

Ups. Nach seiner dezenten Andeutung, ihr den Geldhahn zuzudrehen, hatte sie alles Mögliche erwartet – nicht aber eine Einladung zu einem gemeinsamen Urlaub. Hatte er womöglich eingesehen, dass er sie in letzter Zeit überfordert hatte und wollte nun wieder etwas gutmachen? Zumindest war er doch nicht so sauer, wie sie befürchtet hatte. Und offensichtlich wollte er sie nicht verlieren. Das stand ziemlich deutlich zwischen den Zeilen seiner Nachricht. Was sie ungemein erleichterte. Die Finanzierung ihres Studiums stand wohl doch nicht infrage. Aber es war nicht allein das. Lia mochte Gregor, und sie genoss den Sex mit ihm. Wenn da nur nicht seine speziellen Vorlieben wie Spermaschlucken und Gruppensex wären.

„Wohin denn?“, fragte sie zurück.

„Ich dachte an Teneriffa. Da ist es jetzt schon schön warm.“

„Und wann?“

„Ich könnte übernächste Woche Urlaub machen. Wir könnten also am Samstag nächster Woche starten.“

Das war jetzt ziemlich spontan. Aber ja, warum eigentlich nicht? Es war März, es waren Semesterferien, sie hatte Zeit. Lia musste zwar vor Beginn der Vorlesungen im April noch eine Hausarbeit schreiben, aber daran konnte sie notfalls auch auf der Insel arbeiten. Ihr Notebook würde sie ohnehin mitnehmen. Wenn sie sich etwas ranhielt, dann würde sie die Arbeit bis zum Abflug vielleicht auch noch fertigstellen können.

Möglicherweise war eine etwas intensivere Zeit allein mit Gregor auch eine gute Gelegenheit, ein paar grundsätzliche Dinge zu klären – ohne die Dirks dieser Welt und Gregors Hang zu Partnertausch und Gruppensex. Dass das zu seinen Vorlieben zählte, hatte er schon zu Beginn ihrer Beziehung offengelegt und es immer mal wieder erwähnt. In letzter Zeit hatte Lia dann aber auch sehr deutlich erlebt, dass das keine bloße Fantasie für ihn war. Vermutlich würde sie sich dieser Vorliebe ihres Sugardaddys auch weiterhin nicht ganz verschließen können, wenn sie die Sache mit ihm fortsetzen wollte. Aber es kam auf die Rahmenbedingungen an. Ohne Gummi würde sie so etwas nicht noch einmal mitmachen. Eine intensive Woche nur zu zweit würde da vielleicht mehr Klarheit bringen können.

„Ich bin dabei", schrieb sie zurück.

„Gebucht", las sie ein paar Minuten später.

Offensichtlich hatte er schon vor seiner WhatsApp etwas im Blick gehabt. Sie war gespannt, was er ausgesucht hatte. In diesem Zusammenhang überließ sie es ihm liebend gern, die Musik zu bestellen.

Lia war begeistert. Das Hotel hatte fünf Sterne, lag im sonnigen Süden der Urlaubsinsel, und vom Balkon des Zimmers im sechsten Stock hatte man einen grandiosen Blick auf die Weiten des Atlantiks.

„Das hast du toll ausgesucht!", sagte sie, umarmte und küsste Gregor.

Sie freute sich sehr, jetzt mit ihm hier zu sein. Er hatte seit den beiden Dreier-Erlebnissen nichts mehr über seine Lieblingsfantasie Gruppensex verlauten lassen. Man konnte auch sagen: Er hatte sie mit dem Thema nicht weiter genervt. Sie hatten sich seit seinem letzten Besuch bei ihr allerdings auch nicht mehr gesehen, sondern lediglich hin und wieder per WhatsApp miteinander kommuniziert.

Als sie an diesem Abend einen ersten Spaziergang über die Uferpromenade machten, stellte Lia fest, dass sie einige Blicke auf sich zog. Sie trug ein kurzes Strandkleid und hatte (auf Gregors ausdrücklichen Wunsch) den BH weggelassen. Bei ihrer vollen Oberweite und dem relativ eng anliegenden Kleid war das sicherlich eine optische Provokation für männliche Augen. Natürlich bemerkte auch Gregor diese Blicke seiner Geschlechtsgenossen – und war sichtlich zufrieden damit. Nein, mehr als zufrieden: Es war Stolz, was Lia in seinem Gesicht erkannte. Er schien allen hier sagen zu wollen: Seht her, das ist meine Freundin an meinem Arm. Meine!

Auch als Lia am folgenden Tag am Strand ihren schwarzen Micro-Bikini trug, zog sie damit einige Blicke auf sich, die auch sie genoss. Sie hatte diesen Bikini ein Jahr zuvor in einem Anfall von Wahnsinn gekauft, ihn aber bisher nie getragen – jedenfalls nicht am Strand oder im Freibad. Das knappe Oberteil bedeckte von ihren Brüsten nicht viel mehr als die Nippel, das Unterteil versteckte lediglich die Schamlippen und einen Teil des Venushügels. Hinten bestand das Unterteil sichtbar lediglich aus einem schmalen Streifen – der Rest verschwand zwischen den Pobacken. Gregor war sichtlich zufrieden mit der sparsamen Badebekleidung seines Sugarbabes.

In den Nächten war er wieder jener einfühlsame Lover, als den sie ihn anfangs kennengelernt hatte. Er verwöhnte sie fantasievoll mit Zunge und Lippen und brachte sie auf verschiedene Weise immer wieder zum Höhepunkt. Als besonderes Highlight erlebte Lia eine Nummer auf dem nächtlichen Balkon ihres Hotelzimmers, bei der Gregor sie von hinten nahm, während sie sich am Geländer festhielt. Die milde Nachtluft, die Lichter eines Schiffes auf dem Meer – das alles waren Zutaten, die den Sex kaum romantischer hätten machen können.

Er nahm sie in diesen Tagen und Nächten nicht anal und unternahm keine Versuche, ihr in den Mund zu spritzen. Sie kannte seine Vorliebe für diese beiden Spielarten und war dankbar, dass er das unterließ. So konnte sie sich weit besser in den Sex fallenlassen und das Miteinander genießen. Vielleicht würde sie ihm seine Fantasie dann doch mal erfüllen und sein Sperma schlucken. Aber nicht als Folge einer Anweisung, sondern nur als Zeichen besonderer Zuneigung. Vielleicht jedenfalls.

Gregor war während dieser Tage ausgesprochen charmant und aufmerksam. Als sie ihn beim Frühstück bat, ihr den Zucker von der anderen Tischseite zu reichen, griff er danach und ließ zwei Stückchen in ihren Kaffee fallen. Er wusste, dass sie ihren Kaffee süß mochte und immer zwei Zuckerstücke beziehungsweise den Inhalt von zwei kleinen Tütchen in ihren Kaffee rührte. Das hatte sie nie erwähnt, aber natürlich hatten sie schon häufig gemeinsam Kaffee getrunken – und er hatte sich diese Vorliebe gemerkt. Er war ganz einfach ein aufmerksamer Mann – jedenfalls wenn er wollte. Leider wollte er aber nicht immer.

„Du trinkst deinen Kaffee nach einem arabischen Sprichwort", sagte er.

„Einem arabischen Sprichwort? Wie geht das?"

„Kaffee muss schwarz, heiß und süß sein: süß wie die Küsse eines schönen Mädchens, heiß wie die Nächte in ihren Armen und schwarz wie die Flüche der Mutter, wenn sie davon erfährt."

Lia musste lachen. Ja, das passte. Ihr herzhaftes Lachen ging in ein versonnenes Lächeln über und sie sah Gregor mit einem Blick an, den ein Außenstehender vielleicht als „verliebt" hätte bewerten können. Das wäre sicherlich übertrieben, aber sie fühlte sich in diesem Moment ausgesprochen wohl mit ihrem Sugardaddy. Der seltsame Dreier mit Vanessa und Dirk war weit weg – wie überhaupt Gregors eigentümliche Vorliebe für Sex mit mehr als zwei Menschen.

Doch das Thema sollte sie bald wieder einholen.

„Vielleicht hätten wir nach Cap d'Agde statt nach Teneriffa fahren sollen", sagte er am nächsten Tag beim Sonnen am Strand.

„Wo ist das denn?", murmelte sie eher, als dass sie es sagte.

Lia war zwar nicht eingeschlafen, döste aber sehr entspannt in der Sonne.

„In Südfrankreich – und damit zurzeit leider noch zu kalt für Badeurlaub."

„Und warum meinst du, hätten wir lieber dahin fahren sollen?"

„Weil andere Männer es dann nicht zwangsläufig mit Blicken auf deine verführerischen Rundungen belassen müssten."

„Hä?"

„Cap d'Agde ist ein Swingerparadies. Ich war da noch nie. Aber nach allem, was man hört, passiert da auch so manches am Strand."

„Swingerparadies. Aha", entgegnete Lia.

Gut, dass sie auf Teneriffa waren. Von Gregors besonderer Vorliebe hatte sie eigentlich erst einmal die Nase voll.

„Ja", bestätigte er. „Da geht es wohl zuweilen munter durcheinander."

„So wie mit Vanessa und Dirk?"

„Ja, oder auch mit noch mehr Mitspielern."

Soso – das war dann wohl wirklich Gruppensex und nicht nur Sex zu dritt oder zu viert. Ab wie vielen Mitspielern sprach man eigentlich von Gruppensex? Ach egal. Gregor bekam dieses Thema offensichtlich nicht aus dem Kopf. Naja, solange es bei der Theorie blieb, konnte sie sich auch darauf einlassen und ein wenig mitfantasieren. Kopfkino füttern konnte ja auch Spaß machen.

„Wir haben morgen übrigens ein Date mit einem Swinger-Paar“, fuhr er fort.

Plötzlich war sie hellwach und sah ihn erstaunt an. So viel zu den Themen Urlaub in trauter Zweisamkeit und lediglich fantasieren.

„Was haben wir?“, fragte sie.

„Sagte ich doch gerade: ein Date mit einem Swinger-Paar.“

„Aha. Und wann hast du das ausgemacht?“

„Schon vor der Abreise. Wie es scheint, gibt es so einige deutsche Swinger-Paare hier auf der Insel.“

„Und dann wieder so ein Abend zu viert wie mit Vanessa und Dirk? Oder was soll das werden?“

„Mal sehen. Erst einmal sind wir am Nachmittag nur zum Kaffee mit den beiden verabredet.“

Lia spürte ihren Herzschlag. Aber nicht in der Brust oder im Hals, wo ihr Herz sich gern meldete, wenn sie erregt oder aufgeregt war. Dieser Herzschlag war mehr ein dumpfes Pochen in der Gegend des Magens. Nicht sehr schnell, dafür aber mit einer ziemlichen Wucht. Das fühlte sich alles andere als gut an. Sie versuchte, sich das nicht anmerken zu lassen. Aber der einfühlsame Mann, als den sie Gregor in den vergangenen Tagen erlebt hatte, müsste das eigentlich trotzdem bemerken. Wenn er es denn bemerken wollte.

„Sind die zwei auch eine Sugar-Beziehung?“, fragte Lia. „So wie Vanessa und Dirk?“

„Nein, sie sind ein ganz normales Swinger-Paar.“

Normal? Was hieß in diesem Zusammenhang denn bitte sehr normal?

„Woher hast du den Kontakt?“

„Aus Joyclub."

„Was ist Joyclub?"

„Ein Erotikforum, aber nicht nur für Paare."

„Und die beiden machen auch gerade Urlaub auf Teneriffa?"

„Nein, sie leben hier auf der Insel, in einer Finca im Inland", fuhr Gregor fort. „Oder zumindest zeitweise. So genau habe ich da nicht nachgefragt."

„Wie alt sind die zwei?"

„Sie 51, er 55."

„Und sie suchen ein Paar für einen Vierer?"

„Eher mehrere Paare für eine erotische Party, die übermorgen bei ihnen stattfindet."

„Und da willst du dann hin?", fragte Lia in einem Tonfall, der sich irgendwo zwischen zögerlich und ängstlich bewegte.

„Genau", bestätigte Gregor, der diesen Tonfall großzügig überhörte. „Da wollen wir hin. Wenn die Gastgeber nach dem Treffen den Daumen heben. Aber daran zweifele ich nicht."

„Sie laden also nicht allgemein ein in diesem Erotik-Forum, sondern schauen sich vorher alle genau an?"

„Keine Ahnung, ob sie das mit allen so machen. Aber uns wollen sie auf jeden Fall vorab treffen."

„Wie kommt das?"

„Naja", druckste Gregor nun ein wenig. „Das liegt wohl an meinem Solo-Profil in dem Erotikforum. Sie wollen vermutlich sichergehen, dass ich tatsächlich eine Frau mitbringe. Es gibt wohl so einige Männer in der Welt der Swinger, die als Solos unterwegs sind und vor einer Party behaupten, sie bringen eine Frau mit – in der

Hoffnung dann auch allein nicht abgewiesen zu werden, wenn sie erst einmal da sind und irgendetwas von plötzlicher Erkrankung ihrer Frau erzählen."

„Das klingt kompliziert."

„Vor allem ist es idiotisch."

„Also geht es beim Kaffee vor allem darum, dass die Gastgeber mich in Augenschein nehmen wollen."

„Sie wollen *uns* kennenlernen. Uns als Paar", sagte Gregor und fügte hinzu: „Es wäre übrigens ganz gut, wenn wir nicht unbedingt erzählen, dass wir eine Sugar-Beziehung sind."

„Ach so? Kommt das nicht so gut?"

„Naja, viele haben ganz einfach Vorurteile bei so etwas. Sex für Geld, du weißt schon. Da fällt bei vielen sofort eine Klappe. Dass wir zwei inzwischen mehr sind als das, weiß ja niemand."

Lia nickte. Ja, sicher – sie waren mehr als einfach nur Sex gegen Geld. Sie mochte den Mann, er konnte charmant sein, der Sex mit ihm war meistens richtig gut (jedenfalls der Sex zu zweit). Insofern war das, was sie miteinander hatten, durchaus so etwas wie eine Beziehung – auch wenn Gregor gelegentlich mal eine subtile Bemerkung fallenließ, mit der er auf das nun einmal vorhandene finanzielle Abhängigkeitsverhältnis hinwies.

Wäre sie auch mit ihm zusammen, wenn er sie nicht finanziell unterstützte? Lia betrachtete den Mann im Gegenlicht; die Sonne verlieh der Silhouette seines kantigen Gesichtes etwas Geheimnisvolles. Gregor war zweifelsohne ein attraktiver Mann – vor allem für sein Alter. Aber ohne sein Geld wäre sie jetzt nicht mit ihm hier. Da war sie sich doch sehr sicher. Ihr Sugardaddy war eine Beziehung auf Zeit. Optimalerweise bis sie nach dem Studium ihren ersten Job antrat und somit selbst ernsthaft Geld verdiente – fünf Semester also noch, plus die Zeit der Jobsuche. So lange würde sie wohl oder übel mit der Musik klarkommen müssen, die er bestellte. Meist gefiel ihr die ja ganz gut. Nur manchmal gab es Dissonanzen. Hoffentlich wurden die nicht mal zu groß.

Frauke und Adrian hießen die zwei Menschen, mit denen sie sich an diesem Nachmittag auf der Terrasse einer Bar mit Meerblick trafen. Die zwei waren bereits vor ihnen da und erhoben sich freundlich, als Lia und Gregor an ihren Tisch traten. Obgleich sie sich noch nie begegnet waren, umarmten sie sich alle mit der Selbstverständlichkeit alter Freunde.

Frauke war groß und schlank, hatte lange rotbraune Haare, die sie zu einem lässigen Pferdeschwanz zusammengebunden hatte. Das gab ihr einen leicht jugendlichen Touch, was sicherlich auch beabsichtigt war. Ihr langes Sommerkleid passte hingegen eher zur Eleganz einer Frau von Anfang 50, die Geld hatte und sich zu kleiden wusste. Natürlich war es kein Abendkleid. Aber der vermutlich hautschmeichelnde, hellgraue Stoff war am Ansatz zum Dekolletee mit kleinen, silbrig glänzenden Pailletten besetzt, die sich Ton in Ton perfekt in den Stoff einfügten und dem Kleid einen besonderen Chic gaben – auf jeden Fall mehr Chic, als Lias Strandkleid ihn besaß. Dafür hatte Lia sichtlich mehr

Inhalt zu bieten – jedenfalls an jener Stelle des Kleides, die bei Frauke mit den Pailletten betont wurde. Außerdem hatte Gregor sie im letzten Moment vor dem Aufbruch im Hotel wieder einmal aufgefordert, ihren BH wegzulassen. Lia hatte dieser Bitte (vom Ton her eher eine Anordnung) widerspruchslos Folge geleistet. Sie hatte ja schon mehrfach erlebt, dass sie dann in diesem Kleid ein Magnet für männliche Blicke war – auch deshalb, weil die Nippel sich unter dem dünnen Stoff abzeichneten. Genau darauf kam es Gregor sicherlich an: Adrian sollte Lust auf sie bekommen.

Auf den ersten Blick schien Frauke größer zu sein als ihr Mann. Aber vermutlich lag das allein an den Pumps, die sie trug – farblich natürlich perfekt abgestimmt auf ihr Kleid. Auch Adrians Kleidung wirkte nicht eben billig, wenngleich er (dem warmen Wetter angepasst) halblange Shorts und ein Polohemd trug. Aber das kleine Krokodil auf der linken Brustseite seines Shirts war ein dezenter Hinweis auf einen gewissen sozialen Status, den der Mann selbstbewusst zur Schau stellte – und von dem Lia wusste, dass das ein Status weit über ihrem Niveau war. Auch über Gregors Niveau? Da war sie sich nicht ganz sicher.

„Das also ist die schöne Frau, von der Gregor geschrieben hat“, sagte Adrian und belegte Lia mit einem offenen Lächeln. „Die Bilder haben nicht zu viel versprochen.“

Die Bilder? Natürlich, dachte Lia. Ihr Sugardaddy hatte ja auch Dirk im Vorfeld Fotos von ihr gezeigt – Nacktbilder sogar. Wussten auch Frauke und Adrian bereits, wie sie ohne Kleid aussah? Gewundert hätte es sie nicht. Aber sie fragte jetzt besser nicht nach.

„Wie alt bist du nochmal?“, fragte Frauke, als sich alle vier an den kleinen Tisch gesetzt hatten.

„Ich bin 22, in einem Monat werde ich 23.“

„Mein Gott“, entgegnete sie. „22 – war ich jemals so jung?“

„Nein“, entgegnete ihr Mann lachend. „Du warst jünger. Als wir unsere erste Sexparty besucht haben, warst du 21.“

Damit brachte er seine Frau zum Schmunzeln – ein Schmunzeln, in dem eine gewisse Portion Stolz steckte, wie Lia erkannte. Diese zwei Menschen waren also seit drei Jahrzehnten in der Welt der Swinger unterwegs. Mit wie vielen Männern hatte Frauke es in dieser Zeit wohl getrieben? Auf jeden Fall schien dieses besondere Hobby ihrer Beziehung nicht geschadet zu haben. Sie wirkten sehr harmonisch miteinander. War Swingen vielleicht sogar hilfreich für die Harmonie in einer Beziehung? Eine interessante Frage, die sie vielleicht irgendwann einmal recherchieren sollte.

„Ihr zwei habt ja einen ziemlichen Altersunterschied“, sagte Frauke. „Funktioniert so etwas auf Dauer?“

„Auf Dauer?“, erwiderte Gregor. „Wer weiß das schon. Aber seit knapp einem Jahr fühlen wir uns ausgesprochen wohl miteinander.“

Sprachs und belegte Lia mit einem warmen Lächeln, das sie auf die gleiche Weise erwiderte. Dass sie sich in diesem Moment eher für ihre neuen Bekannten anlächelten, bemerkten die vermutlich nicht.

„Tja ja – wo die Liebe hinfällt", sagte Adrian.

„Wie habt ihr euch denn kennengelernt?", hakte Frauke nach.

„Ich habe ein studienbegleitendes Praktikum in Gregors Firma gemacht", entgegnete Lia und erzählte die Geschichte, die sie sich vor dem Treffen zurechtgelegt hatten.

Offenbar war die Legende überzeugend. Jedenfalls kamen irgendwann keine skeptischen Nachfragen mehr. Anfangs hatte Lia den Eindruck gehabt, regelrecht gescannt zu werden, wobei sie sich nicht sonderlich wohlgefühlt hatte. Aber vermutlich wollten Frauke und Adrian auch einfach nur wissen, wer da zu ihrer Party kam. Das wäre zumindest nachvollziehbar.

„Trefft ihr euch mit allen Gästen eurer Party vorab?", fragte Lia.

„Nein", lachte Adrian. „Da hätten wir viel zu tun. Einige Gäste kennen wir bereits, einige haben wir aber auch nur durch den Joyclub-Kontakt eingeladen."

„Ohne sie vorher zu treffen?"

„Wir vertrauen auf unser Bauchgefühl", entgegnete Frauke. „Bisher haben wir damit gute Erfahrungen gemacht. Meistens jedenfalls."

„Und warum ist das bei uns anders?"

„Weil ihr kein Paarprofil habt. Wir wollen nicht gern auf einen Fake hereinfallen, der nur behauptet, in weiblicher Begleitung zu erscheinen. Das hatten wir schon mal. Und bei einem Soloprofil, von dem aus uns das Foto einer derart schönen, jungen Frau zugeschickt wird, schaut man doch mit einer gewissen Skepsis hin."

„Hinzu kommt euer ziemlich großer Altersunterschied", ergänzte Adrian. „Auch da wird man misstrauisch. Aber beim Blick auf dein Foto konnten wir dann doch nicht widerstehen, euch zumindest mal zu daten und dann zu schauen."

Also doch nicht nur allgemeine Neugierde. Lias Gefühl, gescannt zu werden, war nicht ganz falsch gewesen. Immerhin musste sie innerlich lächeln über Adrians Foto-Bemerkung. Das war doch ein nettes Kompliment für sie. Welches Bild hatte Gregor den beiden wohl geschickt? Vielleicht tatsächlich eins der Nacktbilder, von denen er inzwischen so einige besaß. So etwas hatte er ja auch Dirk beim Vorabtreffen der beiden Männer gezeigt. Auch darüber musste sie einmal mit ihm reden. Eigentlich ging es nicht, dass er ungefragt Nacktbilder von ihr verschickte.

„Und? Wie fällt das Urteil aus?", fragte Gregor und bemühte sich um einen bewusst heiteren Tonfall.

„Ihr seid zwei geheimnisvolle und interessante Menschen", entgegnete Frauke, legte Gregor eine Hand aufs Bein und fuhr fort: „Und wir würden uns sehr freuen, wenn ihr morgen dabei seid. Oder, Adrian?"

„Unbedingt!", pflichtete er seiner Frau bei und sah Lia in die Augen – von wo aus sein Blick langsam aber zielsicher etwas tiefer wanderte.

Na also, Prüfung bestanden. Lia sah es Gregor an, dass er genau diesen Gedanken hatte. Vielleicht war es tatsächlich hilfreich gewesen, dass sie den BH weggelassen hatte.

„Bist du eigentlich bi?", fragte Frauke an Lia gewandt.

„Ein bisschen", bestätigte sie. „Es kommt ganz auf die andere Frau an. Ist das Bedingung bei dieser Party?"

„Nein, aber von Vorteil. Das eröffnet einfach mehr Möglichkeiten. Die meisten Frauen, die morgen dabei sind, haben mehr oder weniger starke Bi-Neigungen. So etwas kann im Durcheinander sehr spannend sein."

„Das kann ich bestätigen", murmelte Lia eher für sich selbst als an ihre Gesprächspartnerin gewandt.

Gehört hatte Frauke die Bemerkung aber dennoch – und quittierte sie mit einem Schmunzeln. Offenbar gefiel ihr, was sie hörte. Immerhin hatte Lia damit zu erkennen gegeben, dass sie bereits entsprechende Erfahrungen hatte.

„Wie ist eigentlich der Dresscode?", fragte Lia. „Dessous? Oder wird das eine FKK-Party?"

„Badesachen – gern natürlich sexy. Wir feiern eine Poolparty."

Das vereinfachte die Sache natürlich. In Gedanken hatte sich Lia schon mit verschiedenen Dessous bei einer längeren Auswahlprozedur vor dem Hotelzimmerspiegel gesehen. Das konnte sie sich nun also schenken. Ein bisschen schade war das aber. Wäre ein anderes Outfit gefragt, hätte sie einen guten Grund gehabt, mit Gregor erst noch durch die Boutiquen von Santa Cruz oder Playa de las Americas zu ziehen – wo sicherlich ein, zwei nette Teile für sie abgefallen wären, die sie sich sonst nicht leisten würde. Das entfiel also.

Der Rest des Kaffeetrinkens verlief recht entspannt. Als sich die beiden Paare nach Kaffee und Cocktails verabschiedeten, fühlten sich die Umarmungen schon weit weniger fremd an als zu Beginn des Treffens. Zudem war ihr Adrian weitaus sympathischer als Dirk. Dennoch fühlte sich Lia nicht ganz wohl beim Gedanken an die bevorstehende Party.

Als sie an diesem Abend mit Gregor im Bett lag, fantasierte ihr Sugardaddy sehr detailfreudig, was da wohl alles passieren könnte. Und als er etwas später zwischen ihren Beinen lag, hatte Lia das Gefühl, dass sein Schwanz sehr schnell unglaublich hart geworden war. Das hatte sie mit ihm auch schon anders erlebt. Er freute sich offenbar sehr auf diese Party.

Unter „Finca" hätte Lia sich eigentlich ein großes, altes Bauernhaus vorgestellt, das sich inmitten von Weinbergen oder Olivenhainen harmonisch in die Landschaft einfügte. Die Finca von Frauke und Adrian war jedoch ein relativ neues Gebäude mit einem großen Garten (der von einem hohen, blickdichten Zaun umgeben war). Im Garten spendeten einige Palmen angenehmen Schatten, um einen kleinen Pool herum waren verschiedene Sitz- und Liegegelegenheiten aufgebaut. „Ferienhaus" wäre wohl die korrektere Bezeichnung für das weiße Gebäude mit den hellroten Dachziegeln gewesen. „Finca" hielten die Gastgeber aber wohl eher für angemessen. Irgendwie passte das zu diesen beiden Menschen, die offensichtlich über eine Menge Geld verfügten. Die Bezeichnung „Ferienhaus" hätten sie vermutlich als profan empfunden.

Alles in allem waren es 16 Paare sowie zwei einzelne Männer, die sich an diesem Nachmittag hier zusammenfinden sollten – 34 Personen also, wie Adrian bereits beim Kaffeetrinken mitgeteilt hatte. Als Lia und Gregor pünktlich zur angesagten Zeit um 16 Uhr eintrafen, war wohl so ungefähr die Hälfte der Gäste anwesend. Manche standen plaudernd mit Gläsern in der Hand am Pool, andere saßen in Korbsesseln, einer Hollywoodschaukel oder hatten es sich auf der großen (einer sehr großen) Gartenlounge bequem gemacht. Lia konnte sich vorstellen, dass hier zu späterer Stunde nicht nur Kaffee oder Sekt getrunken wurde. Platz für andere Aktivitäten war auf dieser Outdoor-Wohnlandschaft jedenfalls reichlich vorhanden.

Lia und Gregor entledigten sich ihrer Sachen, ließen sie in dem dafür vorgesehenen Zimmer im Haus zurück und kehrten in Bikini, beziehungsweise Badehose zum Poolbereich im Garten zurück. Direkt nach dem Kaffee-Date am Vortag waren sie zu Lias Überraschung doch noch shoppen gewesen. Obgleich das eigentlich nicht zu Gregors Vorlieben zählte, hatte er den Vorschlag gemacht – weil er der Meinung war, dass seine normale Badehose nicht sexy genug sei für diese Party. Lia konnte ihm nicht widersprechen. Und als erfreuliches Nebenprodukt dieser Einkaufstour trug nicht nur er, sondern auch sie nun ein neues Badeoutfit. Es war erneut ein Micro-Bikini, der aber sowohl ihren Po als auch ihre Brüste ein klein wenig mehr bedeckte als das Teil, das sie bereits besaß. Natürlich hatte er auch eine andere Farbe – weiß statt schwarz. Auf ihrer inzwischen recht gut gebräunten Haut sah das gar nicht schlecht aus, hatte sie befunden, als sie sich im Spiegel des Shops betrachtet hatte. Gregors neue Badehose hatte exakt die gleiche Farbe. Das hätte nach ihrem Empfinden nicht unbedingt sein müssen (eine andere Badehose in schwarz hatte ihm eigentlich besser gestanden), aber er wollte, dass sie sich farblich einander anpassten.

Lia ließ ihren Blick schweifen und stellte fest, dass sie beide ein passendes Outfit trugen. Gregor hatte für sich selbst eigentlich zu einer sehr knappen Badehose greifen wollen. Lia hatte ihn jedoch davon überzeugen können, dass ein String für einen Mann einfach nicht schön aussah und zuweilen eher lächerlich wirkte. Zumindest bei ihm war das so (was sie so explizit aber nicht gesagt hatte). Die sehr engen Badeshorts, die er nun trug, standen ihm deutlich besser – wenn auch nicht ganz so gut wie das schwarze Teil, das er beim Shoppen ebenfalls anprobiert hatte.

Andere Männer trugen ebenfalls Badeshorts, zwei jedoch auch einen String. Lia betrachtete diese Männer und fühlte sich in ihrer Einschätzung beim Shoppen bestätigt. String sah bei Männern einfach nur merkwürdig aus – auch wenn zumindest einer der beiden ein knackiges Hinterteil besaß.

Die meisten Frauen trugen knappe Bikinis, aber nicht alle. Zwei waren auch oben ohne. Eine von ihnen hatte durchaus die Brüste dafür, die andere eher nicht, befand Lia. Einen hochgeschlossenen Einteiler-Badeanzug trug keine der Frauen. Natürlich nicht – nicht bei einer solchen Party.

Als Lia für sich und Gregor Kaffee vom Getränkebuffet im Wohnzimmer holen wollte, fiel ihr ein Mann mit schwarzen, krausen Haaren und blauen Badeshorts in den Blick, der soeben aus der Küche kam und Nachschub an Kaffee brachte. Waschbrettbauch, dachte Lia.

So etwas nannte man Waschbrettbauch. Der Mann verbrachte offensichtlich viel Zeit im Sportstudio.

„Bist du hier für den Service zuständig?“, fragte sie ihn, als sich ihre Blicke trafen.

„Mehr oder weniger“, entgegnete er. „Eigentlich ist das hier eine Paare-Party. Aber Phil und ich dürfen trotzdem dabei sein – und als Gegenleistung sorgen wir dafür, dass es immer genug zu essen und zu trinken gibt.“

„Phil und du? Seid ihr zwei auch ein Paar?“

„Nein“, lachte er. „Ich bin stockhetero. Uns verbindet lediglich unsere etwas andere Rolle bei dieser Party der besonderen Art.“

„Ah, du bist einer von den Solomännern“, stellte Lia fest.

„Ja, ich bin Nino. Wie heißt du?“

„Ich bin Lia.“

„Das erste Mal hier?“

„Ja, und überhaupt das erste Mal bei einer solchen Party. Du warst schon öfter hier?“

„Dreimal bisher.“

„Lebst du auf der Insel?“

„Ja, ich liebe Teneriffa.“

„Und was machst du hier – ich meine: außer für Essen und Trinken bei Sexpartys zu sorgen?“

Nino musste erneut lachen.

„Ich bin Tauchlehrer“, entgegnete er. „Außerdem gebe ich auch noch andere Sportkurse für Touristen.“

Sportlehrer, dachte Lia. Ja, das passte zu dem gut gebauten Mann.

„Und davon kann man leben?“, fragte sie.

„Hm, geht so. Ich arbeite in einem Club, der nicht ganz billig ist. Aber ich bin gerade dabei, mich selbstständig zu machen und eine eigene Tauchbasis aufzubauen. Ich glaube, ich habe ein ganz gutes Konzept."

„Also planst du, dauerhaft hier zu leben."

„Auf jeden Fall – wenn die Basis gut läuft. Und du? Du machst Urlaub hier, oder?"

„Ja, ich studiere in Hannover. Jetzt will ich einfach noch ein bisschen Sonne tanken, bevor das Semester wieder anfängt."

„Und ein erotisches Abenteuer erleben, wie ich sehe."

„Auch das."

„Bist du auch allein hier bei der Party? Bei einzelnen Frauen sind unsere Gastgeber ja etwas großzügiger als bei Männern. Beim letzten Mal waren auch zwei Solofrauen hier."

„Nein, mein Freund steht da drüben am Pool. Der in der weißen Badehose neben unserer Gastgeberin."

Nino nahm Gregor kurz in den Blick, wandte sich dann aber umgehend wieder Lia zu, die soeben zwei Kaffeetassen füllte.

„Schöner Bikini", sagte er und sah ihr nicht eben dezent auf den Busen.

„Danke, frisch erworben für diese Party."

„Dann hoffe ich, dass wir uns später wiedersehen", sagte Nino. „Mit oder ohne deinen frisch erworbenen Bikini."

Holla, der Mann war ja ziemlich direkt. Aber die Art und Weise, wie er das gesagt hatte, empfand sie als charmant, weshalb sie ihm ein Lächeln schenkte.

„Dürfen die Servicekräfte denn mitmischen?“, fragte sie.

Und das interessierte sie jetzt wirklich.

„Natürlich dürfen wir das“, entgegnete er und belegte Lia mit einem geradezu lüsternen Blick. „Sonst wäre ich nicht hier.“

Offenbar gefiel ihm, was er sah. Aber das beruhte durchaus auf Gegenseitigkeit. Dieser Tauchlehrer hatte nicht nur eine sportliche Figur, sondern auch lachende Augen und wirkte insgesamt sehr sympathisch. Sie hätte nichts dagegen, sich von ihm das Tauchen beibringen zu lassen. Schade eigentlich, dass die Tage auf der Insel bereits wieder gezählt waren. Eine Woche war doch sehr kurz.

Ein anderer Mann verließ die Küche und brachte Flaschen zum Getränkebuffet. Auch er war sportlich und attraktiv. Die Gastgeber hatten die beiden Solos gut ausgewählt. Das waren schon Hingucker für weibliche Augen. Zudem hatte Lia den Eindruck, dass sich in den hautengen Shorts jenes Mannes etwas mehr abzeichnete als bei den meisten anderen Männern hier. War das wohl auch ein Auswahlkriterium für die Solos? Vielleicht hatte die Gastgeberin ja eine Vorliebe für Männer mit großen Schwänzen. Aber vielleicht ging jetzt auch einfach nur Lias Fantasie mit ihr durch.

Sie schätzte beide Männer auf Anfang oder Mitte 30, womit die zwei den Altersschnitt eher senkten. Die meisten Menschen hier mochten sicherlich um die 40 sein, einige auch wie Gregor und die Gastgeber bereits jenseits der 50. Es gab aber auch mehrere Paare um die 30. Eine bunte Mischung eben. Sie selbst war aber mit

Sicherheit die Jüngste hier. Möglicherweise war auch das ein Grund, weshalb sie so viele Blicke auf sich zog – männliche wie auch weibliche.

„Na dann bis später", erwiderte Lia und zwinkerte Nino zu, bevor sie sich zum Gehen wandte.

Als sie mit ihren Kaffeetassen Richtung Pool ging, bewegte sie bewusst ihren Po. Sie war sich sicher, dass Nino ihr nachsah. Als sie sich noch einmal kurz zu ihm umdrehte, erhielt sie eine Bestätigung für diese Einschätzung. Er hatte sich noch gar nicht weiter bewegt, hielt noch immer eine Kaffeekanne in der Hand und starrte sie an. Lia musste schmunzeln. Ihr Hinterteil war wohl tatsächlich ein Blickfang für männliche Augen. Das hatte Gregor ihr schon mehrfach gesagt. Aber es tat ihr gut, auch immer mal wieder eine weitere Bestätigung für eine solche Aussage zu bekommen. Ninos Blicke empfand sie als eine solche Bestätigung.

„Danke, mein Schatz", sagte Gregor, als sie ihm seinen Kaffee reichte.

Mein Schatz? Lia verdrehte die Augen. So hatte er sie noch nie genannt, und das empfand sie auch als reichlich unangemessen. Ihre Großeltern sprachen sich mit „Schatz" an. Wollte ihr Sugardaddy mit dieser antiquierten Bezeichnung der Gastgeberin gegenüber noch einmal unterstreichen, dass sie ein „echtes" Paar waren? Gut möglich. Auch dass Gregor ihr jetzt vertraut den Po tätschelte, fiel wohl in diese Kategorie.

Als Lia sich gerade in den Smalltalk von Frauke und Gregor einmischen wollte (obwohl sie zum Thema Immobilienpreise auf spanischen Urlaubsinseln kaum etwas Sinnvolles hätte beitragen können), hörte sie das sanfte Klingen eines leeren Glases, gegen das ein Teelöffel geschlagen wurde. Gastgeber Adrian wollte etwas sagen; alle Augen richteten sich auf ihn:

„So, jetzt sind alle eigetroffen. Erfreulicherweise hat niemand abgesagt."

„Wer eine Party bei euch absagt, ist entweder nicht bei Trost oder tot", rief jemand von der anderen Poolseite.

Alles lachte. Adrian quittierte den Zwischenruf mit einem Schmunzeln.

„Was ja glücklicherweise nicht der Fall zu sein scheint", fuhr Adrian fort, während seine Frau sich nun an seine Seite stellte. „Im Gegenteil: Ich vermute doch, dass hier alle heute sehr lebendig sein werden. Auf jeden Fall freuen wir uns, dass ihr alle da seid. Fühlt euch bitte wie zu Hause, alle Räume im Haus stehen für jeden und jedwede Aktivität offen – bis auf ein Zimmer im ersten Stock, aber das ist abgeschlossen. Wir haben überall Schälchen mit Kondomen verteilt, wie ihr sicher schon bemerkt habt. Falls jemand eine Latexallergie hat: In dem roten Schälchen im Wohnzimmer sind latexfreie Gummis."

Wow, dachte Lia. Die hatten ja wirklich an alles gedacht. Es war beruhigend zu wissen, dass das hier offensichtlich keine gummifreie Sexparty werden sollte. Das zumindest war ein Vorteil gegenüber dem Dreier und Vierer mit Dirk und Vanessa. Bei den Blankficks mit Dirk hatte sich Lia doch ziemlich unwohl gefühlt. Aber es gab noch andere Vorteile hier, schoss es ihr durch den Kopf, als ihr in diesem Moment erneut die beiden gut trainierten Solomänner in den Blick fielen.

„Das Getränkebuffet haben ja schon alle entdeckt, im Wohnzimmer gibt es auch etwas zu essen. Vorerst Kekse und Kuchen, später auch herzhaftes Fingerfood. Nino und Phil werden dafür sorgen, dass immer alles da ist. Wenn etwas fehlt – sprecht sie einfach an. Nur seid vielleicht so freundlich, das nicht zu tun, wenn die beiden sich gerade intensiver den weiblichen Gästen widmen."

Erneut lachten alle.

„Das wars dann schon von mir. Oder habe ich etwas vergessen?", fragte Adrian an seine Frau gewandt.

„Nein, du hast wie immer an alles gedacht", sagte sie. „Ich wünsche eine fröhliche und vor allem sinnliche Party."

Mit dem kleinen Applaus der Runde war wohl der offizielle Teil abgeschlossen, dachte Lia. Und nun? Gehen jetzt alle nahtlos zum allgemeinen Vögeln über?

Nein, ganz so plump war es dann doch nicht. Es bildeten sich kleine Grüppchen, die Smalltalkphase war längst noch nicht beendet. Lia und Gregor kamen mit zwei Menschen mittleren Alters ins Gespräch, deren Tonfall auf einen Heimatort in Schwaben hindeutete. Lia spürte die Blicke des Mannes immer wieder auf ihrem knappen Oberteil, die Frau ließ ein gewisses Interesse an Gregor erkennen – er allerdings nur bedingt an ihr. Nach einiger Zeit stellte die Frau aus Schwaben vermutlich fest, dass Gregor zwar höflich mit ihr sprach, aber immer wieder an ihr vorbeisah. Als sie sich kurz umdrehte, entdeckte sie, was Lia längst gesehen hatte: Gregor hatte eine andere Frau im Blick: eine deutlich jüngere mit schwarzen Haaren und großen Brüsten. Kurz darauf verabschiedeten sich die beiden Schwaben – worüber Lia nicht böse war. Der untersetzte Mann mit den grauen Haaren war nicht nach ihrem Geschmack gewesen. Insofern war es schon ganz gut, dass Gregor nicht zu viel Interesse an dessen Frau gezeigt hatte.

Wieder sah Gregor zu der Schwarzhaarigen, die in diesem Moment allein unter einem Sonnenschirm an einem Stehtischchen stand und an ihrem Sektglas nippte. Er lächelte sie an und sie erwiderte dieses Lächeln. Lia hatte zwar den Eindruck, dass dieses Lächeln der Schwarzhaarigen eher ein Höflichkeitslächeln war, aber Gregor schien es anders zu deuten.

„Holst du uns noch etwas zu trinken?“, forderte er Lia auf und setzte sich in Richtung der vollbusigen Schönheit in Bewegung.

„Gern, was möchtest du?“

„Einen Orangensaft.“

„Keinen Sekt?“

„Mit Alkohol sollte ich heute vorsichtig sein.“

„Ach ja, du musst ja nachher noch Auto fahren.“

„Das auch. Aber zu viel Alkohol geht auch auf die Libido. Heute gibt es Wichtigeres als nette Getränke.“

Lia nickte. Ebenso gut hätte Gregor auch sagen können: „Ich bin ja schließlich zum Ficken und nicht zum Trinken hier.“

Er hatte es netter formuliert, aber genau das war wohl sein Gedanke. Sie ging Richtung Getränkebar und ließ ihren Sugardaddy mit seiner anvisierten Beute allein. Sie war gespannt, ob er Erfolg haben würde.

Auf dem Weg zur Bar fielen ihr ein Mann und eine Frau im Pool auf. Sie standen eng umschlungen im Wasser und ihre eindeutigen Bewegungen ließen keinen Zweifel daran, dass die beiden nicht nur knutschten. Neben ihnen lagen am Rand des Beckens nasse Badesachen. Aha, die Poolparty wurde jetzt allmählich zur Sexparty. Auf der großen Outdoor-Wohnlandschaft machten es sich soeben zwei Paare bequem. Lia hatte nicht den Eindruck, dass diese vier Menschen sich dort ausruhen wollten. Eher im Gegenteil. Auch sie entledigten sich ihrer wenigen Sachen. Einer der Männer hatte eine eindrucksvolle Erektion, der andere nicht so richtig. Noch nicht, wie Lia ganz stark vermutete.

Sie war eigentlich nicht so begeistert gewesen, als Gregor den Besuch dieser Party angekündigt hatte. Jetzt aber konnte sie sich dem Gedanken nicht verschließen, dass das alles doch ziemlich spannend war. Das Durcheinander-Gefummel der beiden Paare auf der großen Liegefläche sah schon heiß aus. Lia blieb stehen und beobachtete die vier Menschen, die sich mit ihrem sinnlichen Spiel viel Zeit ließen. Schließlich aber setzte sie ihren Weg zur Getränkebar fort. Sie wollte Gregor nicht unnötig warten lassen – auch wenn sie natürlich davon ausging, dass es für ihn in diesem Moment Wichtigeres gab als Orangensaft.

„Na, bist du auch für den Service zuständig?“, hörte sie plötzlich eine Stimme neben sich, als sie Saft für ihn und Sekt für sich einschenkte.

Neben ihr stand Nino. Sie hatte gar nicht bemerkt, wie er sich zu ihr gesellt hatte.

„Für den Service? Ich? Wie kommst du denn darauf?“, entgegnete sie.

„Ich meine nicht allgemein. Aber für deinen Daddy. Vorhin hast du Kaffee für ihn geholt, jetzt die Kaltgetränke.“

„Meinen Daddy?“

„Naja, wenn man euch so nebeneinander sieht, dann kann man schon auf den Gedanken kommen.“

„Quatsch! Er ist doch nicht mein Daddy“, widersprach Lia und legte erheblich mehr Verblüffung in ihre Stimme, als tatsächlich vorhanden war.

Er ist mein Sugardaddy, fügte sie in Gedanken hinzu – was sie aber natürlich nicht aussprach. Stattdessen fuhr sie fort:

„Ich habe eine Vorliebe für ältere Männer. Findest du das merkwürdig?“

„Ganz und gar nicht. Aus deiner Perspektive bin ich ja schließlich auch ein älterer Mann.“

Ganz falsch war das nicht. Zehn oder zwölf Jahre trennten sie sicherlich von diesem selbstbewussten Tauchlehrer. Aber fiel er damit schon in die Kategorie „älterer Mann“? Auf die Idee wäre sie eigentlich nicht gekommen. Das begann aus der Sicht einer 22-Jährigen eher so mit 40.

„Da hast du natürlich absolut recht, alter Mann“, entgegnete sie dennoch und bedachte ihn mit einem schelmischen Schmunzeln.

Er sah sie ganz ähnlich an. Und ohne es so recht zu bemerken, kamen sie sich immer näher. Sie küssten sich nicht, aber Lia empfand es als ganz normal, dass er sie berührte. Sie spürte seine Hände an ihren Hüften, die langsam und sehr sanft weiter nach oben wanderten, auf dem Weg zu ihren Schultern wie zufällig ihre Brüste streiften und schließlich ihr Gesicht streichelten. Sie sahen sich tief in die Augen dabei. Sollte er ihr nun das Oberteil abstreifen und sie küssen, dann würde sie es geschehen lassen.

Doch zu ihrem Bedauern tat Nino das nicht. Stattdessen fragte er:

„Lust auf einen Ortswechsel?"

Dabei deutete er mit dem Kopf in Richtung des Sofas im Wohnzimmer, wo sich in diesem Moment niemand befand. Zugleich spürte sie, wie er mit seinem Schoß ihren Schoß berührte – wenn auch nur kurz. Sie warf einen kurzen Blick nach unten. Das war eine eindrucksvolle Beule, die sich in seinen engen Badeshorts abzeichnete. Ja, warum eigentlich nicht? Gregor war ja anderweitig beschäftigt. Ob er bei der vollbusigen Schwarzhaarigen wohl hatte landen können?

Nein, hatte er nicht, stellte sie fest, als sie nun zu ihm sah. Er stand unter dem Sonnenschirm, unter dem zuvor die fremde Frau gestanden hatte. Aber die war nun verschwunden. Gregor war allein dort und sah Lia streng an. Hatte er sie die ganze Zeit über schon beobachtet? Jetzt hob er seine Hand, zeigte auf sie und beschrieb mit seiner Hand einen Halbkreis von ihr weg zu ihm hin. Plötzlich hatte Lia das Gefühl, ihr Sugardaddy und sie seien kein Paar, sondern hätten vielmehr ein Verhältnis wie Herrchen und Hündchen. Und Herrchen hatte soeben „bei Fuß" gerufen.

Einen Augenblick zögerte Lia. Es fiel ihr schwer, sich aus der sinnlichen Spannung zu lösen, die sich zwischen ihr und Nino aufgebaut hatte. Sie wollte, dass er sie küsste, dass er seine Hände auf ihre Brüste legte, sie auszog und seinen Körper an ihrem Körper rieb, sie wollte seinen Schwanz freilegen und ihn in sich spüren.

Doch sie brachte nicht die Kraft auf, Gregor zu ignorieren. Sie wusste, dass ihr Sugardaddy das nicht tolerieren, sondern ihr ernsthaft übelnehmen würde. So folgte sie seiner Anordnung. Sie sah Nino an und zuckte mit bedauerndem Blick die Achseln.

„Vielleicht später", sagte sie und wandte sich zum Gehen.

Sie nahm die beiden gefüllten Gläser vom Tisch und ging nach draußen. Dabei spürte sie seine Blicke auf ihrem Hinterteil. Ebenso wie vorhin schon. Jetzt hätte sie dort allerdings lieber seine Hände gespürt.

Als Lia zu Gregor kam, nahm er ihr die Gläser ab, stellte sie auf den Stehtisch und nahm ihre Hand.

„Komm!", sagte er nur und zog sie in Richtung der Wohnlandschaft, auf der sich die beiden Paare vergnügten, die Lia zuvor beobachtet hatte.

Aha, jetzt wurde das Hündchen an die Leine genommen.

Sie blieben einen Moment vor der Gartenlounge stehen und sahen den beiden Paaren zu, die inzwischen nicht mehr nur fummelten. Sie fickten nicht, aber auch das war wohl nur noch eine Frage der Zeit. Ein Mann hatte seinen Kopf zwischen den Beinen einer Frau vergraben, die andere Frau kniete neben dem anderen Mann und hatte dessen Schwanz im Mund. Wer gehörte hier eigentlich zu wem? Lia wusste es nicht, vermutete aber ganz stark, dass hier ein Partnertausch stattfand. Letztlich waren all diese Paare ja wohl zu genau diesem Zweck hier.

Gregor starrte mit großen Augen auf das Treiben. Lia war sich sicher, dass er gern mitmischen würde – hatte aber Zweifel, ob den vier Menschen das recht sein würde. Sie waren sehr mit sich beschäftigt und würden eine Einmischung vermutlich als störend empfinden. Gregor sah das wohl anders – und befreite sich soeben von seiner Badehose. Er sah Lia an und nickte ihr auffordernd zu. Daraufhin streifte auch sie ihren Bikini ab und warf die beiden Teile zu Gregors Badeshorts auf einen Stuhl.

Er krabbelte auf die Liegefläche und legte der knienden Frau eine Hand auf den Po. Sie sah sich kurz zu ihm um, zögerte ein, zwei Sekunden und nahm dann erneut den Schwanz in den Mund, den sie zuvor geblasen hatte. Sieh einer an, dachte Lia. Die Frau hatte Gregors Einmischung akzeptiert.

Lia kniete sich neben Gregor und schmiegte sich an ihn. Sie konnte gut erkennen, wie er einen Finger in der fremden Muschi versenkte, die offensichtlich sehr feucht war. Mit der anderen Hand griff er zu Lia und streichelte auch ihre Muschi. Sie war noch längst nicht so feucht wie die blasende Frau.

Jetzt bemerkten wohl auch die anderen Menschen auf der Liegefläche, dass sie Zuwachs bekommen hatten. War auch allen anderen diese Einmischung recht? Offensichtlich ja. Der Mann, dessen Schwanz so hingebungsvoll verwöhnt wurde, streckte eine Hand zu Lia aus und streichelte ihr Bein. Auch der andere Mann hob seinen Kopf aus dem Schoß seiner Partnerin, sah Lia mit großen Augen an und griff zielstrebig zu ihren Brüsten. Schließlich löste er sich ganz von seiner bisherigen Gespielin und vergrub seinen Kopf in Lias Busen. Die soeben verlassene Frau betrachtete das mit einem Blick, der zwischen Verwirrung und Empörung pendelte – was Lia gut verstehen konnte. Sie hatten sich ungefragt eingemischt.

Ob diese beiden Paare es wohl auch akzeptiert hätten, wenn Gregor allein zu ihnen gekommen wäre? Sicherlich nicht. Lia war sehr bewusst, dass sie Gregors Eintrittskarte zu diesem Gruppensex war – wie überhaupt zu dieser Party. Allein der spontane Wechsel jenes Mannes, der sich soeben an Lias Nippeln festsaugte, sprach sehr dafür, dass vor allem sie hier willkommen war. Und Gregor war eben auch dabei.

Bei diesem Gedanken hatte Lia plötzlich einen völlig anderen Blick auf ihren Sugardaddy. Sie fühlte sich stark und mächtig. War es jetzt nicht vielleicht sie, die die Musik bestimmen konnte – ungeachtet der Tatsache, dass er bezahlte? Eigentlich ja. Schließlich würde ohne sie die ganze Musikbox gar nicht funktionieren. Ob sie diese neu empfundene Macht im Zweifelsfall auch gegen Gregors Dominanz durchsetzen konnte, wusste sie allerdings noch nicht.

Lias Blick fiel auf einen einzelnen Mann, der inzwischen neben der Outdoor-Wohnlandschaft stand. Es war Tauchlehrer Nino, der ihnen zusah – oder genauer gesagt: der ihr zusah. Für einen Augenblick trafen sich ihre Blicke. Lia war nicht so recht klar, ob sie Geilheit in seinen Augen erkannte – oder eher Bedauern. Würde Nino diesen Sechser vielleicht abermals erweitern und sich zu ihnen gesellen? Lia hoffte es. Anders als Gregor hatte dieser sportliche und relativ junge Mann sicherlich gute Chancen, auf dieser Spielwiese auch ohne weibliche Begleitung allgemein akzeptiert zu werden.

In diesem Moment wurde sie auf die Liegefläche gedrückt, der fremde Mann vergrub seinen Kopf zwischen ihren Beinen und tauchte umgehend mit der Zunge in ihre Muschi ein. Lia lag nun direkt neben der Frau, welche dieser Mann kurz zuvor geleckt hatte. Sie sahen sich in die Augen, im nächsten Moment küsste die Frau sie. Offenbar hatte sie sich durch den Partnerwechsel ihres Lovers nicht die Stimmung verderben lassen. Ihre Lippen waren weich und sinnlich. Irgendwie empfand Lia es als angemessen, dass sie nun der Frau näherkam, die der Mann zwischen ihren Beinen soeben für sie verlassen hatte.

Als die Frauen ihre ausgiebige Knutscherei beendeten, sah Lia wieder zum Rand der Spielwiese. Nino war nicht zu ihnen gekommen, er war verschwunden. Schade.

Der Mann zwischen Lias Beinen tauchte aus ihrem Schoß auf und griff in das Schälchen mit den Kondomen, das auf einem Beistelltischchen neben der Gartenlounge stand. Er nahm ein Gummi heraus, befummelte mit einer Hand Lias Muschi und sah sie fragend an. Sie war sich unsicher und sah Gregor an. Erst als der umgehend und heftig nickte, nickte auch Lia und öffnete ihre Beine noch weiter. Sie hatte es doch wieder Gregor überlassen, die Musik zu bestimmen, schoss es ihr durch den Kopf, als sie kurz darauf den Schwanz des fremden Mannes an ihren Schamlippen spürte. Allzu weit her war es mit ihrem neuen Machtgefühl dann doch nicht.

Hatte sie das soeben wirklich getan, fragte sie sich, als sie schließlich die Stöße des Mannes in sich spürte. Hatte sie mit ihren Blicken tatsächlich ihren Sugardaddy um Erlaubnis gefragt, ob der Fremde sie ficken durfte? Ganz genau so war es gewesen. So ein Blödsinn, dachte sie fassungslos. Das hier war eine Sexparty, da konnte sie so etwas doch wohl selbst entscheiden. Dann aber konzentrierte sie sich auf den Mann zwischen ihren Beinen, mit dem sie noch nicht ein Wort gewechselt hatte und dessen Namen sie nicht einmal kannte. Der Gedanke war befremdlich – befremdlich, aber irgendwie auch aufregend.

Erfreulicherweise hatte der Mann eine recht gute Ausdauer und brachte sie zum Höhepunkt, bevor auch er kam. Als er sich schließlich schwer atmend aus ihr zurückzog, fiel Lia Gregor wieder in den Blick. Er kniete hinter einer der beiden anderen Frauen und nahm sie doggy. Vermutlich hatte Gregor genau deshalb so heftig genickt. Er wusste, dass er mit dem Fremdfick seines Babes die eigenen Chancen erhöhte, es ebenfalls mit einer der anderen Frauen tun zu dürfen – oder vielleicht auch mit beiden? Oder interpretierte sie da jetzt zu viel hinein? Vielleicht erregte Gregor einfach nur der Anblick seines fremdfickenden Sugarbabes.

Lia hatte keine Ahnung, ob Gregor seiner Gespielin wohl einen Höhepunkt beschert hatte oder nicht. Auf jeden Fall zog er sich plötzlich aus ihr zurück, griff zu Lias Schulter und forderte sie auf:

„Dreh dich um!“

Sie tat, was er verlangte und kniete sich vor ihn. Umgehend war er hinter ihr, zog das Gummi ab und war sofort in ihr. Er fickte sie wie besessen und brauchte nicht lange, bis es ihm kam. Lia spürte, wie sein Sperma in sie hineinströmte. Obwohl der Wechsel ziemlich unvermittelt gekommen war, gefiel es ihr, dass er seinen Orgasmus mit ihr erleben wollte statt mit einer der anderen Frauen.

Alle Mitspieler auf dem großen Sofa kamen allmählich zur Ruhe. Zumindest die Männer hatten wohl alle ihre Höhepunkte erlebt. Jetzt wanderten nur noch Hände über nackte Körper. Die beiden fremden Männer befummelten Lia intensiv, vor allem ihre Brüste. Als eine der Frauen schließlich aufstand und ihren Mann ansah, zögerte der einen Moment, zuckte mit bedauerndem Gesichtsausdruck die Schultern und verließ ebenfalls die Liegefläche. Auch das andere Paar verschwand kurz darauf.

Das war jetzt alles ein bisschen schnell gegangen, dachte Lia. Sie hätte sich noch mehr mit den anderen Frauen vorstellen können – vor allem mit der einen, mit der sie geknutscht hatte. Und sie hätte gern ihren Stecher nach seinem Namen gefragt. Aber plötzlich hatte sich die Sechser-Runde völlig aufgelöst.

Sie kuschelte sich in Gregors Arm und entspannte sich. So schlimm war Gruppensex eigentlich gar nicht, dachte sie. Das hier war jedenfalls besser als der Vierer mit Vanessa und Dirk oder der Dreier mit den beiden.

Aber das hatte vor allem mit Dirk zu tun gehabt und nicht so sehr mit dem Setting. Lia mochte Dirk einfach nicht. Je mehr sie darüber nachdachte, umso stärker wurde ihr das bewusst. Glücklicherweise bestand Gregor wohl nicht auf weitere Treffen mit ihm. Zumindest hatte er nichts mehr in der Richtung gesagt.

Sie blieben noch eine Weile dösend auf der Gartenlounge. Erst als sich ein anderes Paar zu ihnen legte, verließen sie die Wohnlandschaft – ohne dass sie sich darüber hätten verständigen müssen. Gregor hatte offenbar ebenso wenig Interesse an der fremden Frau wie Lia an deren Mann.

Es war inzwischen dunkel geworden, der Garten wurde außer durch Lichterketten auch durch einige Fackeln erleuchtet. Lia hatte gar nicht mitbekommen, dass die jemand entzündet hatte. War das vielleicht auch eine Aufgabe für die beiden Solomänner gewesen? Gut möglich. Lia sah sich dezent um, konnte von Nino aber nichts entdecken.

Während sie an einem Stehtisch am Pool etwas tranken (Gregor Saft, Lia Sekt) betrachteten sie den Garten, der durch die Fackeln eine ganz andere Atmosphäre erhielt. Leider war es jetzt aber auch nicht mehr ganz so warm wie vorhin – vor allem, wenn man nackt war. Die Poolparty war mittlerweile zu einer FKK-Party geworden. Niemand hatte sich nach seinem ersten Sex die Mühe gemacht, Badehose oder Bikini wieder anzuziehen – auch Lia und Gregor nicht. Nach dieser Logik hatten wohl mittlerweile alle Menschen hier bereits Sex gehabt. Jedenfalls waren nur noch Nackte zu sehen.

Die etwas kühlere Temperatur störte offenbar nicht alle. Jedenfalls waren auch jetzt noch diverse Menschen hier draußen – manche beim Smalltalk, manche beim Sex, auch erneut im Pool. Ein Paar trieb es auf einer der kleineren Gartenliegen. Die Frau ritt auf dem Mann, neben der Liege stand ein weiterer Mann und wurde von der Reiterin mit dem Mund verwöhnt. Auf einer zweiten Liege daneben saß eine Frau und sah dem Trio zu. Wer mochte da wohl zu wem gehören? Lia vermutete, dass die reitende Frau es mit ihrem eigenen Mann machte. Denn dessen Schwanz steckte erkennbar nicht in einem Gummi.

„Ah, hier steckt die blonde Schönheit aus der Strandbar", hörte Lia unvermittelt die Stimme des Gastgebers hinter sich.

Sie sah sich um und lächelte Adrian entgegen.

„Ich hoffe, ihr fühlt euch wohl bei unserer kleinen Party?", fragte er.

„Sehr!", bestätigte Gregor und auch Lia nickte.

„Ich muss gestehen, dass ich nach euch Ausschau gehalten habe", fuhr Adrian fort und belegte Lia mit einem durchdringenden Blick.

„Oh, wie kommts?", entgegnete sie mit gespielter Unschuld.

Tatsächlich wusste sie natürlich, was er meinte – und vermutlich wollte. Konnte auch sie sich vorstellen, Sex mit ihm zu haben? Vielleicht. Nett war er ja – auch wenn er nicht unbedingt zu den Männern zählte, die perfekt in ihr Beuteschema passten.

„Naja", erwiderte Adrian. „Seit unserem Kaffeetrinken gestern habe ich mich schon gefragt, wie deine

Brüste und Nippel wohl ohne den Stoff deines Kleides aussehen mögen."

„Dann bist du ja jetzt klüger", sagte Gregor und grinste breit.

„Noch nicht klug genug", entgegnete Adrian und griff Lia ganz ungeniert an den Busen.

„Du hast doch nichts dagegen?", fuhr er fort, während er ihre Oberweite massierte.

Bevor Lia etwas sagen konnte, hatte Gregor bereits für sie geantwortet: „Nein, alles gut."

Das kam ihr bekannt vor. Offensichtlich fühlte sich Gregor stets als Herr des Verfahrens, wenn es um Lias Sex ging.

„Was für eine schöne Frau du doch bist", murmelte Adrian und sah Lia in die Augen. „Ich muss dich jetzt unbedingt ficken!"

„Nur zu", sagte Gregor – was Lia nun auch nicht mehr verblüffte.

Doch sie sagte nichts dazu. Sie hatte sich ohnehin bereits darauf eingestellt, dass sie es jetzt mit dem Gastgeber machen würde. Aber dass Gregor ihr die Männer hier zuteilte, empfand sie als befremdlich. Dennoch akzeptierte sie seine Ansagen.

Kurz darauf kniete sie auf einer Gartenliege, Adrian stand hinter ihr und nahm sie mit schnellen Stößen. Zu Lias Verblüffung kam er ausgesprochen schnell. War der Mann vielleicht ein Schnellspritzer? Das wäre bei so einer Party allerdings von Nachteil, dachte sie innerlich grinsend. Aber sie hatte nichts dagegen, dass es bei einer schnellen Nummer mit dem Mann blieb. Kaum hatte der sich jedoch aus ihr zurückgezogen, stand bereits Gregor hinter ihr. Auch er nahm sie mit kräftigen Stößen. Der Gastgeber sah ihnen zu und spielte währenddessen mit dem benutzen Kondom in der Hand.

„Du warst geil", sagte Adrian und ging schließlich, als Gregor den Fick ohne Höhepunkt wieder beendete.

„Ich habe doch gar nichts gemacht", sagte Lia achselzuckend, als er verschwunden war.

„Doch", widersprach Gregor. „Du hast deinen süßen Hintern hingehalten. Das reicht schon."

„Ach so, deshalb warst du auch sofort zur Stelle, als er fertig war?"

„Ich konnte nicht anders. Das musste einfach sein."

„Macht es dich geil, es mit mir zu tun, wenn direkt davor ein anderer in mir war?"

Die Frage hatte sie sich schon vorhin auf der Liegewiese gestellt.

„Und wie!", bestätigte er.

„Aber so richtig zum Zuge gekommen bist du nicht, oder?", hakte sie nach.

„Nein, aber das muss ja auch nicht immer sein. Das war ein bisschen unbequem bei der Höhe. Aber ich hatte einfach Lust, ihn dir mal kurz reinzustecken."

Lia und Gregor gingen ins Haus. Hier waren inzwischen mehr Menschen als draußen. Sie war wohl doch nicht die einzige, die die Temperaturen jetzt als zu niedrig empfand. Drinnen war es etwas wärmer, genau richtig für ihr Empfinden. Sie bedienten sich am Buffet und betrachteten bei Tapas, Baguette und Weißwein die anderen Menschen im Raum. Sexuelle Aktivitäten gab es hier im Wohnzimmer keine – auch nicht auf dem

Sofa, auf das Nino sie vorhin hatte locken wollen, als noch so ziemlich alle draußen am Pool gewesen waren.

Der deutliche Orgasmusschrei einer Frau aus der oberen Etage erinnerte aber daran, dass es hier noch mehr gab als nur das Wohnzimmer. Lia und Gregor mussten schmunzeln, der Geräuschpegel im Raum ging für einen Augenblick deutlich nach unten. Offenbar lauschten alle, ob da noch mehr kam. Es kam aber nicht mehr.

„Komm, wir sehen uns ein bisschen um“, sagte Gregor, als sie mit dem Essen fertig waren.

Sie sahen in ein Zimmer im Erdgeschoss, in dem ein Doppelbett stand, auf dem sich zwei Frauen mit einem Mann vergnügten. Sie sahen dem Dreier zu, Lia konnte sich nicht verkneifen, Gregor eine Frage ins Ohr zu flüstern:

„Neidisch?“

Er sah sie an und schmunzelte:

„Warum sollte ich neidisch sein? Ich habe doch dich.“

Das empfand sie als ein schönes Kompliment, das ihr ein warmes Lächeln entlockte. Sie zogen weiter und sahen in die Räume, deren Türen offenstanden. Ein Zimmer war leer, in einem anderen befanden sich zwei Paare beim Smalltalk. War das wohl ein Nach-Sex-Smalltalk? Es sah so aus.

In der oberen Etage gab es weitere Räume. Wie viele Zimmer hatte dieses Haus eigentlich? Hatten die Gastgeber hier ihren ganz privaten Swingerclub eingerichtet? Naja, ziemlich groß war das Haus ja, das war auch von außen nicht zu übersehen gewesen.

In einem weiteren Zimmer entdeckten sie ein anderes Paar. Der Mann lag zwischen den Beinen der Frau und nahm sie in der Missio. Es sah sehr gefühlvoll aus, wie die zwei es miteinander taten. Lia bewunderte das knackige Hinterteil des gut trainierten Mannes. Als er kurz seinen Kopf hob und in Richtung Tür sah, erkannte sie Nino.

Ihre Blicke trafen sich und lösten sich für einige Sekunden auch nicht wieder voneinander. Für eine kurze Zeit war da eine seltsame Verbundenheit zwischen ihnen. Aber eben nur für diesen Augenblick. Dann wandte Nino sich wieder seiner schwarzhaarigen Gespielin zu. Vielleicht hatte Lia diese Verbundenheit auch nur einseitig wahrgenommen. Tatsächlich war Nino wohl sehr bei der Frau, mit der er es in diesem Augenblick tat. Natürlich war er das. Nichts anderes würde Lia ja auch von ihm erwarten, sollte er jetzt zwischen ihren Beinen und nicht zwischen denen dieser anderen Frau liegen. Leider war das aber nicht der Fall.

Auch Gregor betrachtete den innigen Sex der zwei Menschen mit großen Augen. Lia glaubte, bei ihm ein wenig Wehmut zu erkennen. Vielleicht sah sie wieder einmal mehr, als vorhanden war. Vielleicht aber auch nicht. Immerhin wurde hier jene schwarzhaarige Schönheit gefickt, bei der Gregor ein paar Stunden zuvor unter dem Sonnenschirm abgeblitzt war.

Er nahm Lias Hand und zog sie weiter – was vielleicht auch ganz gut war. Sie wusste nicht, ob sie so ohne Weiteres ihren Blick von dem fickenden Nino hätte abwenden können. Und sie wusste nicht, ob ihr der Anblick wirklich gut tat. Kalt hatte sie diese kurze

Begegnung jedenfalls nicht gelassen. War sie etwa eifersüchtig? Quatsch! Das hier war eine Sexparty, da war man nicht eifersüchtig. Außerdem kannte sie Nino doch gar nicht wirklich. Trotzdem wünschte sie sich, dass sie anstelle der Schwarzhaarigen in diesem Bett liegen und Ninos Stöße spüren möge.

Der erneute Wechsel ins Wohnzimmer brachte Abstand. Jedenfalls ein bisschen. In der Smalltalk-Runde, die hier mit zwei anderen Paaren entstand, verblasste das Bild von dem fickenden Nino wieder halbwegs. Es wurde eine fröhliche Runde an einem Stehtisch. Es wurde viel gelacht und mit der Zeit auch immer mehr gefummelt. Vielleicht lag es an der Lockerheit dieser anderen Menschen, vielleicht lag es auch an dem vielen Wein, den sie dabei getrunken hatte. Auf jeden Fall hatte Lia nichts dagegen, als jemand aus dieser Smalltalk-Runde zu sechst schließlich einen Ortswechsel vorschlug. Es wäre ja nicht der erste Sechser, an dem sie heute teilnehmen würde. Und wenn sie schon Nino nicht bekam, dann eben wieder irgendeinen anderen. Drei verschiedene Schwänze hatte sie heute schon in sich gehabt. Da konnten es auch vier werden. Oder fünf. Oder wie viele auch immer. Ihr Sugardaddy war sicherlich zufrieden mit ihr und ihrer Offenheit.

Kurz darauf fanden sich die drei Paare auf einem sehr großen Doppelbett im Erdgeschoss wieder. Lia vermutete, dass das hier das Schlafzimmer der Gastgeber war.

Es ging von Anfang an munter durcheinander. Dass Lia von einer der anderen Frauen verwöhnt und dabei auch zum Orgasmus geleckt wurde, war wundervoll. Wenn sie angetrunken war, kam sie immer leichter zum Höhepunkt. Und jetzt war sie mehr als nur angetrunken. Auch sie kniete sich anschließend zwischen die Beine jener Frau und revanchierte sich entsprechend. Das Moschus-Aroma steigerte ihre Lust noch mehr, als ihre Gespielin das zuvor mit ihrer Zunge bewirkt hatte. Dass sich währenddessen ein Mann hinter sie kniete und seinen Schwanz zwischen ihre Beine drängte, nahm Lia zwar wahr, aber sie drehte sich nicht um. Sie wurde gefickt, und wusste nicht so genau von wem. Es war ihr auch beinahe egal. Sie wollte diesen betörenden Geschmack auf der Zunge auskosten und leckte ihre Gespielin wie von Sinnen.

Erst als jene Frau ihren Höhepunkt laut hinausschrie und dann so nach und nach wieder zur Ruhe kam, war Lia zufrieden, hob ihren Kopf aus dem weiblichen Schoß und strahlte die Frau an. Nun nahm Lia auch die Stöße von hinten bewusster wahr und drehte sich zu dem Mann hinter ihr um. Sie stellte fest, dass es weder Gregor noch einer der beiden anderen Männer war, mit denen sie vorhin zusammengestanden hatte und dann in dieses Schlafzimmer gewechselt war. Verblüfft sah sie, dass die Orgie Zuwachs bekommen hatte. Wie viele Menschen waren jetzt hier in diesem Raum? Sie konnte es auf Anhieb gar nicht sagen. Es war ein heftiges Durcheinander, das sich nicht allein auf das Bett beschränkte.

Als ihr Stecher sich aus ihr zurückzog, sich auf den Rücken legte und sie umgehend auf sich zog, machte sie das mit. Sie setzte sich auf den Schoß des Mannes und ließ seinen Schwanz erneut in sich hineingleiten. Dabei fiel ihr Blick auf Gregor, der es in diesem Moment nicht weit von ihr entfernt mit einer Frau tat, die Lia noch nicht bewusst wahrgenommen hatte. Er nahm sie von hinten, aber zugleich hatte er Lia fest im Blick. Während sie auf dem fremden Mann ritt, zwinkerte Gregor ihr verschwörerisch zu, und sie erwiderte dieses Zwinkern.

Das gab ihr ein Gefühl der Sicherheit. Wie bei jenem Vierer mit Vanessa und Dirk ein paar Wochen zuvor hatte Lia auch jetzt das Gefühl, dass Gregor auf sie aufpasste. In diesem Augenblick gestand sie es ihm liebend gern zu, dass er der Herr des Verfahrens sein wollte. Wenn er auf sie aufpasste, dann konnte sie sich in diesem Gewühl auch fallenlassen. Sie ließ sich ganz auf ihren Stecher sinken und küsste ihn.

Als sie spürte, wie sich ein weiterer Mann hinter sie kniete und seinen Schwanz gegen ihren Po drückte, wandte sie sich zu diesem Mann um. Es war einer der beiden, mit denen sie zuvor im Wohnzimmer bei viel Weißwein lange geplaudert, geflirtet und auch gefummelt hatte. Offensichtlich hatte er die Absicht, Lia anal zu nehmen. Dafür sprach auch sein glitschiger Schwanz, den er wohl mit dem Öl eingerieben hatte, das Lia vorhin auf dem Nachttisch aufgefallen war. Sollte sie ihm das erlauben? Wollte sie wirklich im Sandwich gefickt werden?

Bevor sie sich zu einem Ja oder Nein entschließen konnte, sah sie, wie Gregor dem Mann zunickte. Im nächsten Augenblick spürte sie den Schwanz in ihrem Hintereingang. Zunächst nur ein wenig, aber schnell war er komplett in ihr. Lia hielt jetzt mit ihren eigenen

Bewegungen inne. Sie ritt nicht mehr auf dem Mann unter ihr, sondern wurde von beiden zugleich gefickt. Ihre Stecher brauchten nicht lange, bis sie sich auf einen gemeinsamen Rhythmus eingeschwungen hatten.

Es fühlte sich seltsam an. Irgendwie geil, ja. Diese ganze Situation war aufregend. Lia hatte sich noch nie derart ausgefüllt gefühlt. Doch zugleich war es auch etwas schmerzhaft. Obgleich der Mann ein Gleitmittel genommen hatte, waren seine Stöße in ihr etwas unangenehm. Lange würde sie das nicht mitmachen. Vielleicht sollte sie jetzt sofort aussteigen.

Mit einem hilfesuchenden Blick sah sie Gregor an. In dessen Blick lag eine unermessliche Geilheit. Ganz offensichtlich genoss er den Anblick. Lia wusste ja, dass Sandwich zu seinen Fantasien zählte. Aber eigentlich hätte sie vermutet, dass er lieber selbst einer der beiden Männer wäre, mit denen sie es auf diese Weise machte. Nun ja, es hatte sich im Durcheinander eben anders ergeben. Dass die ganze Sache Gregor dennoch kickte, sah sie in seinen Augen – und an seinem Tempo, in dem er jene Frau fickte, die vor ihm kniete.

Bevor Lia sich entschließen konnte, zumindest ihren zweiten Stecher wieder abzuweisen, war da plötzlich ein dritter Mann. Er kniete sich vor sie, sein steifer Schwanz war direkt vor ihrem Kopf. Sollte sie den jetzt etwa auch noch bedienen? Ja, sollte sie, stellte sie fest, als sich dieser Schwanz ganz einfach in ihren Mund schob. Sie blies ihn nicht, er fickte sie in den Mund. Lia fühlte sich wie in einem Strudel, aus dem es kein Entrinnen gab.

Der Mann unter ihr war als erster so weit. Er verkrampfte sich, stieß kurz noch nach und kam dann zur Ruhe. Er verharrte still in ihr, Lia spürte jetzt vor allem den Schwanz in ihrem Hintereingang, der sie in unvermindertem Tempo fickte. Sie war erleichtert, als es auch diesem Mann kam, der sich daraufhin umgehend aus ihr zurückzog. Er drückte seinen Schwanz noch etwas in ihre Pofalte und rieb daran, aber irgendwann zog er sich ganz zurück. Schließlich explodierte auch der dritte Schwanz – in ihrem Mund. Lia drückte ihn weg und spuckte das Sperma umgehend aus. Dass sie dabei auch den Kopf des Mannes unter sich traf, empörte diesen.

„Hey!", sagte er, wischte sich den Saft aus dem Gesicht und drückte Lia von sich herunter – was ihr ausgesprochen recht war.

Sie wusste nicht so ganz, was sie von dieser Nummer halten sollte und sah erneut zu Gregor. Der hatte in diesem Moment Blickkontakt mit dem Mann, dessen Sperma sie soeben ausgespuckt hatte.

„Was für eine geile Dreilochstute!", sagte der Fremde in Richtung Gregor.

Der quittierte die Aussage mit einem zufriedenen Nicken. Kurz darauf war auch er so weit. Als er sich aus seiner Gespielin zurückzog, bemerkte Lia, dass Gregor es mit der Fremden blank gemacht hatte. Und nun realisierte sie auch, dass ihre beiden Stecher offenbar ebenfalls kein Gummi genommen hatten. Sie griff sich zwischen die Beine und zum Po und ertastete sehr viel Feuchtigkeit, die unmöglich von ihr allein stammen konnte. Beide Männer hatten sie besamt – einer in der Muschi, einer im Hintereingang. Entsetzt sah sie die beiden Männer an, deren Schwänze feucht schimmerten und halbwegs eingefallen waren. Beide grinsten breit.

Offensichtlich hatte sich diese Sexparty insgesamt zu einer Gummifrei-Party entwickelt – und Lia hatte das zu spät mitbekommen. Sie hatte sich bereitwillig auf den Schwanz des ersten Mannes gesetzt. Eigentlich hätte sie spätestens in dem Moment mitbekommen müssen, dass er kein Gummi drübergezogen hatte. Aber das war ihr in der Hitze des Gefechts tatsächlich entgangen. Sie hatte einfach nicht darauf geachtet. Zu viel Wein bei einer Sexparty war vielleicht keine so gute Idee gewesen. Das Gefühl, dass Gregor auf sie aufpasste, war plötzlich vollkommen verpufft. Zumindest hatte er wohl etwas anderes darunter verstanden als sie.

Sie fädelte sich aus dem allgemeinen Gewühl aus und verließ das Bett. An der Tür des Zimmers blieb sie stehen und sah Gregor so lange an, bis er endlich reagierte. Lia hatte das Gefühl, dass er die noch immer tobende Orgie nur ungern verlassen wollte, aber schließlich folgte er ihr aus dem Zimmer.

„Wie geht's dir?", fragte er.

„Weiß ich noch nicht", entgegnete sie kurz angebunden und ging eiligen Schrittes in Richtung Terrassentür.

„Wo willst du denn so schnell hin?", hakte er nach.

„Baden", sagte sie.

Kurz darauf waren sie am Pool angelangt, und Lia sprang umgehend hinein. Das Wasser war wärmer als die Luft, was sie als angenehm empfand. Vor allem aber hatte sie das dringende Bedürfnis, möglichst viel von dem Sperma loszuwerden, das sie ungefragt von drei

Männern erhalten hatte. Natürlich wusste sie, dass trotzdem noch viel davon in ihr war. Dennoch tat ihr das Bad gut und sie ließ sich lange im Wasser treiben.

Dabei bemerkte sie mehrere benutzte Kondome, die im Wasser schwammen. Sie sahen beinahe aus wie Quallen im Meer. Offensichtlich war die Party doch nicht zur allgemeinen Blankfick-Party geworden. Auch ein Paar, das es in diesem Moment auf einem Handtuch direkt neben dem Pool trieb, bestätigte das. Die Frau ritt auf dem Mann, und Lia konnte deutlich erkennen, dass dessen Schwanz in einem Kondom steckte. Offenbar war sie einfach nur in die falsche Orgie geraten. Safer Sex war wirklich etwas anderes.

Gregor war ihr nicht in den Pool gefolgt. Sie entdeckte ihn irgendwann am Rand mit zwei gefüllten Weingläsern in der Hand. Er sah sie freundlich lächelnd an. Ihr stand nicht der Sinn danach, dieses Lächeln zu erwidern. Sie stieg aus dem Pool, und er wollte ihr ein Glas reichen.

„Danke", sagte sie. „Aber jetzt brauche ich erst einmal Wasser."

Alkohol hatte sie heute ohnehin schon genug getrunken. Mehr als genug – deutlich mehr. Hätte sie nüchtern wohl eher mitbekommen, dass sie im Sandwich blank gefickt worden war? Gut möglich. Und vermutlich hätte sie es dann auch abgeblockt. Wie hatte das nur passieren können?

„Nicht gut", sagte sie unvermittelt zu Gregor.

„Wie bitte?", entgegnete er irritiert.

„Du hattest mich nach der Orgie im Schlafzimmer gefragt, wie es mir geht. Mir geht es nicht gut."

Er sah sie fragend an, erwiderte aber nichts. Vermutlich war das auch nicht nötig. Oder konnte er wirklich nicht nachvollziehen, wie sie sich jetzt fühlte?

„Ich würde gern gehen", sagte sie. „Lass uns zum Hotel zurückfahren."

„Die Party ist noch längst nicht zu Ende", wandte er verblüfft ein.

„Bitte", sagte sie. „Ich möchte weg hier."

Er sah sie lange schweigend an, bevor er endlich nickte – wenn auch widerwillig, wie Lia erkannte. Sie suchten ihre Sachen zusammen, zogen sich an und verabschiedeten sich von Frauke. Deren Mann konnten sie nirgendwo entdecken, vermutlich hätten sie ihn jetzt auch eher gestört. Kurz vor der Haustür begegneten sie Nino. Er wollte offenbar etwas sagen, aber bei Lias Achselzucken und ihrem ernsten Gesichtsausdruck wandte er sich wieder ab. Schade, dachte sie. Die Party hätte auch ganz anders verlaufen können. Dass Nino ihr nachsah, als sie das Haus verließen, tat ihr gut. Immerhin etwas.

Die Rückfahrt zum Hotel verlief ausgesprochen wortkarg. Gregor versuchte mehrfach, ein Gespräch zu beginnen, aber Lia regierte sehr verhalten. Mehr als ein „Hm" oder „ach so" oder ähnlich umfangreiche Sätze brachte sie nicht zustande. Erst im Hotel war sie wieder soweit, sich auf ein ernsthaftes Gespräch einzulassen.

„Du hast es zugelassen, dass die anderen Männer mich blank genommen haben", sagte sie.

„Das hat sich so aus der Situation entwickelt", entgegnete er.

„Wie kann sich denn so etwas entwickeln?“

„Ich weiß auch nicht. Plötzlich hat da keiner mehr ein Gummi genommen.“

„Du ja auch nicht mit der Brünetten.“

„Nein.“

„Und du hast gesehen, dass die Männer, die mich im Sandwich genommen haben, es ohne Kondom getan haben.“

„Ja sicher, du etwa nicht?“

„Nein, ich habe das erst hinterher gemerkt. Sonst hätte ich das nicht mitgemacht.“

Er belegte sie mit einem ironischen Das-glaubst-du-doch-wohl-selbst-nicht-Blick.

„Es war so“, bekräftigte sie. „Und das finde ich ziemlich scheiße! Du hattest mich doch ständig im Blick. Ich dachte, du passt auf mich auf!“

„Ach komm“, entgegnete er. „Du magst es doch auch lieber ohne.“

„Natürlich mag ich es lieber ohne. Wer mag denn schon Kondome? Aber es ist doch immer die Frage mit wem man es blank macht. Und in so einem Setting ist das einfach ein Unding!“

„Aber den gummifreien Sex mit Dirk und Vanessa im Januar hast du doch auch als geil erlebt.“

„Mit Dirk habe ich es in keiner Weise als geil erlebt!“

„Du willst mir doch nicht erzählen, dass du es mit Dirk ausschließlich mir zuliebe gemacht hast.“

„Natürlich habe ich es mit ihm dir zuliebe gemacht. Naja okay –nicht ausschließlich. Auch meinem Kontostand zuliebe.“

Gregor sah sie verblüfft an und schwieg. Offenbar hatte sie ihn soeben auf den Boden der Tatsachen zurückgeholt und klargestellt, welche Art von Beziehung sie verband. Solche Anspielungen waren bisher nur von ihm gekommen – immer dann, wenn er etwas wollte, was sie eigentlich nicht wollte. Dass sie so etwas einmal erwähnen könnte, hatte er offenbar nicht erwartet.

Als sie im Bett lagen, unternahm Gregor einen Annäherungsversuch. Sie blockte ihn nicht ab, aber sie ging auch nicht darauf ein. Er drückte sich an sie, aber in seinem Schwanz war kaum Leben – was ihr ausgesprochen recht war. Offenbar hatte er sich bei der Party schon gut verausgabt. Wie oft war er da eigentlich gekommen? Egal. Es war jedenfalls oft genug, dass er jetzt ausgepowert war. Vermutlich wirkte auch ihr konfliktäres Gespräch nicht gerade erotisierend. Was es auch war: Sie hatte ihre Ruhe. Und nichts anderes wollte sie nun.

Auch zum Aufwachen hatten sie keinen Sex, obgleich Gregor seine übliche Morgenerektion hatte, die sie an den Tagen zuvor stets für Vor-Frühstücks-Aktivitäten genutzt hatten. Aber an diesem Samstag blieb ohnehin nicht übermäßig viel Zeit. Es war ihr letzter Tag auf der Insel, am frühen Nachmittag ging ihr Flug zurück nach Hannover. Die Zeit bis zum Start verlief ähnlich wortkarg wie die Rückfahrt von der Party. Selbst im Flieger sprachen sie nicht viel. Lia hatte ganz einfach keine Lust dazu und vergrub sich in ihren E-Book-Reader. Als Gregor ihr irgendwann während des Fluges eine Hand auf das Bein legte, nahm sie diese

Hand und legte sie zurück auf sein Bein. Er unternahm keinen weiteren Versuch.

Als sie nach der Landung ihre Koffer abgeholt hatten, wollte sich Gregor ganz selbstverständlich in Richtung Parkhaus in Bewegung setzen. Aber Lia blieb stehen und dachte nach.

„Was ist?“, fragte er.

„Ich glaube, ich fahre mit der S-Bahn“, entgegnete sie. „Ich brauche mal etwas Abstand von dir.“

„Das wäre ja wohl albern“, sagte er. „Wir wohnen im selben Stadtteil, und mein Auto steht hier im Parkhaus.“

„Trotzdem. Lass mich einfach mal.“

Lia nahm ihren Koffer und zog davon – in Richtung S-Bahn-Haltestelle. Sie drehte sich nicht noch einmal um. Ob Gregor ihr nachsah, wusste sie nicht. Es war ihr auch egal.

Kapitel 14: Erwachen

Die erste Haltestelle auf dem Weg nach Hause war „Pferdemarkt“. Lia betrachtete das Schild im Bahnhof und hatte sofort wieder jene Bilder der Gruppensex-Party vor Augen. „Dreilochstute“ hatte sie einer der Männer genannt, mit denen sie es getrieben hatte. Und Gregor hatte diese absonderliche Bezeichnung auch noch mit einem wohlwollenden Nicken quittiert. Wenn sie es sich so recht überlegte, dann hatte sie sich bei dieser Party tatsächlich zeitweise wie auf dem Pferdemarkt gefühlt – und sie war eine der Stuten gewesen.

Sie war froh, als der Zug weiterfuhr und das Haltestellen-Schild aus ihrem Blick verschwand – im Gegensatz zu den Bildern in ihrem Kopfkino. Zeitweise hatte sie das Gefühl gehabt, sich tatsächlich in diese Party fallenlassen zu können – und hatte es ja auch getan. Gruppensex war vielleicht ganz okay. Vielleicht sogar mehr als nur okay. Lia konnte sich durchaus vorstellen, Spaß bei einer solchen Party zu haben. Aber das war nur möglich, wenn sie selbst bestimmen konnte, was passierte – und vor allem: mit wem. Dass sie mit dem sympathischen Tauchlehrer Nino keinen Sex gehabt hatte, bedauerte sie immer noch. Beinahe ebenso sehr wie ihren betrunkenen Kopf, der das gummifreie Sandwich vermutlich erst möglich gemacht hatte. Falls sie jemals wieder an so etwas teilnehmen würde, dann würde sie sich auf keinen Fall wieder betrinken. Und schon gar nicht würde sie darauf vertrauen, dass irgendjemand auf sie aufpasste. Das musste sie schon selbst machen.

Eine Woche, sagte sie sich, als die Wohnungstür hinter ihr zuklappte. Eine Woche Auszeit würde sie sich jetzt nehmen, um nachzudenken, wie (und vor allem: ob) es mit Gregor weitergehen sollte. In dieser Woche würde sie keinen Kontakt mit ihm haben und auch nicht mit ihm telefonieren oder Textnachrichten austauschen. Egal wie oft er ihr schreiben würde.

Als sie am nächsten Morgen eine WhatsApp von ihm erhielt, in welcher er ein Treffen noch am selben Tag anregte, beschloss Lia, dass die Woche vorbei war. Das Erwachen an diesem Morgen war ein Erwachen in jeder Hinsicht. Lia wusste jetzt ganz genau was sie wollte. Oder zumindest wusste sie, was sie nicht mehr wollte.

„Nein“, schrieb sie zurück. „Nicht heute und auch sonst nicht mehr.“

„Was soll das denn heißen?“, kam umgehend zurück.

„Das soll heißen, dass wir unser Verhältnis oder Beziehung oder wie auch immer du es nennen möchtest, jetzt beenden.“

Lia stellte sich darauf ein, dass er nun nach dem Warum fragen würde. Ein bisschen ihre Gemütslage erläutern musste sie ihm wohl. Doch ihr Handy blieb stumm. Hatte er das jetzt einfach so akzeptiert? Es sah fast so aus – auch wenn das nicht im Geringsten zu ihm passte. Irgendetwas kam da sicherlich noch. Als es keine halbe

Stunde später an ihrer Tür klingelte, wusste Lia, dass sie ihn doch ziemlich gut kannte.

„Ja bitte?", fragte sie durch die Gegensprechanlage.

„Ich bins", sagte er.

Natürlich hatte sie sich das gedacht. Ihr Finger wanderte zum Türöffner, aber sie zögerte. Eigentlich hatte sie keine Lust, ihn zu sehen. Andererseits hatte er vielleicht auch ein Recht darauf, etwas mehr von ihr zu erfahren als nur die dürren Zeilen per Textnachricht. Immerhin war sie ein dreiviertel Jahr sein Sugarbabe gewesen, und sie hatten viel miteinander erlebt. Zu viel sogar. Genau da lag das Problem.

Erneut klingelte es.

„Gregor, es hat keinen Zweck mit uns", sagte sie in die Sprechanlage.

„Mach die Tür auf", entgegnete er.

„Nein."

„Willst du dich ernsthaft über die Gegensprechanlage mit mir unterhalten?", fragte er.

„Ich will mich gar nicht mit dir unterhalten. Es hat sich erledigt mit uns."

„Nein, das hat es nicht. Und jetzt mach endlich die Tür auf!"

Plötzlich hörte Lia, wie die Haustür sich öffnete. Vermutlich hatte irgendein Nachbar auf den Türsummer gedrückt. Vielleicht hatte Gregor einfach eine andere Klingel gedrückt. Auf jeden Fall war er nun im Haus. Lia öffnete die Tür und horchte. Jemand kam eiligen Schrittes die Treppe herauf. Daraufhin schloss sie die Wohnungstür wieder. Kurz darauf war Gregor auf ihrer Etage angekommen und klingelte erneut. Lia reagierte nicht, er begann in kürzer werdenden Abständen immer wieder zu klingeln. Schließlich ging das Klingeln in ein heftiges Pochen über. Lia war genervt. Warum konnten Männer nur so schlecht ein Nein akzeptieren? Es war doch wohl klar und deutlich gewesen.

„Was?“, sagte sie schließlich laut und in barschem Ton, als sie die Tür nun doch aufriss.

„Na endlich“, entgegnete er und drängte sich in die Wohnung.

Dass er sie dabei regelrecht zur Seite schubste, schien ihn nicht weiter zu interessieren. Eigentlich hatte sie ihn nicht hereinlassen wollen, überlegte sie. Sie hätte die Tür nicht öffnen dürfen. Wie blöd konnte man denn sein?

Ungefragt ging er ins Wohnzimmer und setzte sich auf das Sofa. Lia folgte ihm und blieb unschlüssig in der Tür stehen.

„Na komm“, sagte er und klopfte auf den freien Platz neben sich. „Setz dich.“

Gerade so, als sei sie hier zu Besuch und nicht er.

„Wessen Wohnung ist das hier eigentlich?“, gab sie zurück.

„Gute Frage“, entgegnete er grinsend. „Lass uns mal überlegen. Also: Du wohnst hier, aber ich bezahle die Miete. Tja, wessen Wohnung ist das also?“

„Meine Wohnung!“, gab sie trotzig zurück.

Er legte den Kopf schräg und lächelte – beinahe mitleidig wie ein Lehrer gegenüber einer Schülerin, die eine besonders dumme Antwort gegeben hatte. Möglicherweise bewertete er das auch so.

„Ich würde die Formel *unsere* Wohnung akzeptieren“, entgegnete er nach ein paar Schweigesekunden.

„Gregor, es hat keinen Zweck mit uns“, sagte sie nach einem weiteren Augenblick der Stille.

„Und das hast du jetzt so einseitig beschlossen? Ohne Rücksprache mit mir?“

„Du hast auch so manches einseitig und ohne Rücksprache mit mir beschlossen.“

„Zum Beispiel?“

„Zum Beispiel, dass fremde Männer mich blank und im Sandwich ficken durften.“

„Das war doch geil.“

„Manche sagen so, manche so“, gab sie achselzuckend zurück.

„Ach“, erwiderte er und schien nun doch ernsthaft überrascht zu sein.

War er wirklich so unsensibel, dass er ihre Gemütslage am Ende und nach der Party nicht mitbekommen hatte? Das konnte nicht sein. Sie hatte Gregor in den vergangenen Monaten immer wieder (zumindest immer wieder mal) als einen sehr aufmerksamen und empathischen Menschen erlebt. Auch auf Teneriffa – da zeitweise sogar ganz besonders. Aber offenbar war er das nur, wenn er selbst aufmerksam und sensibel sein wollte. In diesem Augenblick wollte er ganz offensichtlich nicht.

Jetzt stand er wieder auf, kam auf sie zu und blieb unmittelbar vor ihr stehen. Er sah ihr tief in die Augen, und sie konnte sich diesem fesselnden Blick nicht entziehen. Trotzdem hätte Lia später nicht erklären können, warum sie sich doch wieder auf Sex mit ihm eingelassen hatte. Es war nur ein Quickie auf dem Sofa, aber sie hatte sich tatsächlich darauf eingelassen.

„Ich liebe Versöhnungssex“, sagte er, während er sich anschließend wieder anzog.

Sie entgegnete nichts und sah ihn nur an.

„Das musste einfach sein“, fügte er hinzu und gab ihr einen kurzen Kuss, bevor er sich zum Gehen wandte.

„Ich rufe dich morgen an“, sagte er noch.

Im nächsten Moment hatte er ihr Wohnzimmer und dann auch die Wohnung wieder verlassen. Lia griff zu ihrem Handy und schrieb ihm eine kurze Nachricht:

„Das war kein Versöhnungssex. Das war ein Abschieds-Quickie.“

„Wir werden sehen“, gab er zurück.

Offensichtlich glaubte er noch immer, den Gang der Dinge allein bestimmen zu können. Kein Wunder, nachdem sie sich auf die kurze Nummer entgegen aller vorherigen Aussagen eingelassen hatte. Das würde ihr nicht noch einmal passieren, beschloss sie. Von jetzt an hatte Gregor absolutes Betretungsverbot für ihre Wohnung. Egal wie laut und wie lange er pochte. Er konnte ja gern versuchen, die Musik zu bestellen. Aber sie zog der Musikbox nun den Stecker.

Allerdings hatte sie damit nun ein ernsthaftes Problem. Sie hatte ihr relativ günstiges Studentenappartement aufgegeben und wohnte in einer Wohnung, die sie sich nicht leisten konnte. Also wieder im Bistro jobben? Das brachte etwas Geld, aber sicherlich nicht genug für diese Wohnung. Oder ein neuer Sugardaddy? Letzteres war denkbar, aber sicherlich nicht so leicht zu finden. Zumindest nicht, wenn es nur einer sein sollte, der ähnlich gut zahlte wie Gregor. Vermutlich würde ihr aber nichts anderes übrig bleiben, als sich genau danach auf die Suche zu machen.

Als erstes musste sie jedoch den Vermieter informieren, dass sie die Miete künftig selbst überweisen werde. Nach einer kurzen E-Mail und einer Antwort samt Bankverbindung war das immerhin schnell und unkompliziert geklärt. Nicht geklärt hingegen war, wie sie mit Gregor umgehen sollte. Als sie in den kommenden Tagen seine WhatsApps lediglich einmal (und das sehr kurz und eigentlich unmissverständlich) beantwortete, bombardierte er sie mit Textnachrichten. Zudem klingelte es immer wieder zu unterschiedlichen Zeiten (auch mitten in der Nacht) an ihrer Tür. Sie reagierte nicht darauf. Die Textnachrichten hörten irgendwann immerhin auf – allerdings erst, als sie sich eine neue Nummer zugelegt hatte. Als auch die häufigen Klingelattacken an ihrer Tür weniger wurde, schöpfte Lia Hoffnung, dass er aufgab.

Ende April überwies sie aus ihren bescheidenen Rücklagen, die sie dank Gregors Zuwendungen in den vergangenen Monaten hatte bilden können, erstmals selbst die Miete für die Wohnung. Nach wenigen Tagen war das Geld jedoch wieder auf ihrem Konto. Unter Verwendungszweck hatte der Vermieter eingetragen:

„War bereits überwiesen."

Eigentlich hätte Lia erwartet, dass Gregor seinen Dauerauftrag gestoppt hätte. Aber das hatte er offensichtlich nicht getan. Noch mehr überraschte es sie, dass auch jene 1000 Euro, die er ihr seit einem dreiviertel Jahr überwies, erneut auf ihrem Konto eingegangen waren. Mit anderen Worten: Ihr Kontostand war um 1600 Euro höher, als sie es eigentlich erwartet hätte. Nicht schlecht für eine arme Studentin. Aber glaubte Gregor allen Ernstes, sie auf die Weise zurückkaufen zu können? Gut möglich, dass er so dachte – trotz ihres wochenlangen konsequenten Schweigens. Es war schön, diesen Kontostand zu haben, aber Lia wagte es nicht, dieses Geld anzurühren. Gut möglich, dass er es zurückverlangte, wenn er einsah, dass er keine Gegenleistung mehr erhielt.

Schon kurz nach dem Teneriffa-Urlaub hatte Lia ihr Profil im Sugardaddy-Forum wiederbelebt und auch rasch wieder zwei Dates gehabt, die beide in einem Hotelbett endeten. Das verbesserte sowohl ihre finanzielle Lage als auch ihr Lebensgefühl. Sie wusste, dass sie auch ohne Gregor ihre liebgewonnene Wohnung würde halten können – auch wenn sie sich nun darauf einstellen musste, es mit wechselnden Sugardaddys zu treiben. Pay-per-Date hatte sie eigentlich vermeiden wollen, aber zurzeit sah sie keine andere Möglichkeit.

Immerhin lernte sie einen Mann kennen, der so nett war, dass sie ihn nach dem zweiten Treffen fragte, ob sie sich das nächste Mal bei ihr treffen wollten. Er wollte. Und zu Lias Überraschung drückte er ihr dann 300 statt wie zuvor 200 Euro in die Hand – mit der Begründung, dass er ja nun die Kosten für Hotel und Restaurant gespart habe. Das empfand Lia als angemessen.

Der Mann hieß Jonas, war 48 Jahre alt, zwei Meter groß und hatte die Schultern eines Zehnkämpfers. Er war der Typ Mann, bei dem sich Lia nicht gewundert hätte, wenn er von einer erfolgreichen Mammut-Jagd mit Speer oder Faustkeil berichtet hätte. Dass auch dieser Mann den Wunsch hatte, sie möge ihn bis zum Ende blasen, wunderte sie nicht. Offensichtlich war das ein Wunsch, den sehr viele Männer hatten. Auf ihre Mitteilung, dass sie das nicht möge und daher auch nicht machen werde, reagierte er achselzuckend und mit der Bemerkung:

„Naja, es gibt Wichtigeres."

Da sah sie auch so. Schön, dass er das einfach so akzeptierte und keinen Versuch unternahm, sie zu dieser Spielart zu nötigen. Auch die Benutzung von Kondomen stellt er niemals in Frage. Mit Jonas bekam ihr Dasein als Sugarbabe wieder etwas mehr Leichtigkeit. Allerdings hatte die Sache mit Gregor noch immer gewisse Nachwehen.

Ihr verflossener Sugardaddy klingelte zwar nicht mehr so häufig bei ihr wie in den Wochen nach Teneriffa, aber er tat es. Zumindest vermutete Lia ihn hinter jedem Klingeln, weshalb sie nie auf den Türsummer drückte. Jonas hatte sie daher gebeten, sie anzurufen, statt auf die Klingel zu drücken, wenn er zu ihr kam.

Als es an diesem Abend gegen 22 Uhr wieder einmal klingelte, hatte Lia eine spontane Idee. Sie ging zur Tür und drückte ohne nachzufragen auf den Türsummer. Sie war sich sicher, dass es zu dieser Uhrzeit nur Gregor sein konnte – und sie behielt recht. Sie öffnete die Wohnungstür, womit er offenbar gar nicht gerechnet hatte. Anders als bei seinem Besuch am Tag nach dem Urlaub stürmte er jetzt nicht einfach ungefragt in die Wohnung hinein, sondern blieb an der Tür stehen.

„Das wurde aber auch mal Zeit", sagte er. „Ich dachte schon, du würdest mir nie mehr aufmachen."

Das wollte ich auch nicht, dachte Lia, sagte aber kein Wort. Stattdessen genoss sie für einen Moment seine begehrlichen Blicke. Sie trug nur Slip und ein dünnes Shirt ohne BH darunter. Ihr Busen zeichnete sich deutlich ab. Ja, dachte sie, sieh es dir an. Das hast du verloren, und das wirst du niemals zurückbekommen. Zugleich war sie sich sicher, dass er in diesem Augenblick genau das Gegenteil erwartete – oder zumindest erhoffte. Ob er nun wohl doch ernsthaften Versöhnungssex erwartete? Vielleicht wurde sein Schwanz ja bereits steif. Der Gedanke ließ sie innerlich grinsen. Lia drehte sich um und rief in die Wohnung:

„Jonas, kommst du bitte mal? Hier ist jemand für dich."

Gregor stutze, und im nächsten Augenblick tauchte Lias neuer Zwei-Meter-Sugardaddy aus ihrem Schlafzimmer auf.

„Das ist der Stalker, von dem ich dir erzählt habe", fuhr Lia fort. „Kannst du ihm bitte mal sagen, dass er mich in Ruhe lassen soll? Auf mich hört er einfach nicht."

Jonas baute sich vor dem deutlich kleineren Gregor auf, sah ihn ernst an und holte tief Luft. Mehr musste er gar nicht tun. Im nächsten Augenblick war Lias verflossener Sugardaddy bereits verschwunden.

Lia war Jonas ausgesprochen dankbar. Sie war dankbar für seine Körpergröße und seine breiten Schultern, sie war dankbar für den tiefen Atemzug und den ernsten Blick, mit dem er Gregor belegt hatte. Und vor allem war sie dankbar, dass er gerade hier war. Noch im Flur drückte sie ihn gegen die Wand, ging vor ihm in die Hocke und befreite ihn von dem Slip, den er gerade erst eilig angezogen hatte, als Lia nach ihm gerufen hatte. Sie nahm seinen Schwanz in den Mund und blies ihn steif, was ausgesprochen schnell ging – obgleich sie erst vor Kurzem miteinander geschlafen hatten und sein Sperma im Kondom sicherlich noch längst nicht trocken war. Lia blies ihn, wie sie ihn noch nie geblasen hatte: voller Hingabe, voller Zärtlichkeit – und bis zum Ende.

Damit hatte der Mann sicherlich nicht gerechnet. Aber Lia hatte regelrecht das Bedürfnis, dies zu tun – gewissermaßen als Belohnung für den siegreichen Krieger, der sie vor der bösen Welt gerettet hatte. Sie erhob sich, sah ihn an, küsste ihn aber nicht. Noch immer hatte sie sein Sperma im Mund – das sie jetzt schluckte. Erst anschließend umarmte und küsste sie ihn. Dann zog sie ihn ins Schlafzimmer, um ihn etwas später noch einmal in sich zu spüren.

Epilog

Lias Blick wirkte versonnen und nachdenklich, als sie mit ihrer Geschichte zum Ende gekommen war. Für einen Augenblick herrschte Schweigen in unserem Bett.

„Ich weiß auch nicht so recht, wieso das in meinem Kopf den Schalter umgelegt hat", sagte sie schließlich. „Aber seither blase ich ausgesprochen gern bis zum Ende, wenn mir ein Mann sehr sympathisch ist. Und manchmal schlucke ich dann auch. Dieser Jonas hatte übrigens einen großen und beschnittenen Schwanz. An dem Abend sind bei mir wohl verschiedene Vorlieben neu entstanden."

Bei diesen Worten ließ sie zärtlich ihre Finger über Steffens Schwanz gleiten. Der befand sich jetzt zwar im Ruhezustand, aber Lia wusste ja, wie groß er werden konnte. Und beschnitten war mein Liebster auch. Vielleicht hatte sie uns ja tatsächlich vor allem wegen jenes Fotos in unserem Joyclub-Profil angeschrieben, auf dem dies gut zu erkennen war. Es hätte mich nicht gewundert.

„Dieser Jonas war dann dein neuer Sugardaddy für den Rest des Studiums?", fragte ich.

„Er war einer von ihnen, allerdings auch nur für ein paar Monate. So eine Sugardaddy-Beziehung wie mit Gregor hatte ich nie wieder. Anfangs dachte ich, Gregor sei ein Sechser im Lotto. Aber ich hatte mich viel zu sehr von ihm abhängig gemacht."

„Und deshalb hast du mehr mitgemacht, als gut für dich war, oder?"

„Ganz genau. In eine solche Abhängigkeit wollte ich nie wieder geraten. Ich wollte meine Wohnung behalten, ich wollte mein Studium zu Ende bringen und damit gut. Das hat mit wechselnden Sugardaddys ganz gut funktioniert."

„Also immer Pay-per-Date?"

„Ja, damit war es am einfachsten, etwas zu beenden, wenn es mir nicht mehr guttat. Das war mir immer wichtig: Ich musste mich wohlfühlen mit einem Mann, und ich musste unabhängig sein."

„Wie viel Geld hast du bekommen für ein Date? Immer so zwischen 200 und 300 Euro?"

„Ja meistens. Einmal hat mir jemand sogar 500 Euro gegeben. Je mehr Lust ich auf einen Mann hatte, umso weniger Geld habe ich verlangt. Wobei ich normalerweise abgewartet habe, was mir beim Chat im Forum angeboten wurde. Ich habe nur sehr ungern von mir aus eine Summe genannt. Ein Angebot zu erhalten, hat eine andere Energie, als selbst etwas zu verlangen. Jedenfalls habe ich das so empfunden."

„Aber du hast auf Vorkasse bestanden?"

„Nein, niemals wieder. Da hatte dieser Mann am Anfang meiner Sugardating-Karriere absolut recht: Das fühlte sich zu sehr nach Prostitution an. Wenn mir ein Mann nach dem Sex Geld gab, dann habe ich das als ein Geschenk gern angenommen. Gewissermaßen als Dank für das Geschenk, das ich dem Mann zuvor mit meinem Sex gemacht hatte."

„Aber du konntest nicht sicher sein, dass dir jemand dieses Geschenk dann auch tatsächlich überreicht."

„Nein, natürlich nicht. Ich habe es tatsächlich auch noch zweimal erlebt, dass ich nach dem Sex kein Geld bekommen habe, obwohl der Mann es vorher versprochen hatte. Aber das war dann eben so. Wenn etwas ein Geschenk ist, dann kann man es nicht einfordern. Und diese Sichtweise war mir wichtig dabei. Also habe ich so etwas achselzuckend hingenommen. Mit der Zeit hatte ich aber eine ganz gute Menschenkenntnis, mit wem ich ins Bett gehen wollte, und von wem ich mich nach dem Abendessen schon wieder verabschiedet habe."

„Das klingt nach einem sehr entspannten Umgang mit der ganzen Sache", warf Steffen ein.

„Ich denke schon", bestätigte Lia. „Bei einem Mann habe ich zu seiner Verblüffung auch mal das Geld abgelehnt, das er mir nach dem Sex geben wollte. Er war 62, sah aus wie der alternde Held eines Thrillers, den ich kurz zuvor im Kino gesehen hatte, und ich wollte den Mann unbedingt. Was ich aber niemals mehr gemacht habe, war Sex mit einem Mann, auf den ich keine Lust hatte."

„Also keine Dirks mehr."

„Nein, keinen Dirk mehr – keinen einzigen!"

„Und dein Tauchlehrer von der Finca-Party? Hast du den mal wiedergesehen?", wollte ich wissen.

„Nein, leider nicht. Ich bin nie wieder auf Teneriffa gewesen. Erst fehlte mir das Geld, dann die Zeit."

„Eine ganz normale Beziehung hattest du nicht mehr seither?"

„Normal? Was ist schon normal? Als ich zur nächsten Silvesterfeier wieder in meiner alten Heimat im

Weserbergland war, bin ich mit dem Jungen dann doch im Bett gelandet, den ich ein Jahr zuvor hatte abblitzen lassen. Der wollte dann eine Beziehung mit mir. Aber erstens passte das nicht so recht zum Finanzierungsmodell meines Studiums, und zweitens war er genauso alt wie ich – also viel zu jung."

„Die Vorliebe für ältere Männer hast du dir erhalten?", merkte Steffen schmunzelnd an.

Ich ahnte, was meinem Liebsten in diesem Augenblick durch den Kopf ging. Lia war jetzt 27 Jahre alt und mein Mann 44. Bei unserem Sex zu dritt, den wir vor Lias ausführlicher Lebensgeschichte gehabt hatten, war sie der reinste Vulkan gewesen – vielleicht ja auch deshalb, weil es diesen Altersunterschied gab, den unsere Gästin sehr schätzte. Auch wenn dieser Unterschied nicht ganz so groß war wie bei den Sugardaddys in Lias Leben.

„Ich hatte schon immer eine Vorliebe für Ältere", bestätigte sie. „Auch vor den Sugardaddys. Ansonsten hätte ich mich auf dieses Abenteuer niemals einlassen können. Aber es stimmt schon: Diese Vorliebe habe ich noch immer. Und ein paar andere Dinge habe ich aus der Zeit auch mitgenommen."

„Zum Beispiel?", hakte ich nach. „Was noch außer Alter und einer Vorliebe für Sperma?"

„Ich weiß nicht, ob ich das eine Vorliebe nennen würde. Aber ich habe zumindest nichts mehr dagegen, es zu schlucken, wenn es sich aus der Situation heraus so ergibt. Ansonsten würde ich sagen: eine gewisse Bi-Neigung und den Spaß am Sex zu dritt", entgegnete sie und fügte schmunzelnd hinzu: „Ansonsten wäre ich jetzt nicht hier in eurem Ehebett."

„Was ein Jammer wäre", sagte Steffen.

„Was ein Jammer wäre", bestätigte Lia.

„Aber für Geld hast du es nach Ende deines Studiums nicht mehr gemacht, oder?", hakte ich nach.

Lia zögerte einen Augenblick und lächelte still in sich hinein, bevor sie entgegnete:

„Doch, hin und wieder auch das. Ich habe das gar nicht mehr nötig, ich verdiene in meinem Job eigentlich ganz gut – auch wenn es bisher ja nur ein Einstiegsgehalt ist. Aber es gibt mir einen gewissen Kick, wenn ich Geld dafür bekomme. Das muss man jetzt vielleicht auch noch zu meinen Vorlieben zählen. Ich bin immer noch im Sugardaddy-Forum angemeldet. Irgendwie macht mir das ganz einfach Spaß. Die Männer denken, sie können mich kaufen, aber tatsächlich ist es so, dass ich mit ihnen spiele. Schließlich bin immer ich diejenige, die entscheidet, ob ein Abend im Bett endet oder auch nicht – ganz gleich, wie viele Geldscheine ein Mann auf den Tisch legen will."

Das war ein Gedanke, auf den ich nicht gekommen wäre. Aber ich war ja auch nicht Lia.

„Und bei Joyclub bist du auch angemeldet. Ganz schön umtriebig", merkte Steffen an.

„Ja klar. Für meine Neigung zum Bisex finde ich bei den Sugardaddys logischerweise niemanden. Gregors Vorliebe für Gruppensex ist bei den Männern in der Szene nicht so verbreitet wie bei Joyclub."

„Glaubst du nicht, dass du dir mit deinem Leben als Sugarbabe die Möglichkeit für eine ernsthafte Beziehung blockierst?"

„Das kann schon sein. Aber vielleicht lautet die wichtigere Frage: Will ich überhaupt eine ernsthafte Beziehung?"

Ich nickte – und stellte einmal wieder fest, dass ich die Welt zu sehr durch meine eigene Brille betrachtete. Ich fühlte mich wohl in meiner Beziehung mit meinem Liebsten und ging wie selbstverständlich davon aus, dass jeder Mensch so etwas anstreben müsste. Aber die Lebensentwürfe waren nun einmal sehr unterschiedlich. Auch das elastische Monogamie-Modell, das Steffen und ich für unsere Beziehung entwickelt hatten, stieß bei der Mehrheit unserer Mitmenschen sicherlich auf Unverständnis – weshalb kaum jemand aus unserem normalen Umfeld von unserer Swinger-Leidenschaft wusste.

„Naja, vielleicht läuft mir ja doch mal ein Mann über den Weg, für den ich mich dann aus dem Sugardaddy-Forum verabschiede", sagte Lia schließlich und wirkte dabei etwas nachdenklich.

„Wie müsste der dann sein?"

„Auf jeden Fall älter als ich. Vielleicht nicht gerade doppelt so alt, aber ein paar Jahre dürfen gern zwischen uns liegen."

„Aber das kann doch nicht das einzige Kriterium sein", warf Steffen ein.

„Nein, natürlich nicht", bestätigte sie und dachte erneut nach.

Ich war gespannt, was nun noch kommen würde. Ich erwartete eine Äußerung wie „charmant“, „sportlich“ oder dergleichen. Aber Lia hatte ihre eigenen Prioritäten.

„Ich glaube“, sagte sie schließlich. „Am ehesten könnte ich mich ernsthaft auf einen Mann einlassen, den ich nicht so leicht bekommen kann. Einen, den ich erst noch erobern muss.“

„Was dann so ziemlich exakt das Gegenteil deiner Sugardaddys wäre“, stellte Steffen fest.

„Ganz genau. Jemand, der Geld auf den Tisch legt, ist für etwas Dauerhaftes ungeeignet. Wie das endet, habe ich bei Gregor gesehen.“

„Was für eine Geschichte!“, sagte ich und fügte hinzu: „Eigentlich müsste man das alles aufschreiben.“

„Mach doch“, entgegnete Lia achselzuckend. „Du hast doch Übung mit so etwas.“

Ja, warum eigentlich nicht?

Ich habe nicht gleich am nächsten Tag begonnen, Lias Geschichte zu verarbeiten. Aber ich habe mir Notizen gemacht und ihr diverse Mails mit Nachfragen geschickt, die sie alle ausführlich beantwortet hat. Schließlich ist daraus dieses Buch geworden. Natürlich ist es immer so eine Sache, eine Geschichte aus zweiter Hand zu erzählen. An einigen Stellen habe ich ganz einfach meine Fantasie spielen lassen und mich gefragt: Was passt zu Lia? Aber ich denke, die Geschichte ist authentisch geworden – auch wenn ich mehrfach bewusst Verfremdungen eingebaut habe (vor allem, wenn es um Namen und ähnlich konkrete Dinge ging). Auf jeden

Fall ist es Lias Geschichte. Jedenfalls hat sie mein Manuskript gelesen und es mit den Worten „passt schon“ abgesegnet.

Leider ist unser Kontakt zu ihr inzwischen nahezu abgerissen. Sie hat einen neuen Job in Süddeutschland und somit ihre Zelte in Hannover komplett abgebrochen. Aber auch das passt zu Lia. Sie ist weitergezogen. Die letzte Mail, die sie uns geschrieben hat, liegt nun schon eine Weile zurück. Sie war gut angekommen an ihrem neuen Arbeitsplatz und plante nach dem Ende der Probezeit endlich einmal einen ernsthaften Urlaub. Sie erzählte noch, dass sie einen Flug nach Teneriffa gebucht hatte.

Sie wollte einen Tauchkurs machen.

Hat dir das Buch gefallen?

Dann freue ich mich auf deine Bewertung oder auch eine kleine Rezension im Store.

Und natürlich freue ich mich auch über eine direkte Rückmeldung an:

kirsten.steiner84@web.de

Kirsten Steiner, Januar 2025

Leseprobe

Als Lara den Supermarkt betreten wollte, betrachtete sie sich für einen Augenblick in der spiegelnden Scheibe der Eingangstür. Vielleicht hätte sie vorhin in Hildesheim doch besser ihren BH wieder anziehen sollen, statt ihn einfach in den Rucksack zu stecken. Sie hatte nach der sexreichen Nacht zu dritt einfach Lust gehabt, auf dieses Kleidungsstück zu verzichten – einfach nur so für sich selbst. Sie hatte das Gefühl, auf die Weise noch ein bisschen mehr von der Sinnlichkeit der Begegnung mit nach Hause zu nehmen. Vielleicht lag das daran, dass sich sowohl Julia als auch Benno immer wieder sehr ausgiebig mit ihren Brüsten beschäftigt hatten.

Aber ohne BH zeichnete sich in dieser Bluse ihre volle Oberweite schon recht deutlich ab. Ging man so einkaufen? Eigentlich nicht. Ach egal, das war jetzt auf die Schnelle nun einmal nicht zu ändern. Es würde im Supermarkt schon niemand über sie herfallen.

Natürlich hatte Lara beim Gang durch den Markt das Gefühl, dass einige Männer sie mit großen Augen anstarrten. Es gelang ihr aber, das halbwegs zu ignorieren.

Als sie kurz darauf mit ihrem gefüllten Rucksack den Penny wieder verließ, hatte Regen eingesetzt. Nicht heftig, aber es war mehr als ein sanftes Sommernieseln. Auch das noch. Naja, es war nicht weit bis nach Hause, sie würde sich beeilen. Allzu schnell laufen konnte sie in diesen Pumps allerdings nicht.

An der Ecke zur nächsten Querstraße stieß sie mit einem Mann zusammen, der sich mit seinem Regenschirm wohl selbst die Sicht genommen hatte.

„Nicht so stürmisch junge Frau“, sagte ein sichtlich verblüffter Daniel, als er erkannte, wen er da fast umgelaufen hatte.

„Das musst du gerade sagen“, entgegnete Lara, die mindestens ebenso erstaunt war über die plötzliche Begegnung mit ihrem derzeitigen Lover.

Dass sie sich wie selbstverständlich unter seinen Schirm stellte, um Schutz vor dem nun doch kräftiger werdenden Regen zu suchen, behagte ihm offenbar nicht sonderlich. Verstohlen sah er sich um, aber es waren wohl keine Bekannten in Sichtweite.

„Wohin gehst du?", fragte er – wohl eher aus Verlegenheit als aus Interesse.

Sie hatten einander eigentlich versprochen, sich zu ignorieren, wenn sie sich im Supermarkt oder auf der Straße treffen sollten. Die große Nähe ihrer beiden Wohnungen empfand Daniel als heikel. Immerhin war er verheiratet und sie seine heimliche Geliebte. Aber jetzt einfach weitergehen, und sie in den Regen schubsen, wollte er natürlich auch nicht.

„Nach Hause", entgegnete sie. „Ich war bei Penny. Und du?"

„Ich wollte zu Penny."

Erst jetzt fiel Lara auf, dass Daniel ihr auf den Busen starrte. Natürlich tat er das. Im Supermarkt hatten das wegen des fehlenden BHs ja auch mehrere Männer getan. Und durch den Regen klebte die Bluse nun auch noch an ihrem Körper. Womöglich wirkten ihre großen Brüste jetzt noch provozierender, als wäre sie nackt.

„Ich will dich ficken!", sagte er plötzlich. „Jetzt!"

„Ja", entgegnete sie nur.

„Gehen wir zu dir?"

„Das wolltest du doch nie."

„Jetzt muss es sein."

„Jetzt geht das aber nicht. Eine Freundin kommt mich gleich besuchen. Und da die zur Pünktlichkeit neigt, würden wir vermutlich gestört werden, bevor wir überhaupt richtig angefangen haben."

„Dann also zu mir."

„Zu dir? Ernsthaft? Und deine Kinder?"

„Die sind immer noch bei ihren Freunden. Der Übernachtungsbesuch hat sich etwas ausgeweitet. Ich hole sie um 18 Uhr ab."

„Also Zeit genug für einen Quickie."

„So würde ich das sehen", stimmte er zu.

Eiligen Schrittes gingen sie die wenigen Meter, bis sie vor seinem Haus standen. Lara war erstaunt, wie spontan der Mann bereit war, seine bisherige Vorsicht einfach so über Bord zu werfen. Und das offenbar nur deshalb, weil sie eine nasse Bluse ohne BH darunter trug. Hoffentlich kam seine Frau nicht unerwartet früher zurück von ihrer Reise. Aber das war wohl nicht zu erwarten. Anderenfalls würde Daniel sicherlich nicht dieses Risiko eingehen.

Doch es war sein Risiko, nicht ihres. Er musste wissen, was er tat. Allerdings hatte Lara den ganz starken Verdacht, dass der Mann das eben nicht wusste und in diesem Augenblick nur noch mit dem Schwanz dachte – was ihr allerdings ganz recht war. Auch sie war ja alles andere als konsequent. Noch vor einer Stunde hatte sie beschlossen, dass ein paar Tage Sexpause ganz gut wären für die Seelenhygiene. Doch als Daniel plötzlich vor ihr stand, war diese Überlegung auch schon wieder verpufft.

Kaum waren sie im Flur seiner Wohnung, umarmte und küsste er sie stürmisch. Seine Hände wanderten auf ihren Po und unter ihren Rock. Fest drückte er sie an sich, sie konnte die Beule in seiner Hose deutlich spüren. Als sie dann endlich wieder nach Luft schnappen konnte, entwand sie sich ihm.

„Zeig mal deine Wohnung", sagte sie und sah sich um.

„Du willst jetzt eine Schlossbesichtigung?", fragte er fassungslos.

„Naja, wo ich doch schon mal hier bin ..."

Ungefragt betrat Lara ein Zimmer, dessen Tür halb offenstand. Es war sein Arbeitszimmer, wie sie sofort erkannte.

„Schon mal auf einem Schreibtisch gefickt?", fragte sie und setzte sich auf dieses Möbelstück.

Daniel wirkte nervös. Er war heiß auf sie, geradezu gierig. Das war nicht zu übersehen. Aber dass sie nun auf seinem Schreibtisch saß, behagte ihm offenbar nicht. Und genau das genoss sie. Dieses kleine Spiel musste er jetzt mitspielen, wenn er an ihre Möse wollte.

Lara verschärfte das Spiel, indem sie die Beine öffnete – soweit ihr Rock dies zuließ. Aber es war weit genug, dass er nun einen Blick auf ihren Slip bekommen konnte. Wie hypnotisiert ging er auf sie zu – und dann vor ihr in die Hocke. Er hielt sich nicht damit auf, ihr den Slip auszuziehen, sondern drückte ihn einfach zur Seite. Im nächsten Augenblick spürte sie seine Zunge, die ihre Muschi zu lecken begann. Lara lehnte sich zurück – soweit es Computer, Telefon und diverse Unterlagen auf dem Schreibtisch zuließen.

Lara konnte sich nicht erinnern, dass seine Zunge zwischen ihren Schamlippen jemals derart heftig gewesen war. Daniel war wirklich unglaublich heiß auf sie. Aber das beruhte auf Gegenseitigkeit. Seine großen Augen unter dem Regenschirm und vor allem sein unerwarteter Satz „Ich will dich ficken!“ hatten sie von einer Sekunde auf die andere elektrisiert.

Daniel konnte offenbar kaum genug bekommen von ihrem Geschmack. Sie hatte das Gefühl, dass er sie auslecken wollte. Ob sie wohl noch nach Gummi schmeckte? Vermutlich nicht, der letzte Fick in Hildesheim lag nun doch schon ein paar Stunden zurück. Zudem hatte sie anschließend geduscht und dann den frischen Reserve-Slip angezogen, den sie seit Kurzem immer dabeihatte. Außerdem war sie ihm ja auch gar keine Rechenschaft schuldig. Dennoch war es ihr lieber, wenn er keine Anzeichen ihrer vergangenen Nacht entdeckte.

Sie hätte sich jetzt liebend gern von ihm nehmen lassen. Aber sie hatte auch nichts dagegen, dass er sein Zungenspiel ausdehnte. Als sich auch seine Finger immer mehr am Spiel in ihrem Schoß beteiligten, spürte Lara ein leichtes Zittern, das sich rasch verstärkte. Schließlich durchströmte sie ein heftiger Orgasmus, und sie hatte Mühe, den nicht lautstark der gesamten Nachbarschaft mitzuteilen. Dieser Höhepunkt war genau von der Sorte, die sie am liebsten laut hinausschrie. Aber sie war noch nicht ganz von Sinnen, sie wusste wo sie war: in seiner Höhle – und sie hatte keine Ahnung, wie gut die Nachbarn solche Geräusche hören konnten. Und womöglich wussten die auch, dass seine Frau verreist war.

Was einem doch so durch den Kopf ging, wenn einen gerade ein Orgasmus durchströmte …

Ihr Höhepunkt war noch nicht ganz abgeklungen, als er mit feucht glänzenden Lippen aus ihrem Schoß auftauchte und sie mit ernstem Blick ansah. Erneute küsste er sie. So eine Muschi schmeckt doch ganz schön geil, schoss es ihr wieder einmal durch den Kopf – selbst die eigene. Auch wenn die von Julia letzte Nacht natürlich noch aufregender gewesen war.

Ihre Hände wanderten zwischen ihre Körper – zielstrebig zum Gürtel seiner Hose. Gemeinsam legten sie seinen Schwanz frei, der härter nicht sein konnte. Kaum hatte sie ihn in der Hand, war er auch schon an ihrer Muschi und im nächsten Augenblick in ihr.

Lara ließ sich nun ganz auf den Schreibtisch fallen. Ihr Kopf landete zwischen irgendwelchen Papierstapeln, die sie dabei ein Stück weit verschob. Egal, das musste er nachher dann eben wieder sortieren. Offenbar machte auch er sich darüber jetzt weiter keine Gedanken. Er hielt ihre Beine fest und fickte sie mit heftigen und tiefen Stößen.

Schneller, als sie das von ihm gewohnt war, kam er. Sie spürte, wie sein Sperma in sie hineinströmte. Allerdings war sie noch nicht wieder so weit, weshalb sie selbst Hand anlegte und ihren Kitzler streichelte. Daniel stieß immer wieder nach, bis sein Schwanz dann doch allmählich zu schrumpfen begann. Als er sich aus ihr zurückziehen wollte, sagte sie:

„Nein! Bleib noch in mir! Nur noch einen Moment!“

Sie war kurz davor, es ging einfach nicht, dass der Mann ausgerechnet jetzt seinen Fick beenden wollte. Wobei Fick ein großes Wort war für den immer kleiner werdenden Schwanz. Zwar bewegte sich Daniel noch entsprechend, aber seine Männlichkeit fiel immer mehr in sich zusammen, und sie spürte immer weniger davon. Trotzdem empfand sie es als schön (und angemessen), dass er noch immer in ihr war, als sie der zweite Orgasmus durchströmte. Als der schließlich abgeebbt war, verabschiedete sich Daniels Schwanz ganz von selbst aus ihr. Dass dabei auch Sperma aus ihr herausfloss und auf seinem Schreibtisch landete, beachteten beide nicht.

Lara stützte sich auf ihre Unterarme, richtete sich halb auf und sah ihn an. Er stand nun unbeweglich zwischen ihren Beinen, den schlaffen Schwanz noch immer in ihren Schoß gedrückt.

„Wow“, sagte sie.

„Wow“, entgegnete er.

Für einige Augenblicke sahen sie sich einfach nur an. Erst jetzt legte er eine Hand auf ihren Busen und massierte ihn. Fragte er sich jetzt womöglich, warum sie keinen BH trug? Zumindest stellte er ihr diese Frage nicht. Und das war auch gut so. Letztlich ging ihn das auch gar nichts an. Sie hatten schließlich keine Beziehung miteinander. Auch wenn sie inzwischen das Gefühl hatte, dass es doch mehr war als nur eine heimliche Affäre. Ein bisschen mehr jedenfalls. Und sie konnte sich durchaus vorstellen, dass es noch mehr wurde.

Leseprobe

Als wir am späten Donnerstagnachmittag an einer kleinen Tankstelle irgendwo in Dalarna anhielten, fiel Steffen ein, dass wir am Morgen etwas vergessen hatten:

„Wir hätten auf dem Campingplatz auf Torpön das Trinkwasser auffüllen und das Abwasser entleeren müssen."

„Vielleicht geht das ja hier", entgegnete ich. „Ich gehe mal in den Tankstellenladen und frage."

Während mein Mann sich bemühte, eine freundschaftliche Verbindung zwischen dem Tankautomaten und seiner EC-Karte herzustellen, verwies man mich im Laden auf den Wasserhahn an der Seite des Gebäudes, der uns gern und kostenfrei zur Verfügung stehe. Steffen fuhr nach dem Tanken wenige Meter vor und parkte das Wohnmobil neben dem Wasseranschluss. Er holte den Schlauch aus einer Ablage des Fahrzeugs und versuchte, ihn an den Hahn anzuschließen – was leider nicht so ganz funktionierte. Der Schlauch war etwas größer als der Wasserhahn.

„Ich dachte, so etwas ist genormt", murmelte Steffen.

„Offenbar nicht", entgegnete ich. „Aber vielleicht geht es ja auch so."

Mein Mann hielt den Schlauch in den Zulauf unseres Wassertanks und ich hielt das andere Ende mit der Hand am Wasserhahn fest – unter den aufmerksamen Blicken von drei auf einer Bank sitzenden Männern mittleren Alters. Sie alle hatten Bierdosen in der Hand und waren offenbar gespannt, ob wir das mit dem Wasser und dem nicht passenden Schlauch hinbekamen. Das war ich auch. Außerdem schielen sie dir auf den Hintern, schmunzelte meine Erotikfee. Das war natürlich denkbar. Ich trug Jeans und T-Shirt. Und die Jeans waren nicht übermäßig weit geschnitten.

Als ich den Wasserhahn aufdrehte, huschte ein freudiges Lächeln über Steffens Gesicht.

„Es funktioniert", sagte er erfreut. „Das Wasser kommt an."

„Naja, das meiste davon", entgegnete ich.

Tatsächlich spritzte so einiges an der Verbindung von Wasserhahn und zu großem Schlauch zwischen meinen Fingern heraus. Dass ich dabei nass wurde, war gar nicht zu vermeiden. Einer der drei Schweden sprang auf, um mir zu helfen. Er nahm mir den Schlauch aus der Hand und versuchte, ihn enger an den Wasserhahn zu drücken – was ihm aber ebenso wenig gelang wie mir. Dennoch hielt er tapfer fest, bis unser Tank gefüllt war.

Das Ergebnis seiner Hilfe war allerdings, dass nicht nur ich, sondern auch er nass geworden war – er sogar noch mehr als ich. Dabei hätte es bei mir schon locker zur Teilnahme am Wet-T-Shirt-Contest gereicht. Ich trug keinen BH, und das war nun auch sehr deutlich sichtbar. Das nasse Shirt klebte wie eine zweite Haut an meinem Körper. Zudem hatte das kalte Wasser auch noch meine Brustwarzen steif werden lassen. Dass sowohl der hilfsbereite Schwede als auch seine beiden Freunde mich nun unverhohlen anstarrten, konnte ich ihnen nicht verdenken.

Steffen entlockte die Situation ein breites Grinsen. Er zog sein Handy aus der Tasche und fotografierte mich – worüber ich in dem Moment nur begrenzt glücklich war. Obwohl die drei Männer vermutlich mit aufs Bild gerieten, protestierte keiner von ihnen. Aber ihre Aufmerksamkeit lag wohl auch eher bei mir als bei meinem Mann.

„Eigentlich müsstet ihr jetzt die T-Shirts tauschen, wie beim Fußball", rief einer der beiden Schweden auf der Bank seinem Freund zu – vermutlich in der festen Überzeugung, dass die Frau aus dem Wohnmobil mit ausländischem Kennzeichen kein Wort verstanden hatte.

Sprachs und brach ebenso in Gelächter aus wie seine Freunde.

„Ich glaube nicht, dass ihm mein T-Shirt passen würde“, entgegnete ich lächelnd und ebenfalls auf Schwedisch – wenn auch wohl mit deutlich deutschem Klang in der Stimme.

Damit erstarb das Gelächter und die Männer setzten ihr Gespräch nur noch murmelnd fort, sodass ich nichts mehr verstehen konnte.

„Danke für deine Hilfe“, sagte ich noch zu dem durchnässten Mann und wandte mich zum Gehen.

„Sehr gern“, entgegnete er – was ich ihm ungeachtet der feuchten Nebenwirkungen auch glaubte.

Natürlich brauchte ich nun ein trockenes Shirt. Deshalb kletterte ich nicht vorn ins Wohnmobil, sondern öffnete die Seitentür, um hinten einzusteigen. Als ich noch einmal zu den drei Schweden sah, bemerkte ich, dass ihre Blicke noch immer auf mich gerichtet waren. Hatten sie noch nie eine Frau in einem durchnässten Shirt gesehen?

Die Teufelin in mir prickte es, sie noch ein wenig mehr zu verwirren. Sie sollten bloß nicht glauben, ihre T-Shirt-Tausch-Bemerkung hätte mich in Verlegenheit gebracht. Kurz entschlossen zog ich das nasse Shirt noch draußen vor dem Auto aus und stieg dann umgehend ein. Natürlich waren es nur drei bis fünf Sekunden, in denen die Schweden mich oben ohne gesehen hatten. Doch ich war mir sicher, dass ich sie damit zumindest für den Moment vollends zum Verstummen gebracht hatte. Möglicherweise hatte ich ihnen aber

Gesprächsstoff für den Rest des Abends geliefert. Der Gedanke entlockte mir ein Lächeln.

Da auch meine Jeans nass geworden war, zog ich mich komplett um. Ich stieg nicht noch einmal aus, sondern kletterte von hinten auf den Beifahrersitz des Wohnmobils. Erst als Steffen den Motor startete und sich das Fahrzeug in Bewegung setzte, öffnete ich das Beifahrerfenster und winkte den drei Schweden im Vorbeifahren noch einmal zu. Nur der nass gewordene Mann winkte zurück. Aber alle drei starrten mich mit großen Augen an.

Kurz bevor wir uns einen Übernachtungsplatz suchten, gingen wir in einen Supermarkt, um noch ein paar Kleinigkeiten einzukaufen. Dabei fiel mir ein Regal mit Gartenutensilien in den Blick. Ich zog eine große Gießkanne heraus und betrachtete sie.

„Vielleicht sollten wir so etwas mitnehmen. Wenn der Wasserschlauch mal wieder nicht richtig passt, dann können wir notfalls damit den Tank füllen", schlug ich vor.

„Auf keinen Fall", entgegnete Steffen mit süffisantem Grinsen. „Damit würden wir uns doch jeden Spaß dabei nehmen."

Ebenfalls von Kirsten Steiner:

Aus meinem Swinger-Tagebuch:

- Meine zweite Entjungferung
- Wiener Melange für vier
- Sommer, Sonne, Billard, Bisex
- Schneetreiben für vier
- Mallorquinischer Seitensprung
- Die Sliplotterie
- Drei Frauen sind keine zu viel
- Partnertausch unter der Mitternachtssonne
- Svenjas Erwachen
- Räumchen wechsel dich
- Im Alleingang
- Spielzeit
- Zwei Männer, zwei Frauen, eine Verführung

Romane:

- Drei Pastorentöchter und die Verführung der Hochzeitstorte (Band 1)
- Drei Pastorentöchter und die Wohngemeinschaft der freien Liebe (Band 2)
- Drei Pastorentöchter zwischen Pfarrhaus, Schule und Swingerclub (Band 3)
- Der Chef in meinem Bett
- Ja, ich bin die heimliche Geliebte

Sinnliche Augenblicke (Kurzgeschichten):

- Eine Ex und wie man sich von ihr befreit
- Ein Buch und seine Nebenwirkungen
- Jana und der Mann vom TÜV
- Ein Po und seine Bewunderer
- Kiras Weg nach Süden
- Spätdienst in der Damenabteilung
- Nachts im Freibad
- Termin mit dem Chef
- Eine (zu) heiße Nacht am Strand
- Kristina und ihr Blick auf die Männer
- Frau Professorin und ihre Studenten
- Die Voyeurin im Nachtzug
- Ein Gitarrist, ein Groupie und ein Problem
- Die Tauchlehrerin und ihre Vorliebe für Sex zu dritt
- Fremdsex im Schneegestöber
- Die Entjungferung meiner lesbischen Freundin
- Wo bitte geht's hier zum Orgasmus?
- Ihr Hobby ist Sex

Sachbuch zum Thema Swingen:

- Monogamie für Fortgeschrittene